KB130830

가없는 고백

박성옥
자전소설

도서출판 청어

가없는 고백

박성옥 지음

발 행 처 · 도서출판 **청어**
발 행 인 · 이영철
영　 업 · 이동호
홍　 보 · 천성래
기　 획 · 남기환
편　 집 · 방세화
디 자 인 · 이수빈 | 김영은
제작이사 · 공병한
인　 쇄 · 두리터

등　 록 · 1999년 5월 3일
(제321-3210000251001999000063호)

1판 1쇄 발행 · 2022년 3월 10일

주　 소 · 서울특별시 서초구 남부순환로 364길 8-15 동일빌딩 2층
대표전화 · 02-586-0477
팩시밀리 · 0303-0942-0478

홈페이지 · www.chungeobook.com
E-mail · ppi20@hanmail.net
I S B N · 979-11-6855-015-5(03810)

가없는 고백

박성옥 자전소설

책을 내면서

사는 동안 나름으로 최선을 다한 듯이 여겨온 삶인데 남편을 잃고 되돌아보니, 그렇게 믿어온 의식이 허상이었음을 깨달았습니다.

남편은 젊은 때에 더 잘 살아볼 욕심으로 잘 다니던 공무원직을 버렸지만, 그 후로 일다운 일을 붙잡지 못하고 힘겹게 살아왔습니다. 그래서 우리 가족은 그 고통을 함께 짐 지고 서로 따뜻이 보듬어주는 여유 없이 삭막한 가슴팍으로 삶을 견뎠습니다.

그런데 남편이 이미 선고 받은 사형선고의 병증을 10년이나 가족에게 감추고 견디다가 갑자기 떠났습니다. 가족들은 그제야 그 사실을 알았습니다.

저는 무너졌습니다. 뒤늦게 울며불며 처절히 몸부림쳐도 너무나 둔감했던 죄를 씻을 길이 없었습니다. 그래서 어디를 향하는 원망인지… 아프게 산 지난 삶을 하나하나 되돌아보며 글로 한을 풀었습니다.

그러다가 문득 돌아보니 그 글이 나를 어루만지며 위로하고 있었습니다. 정직했노라… 최선을 다했노라… 스스로 허상에 붙잡혔다가 무너진 가슴팍도 따뜻이 감싸 안아주었습니다.

나는 때늦게 그의 아픔에 동참하면서, 주님의 십자가 곁에서 용서 받은 강도처럼 거듭나고 있었습니다.

너무나 아픈 이야기지만, 그 모든 아픔을 내려놓고 이제 아무런 계획 없이 이 이야기를 세상에 내놓습니다.

— 고백하는 여인

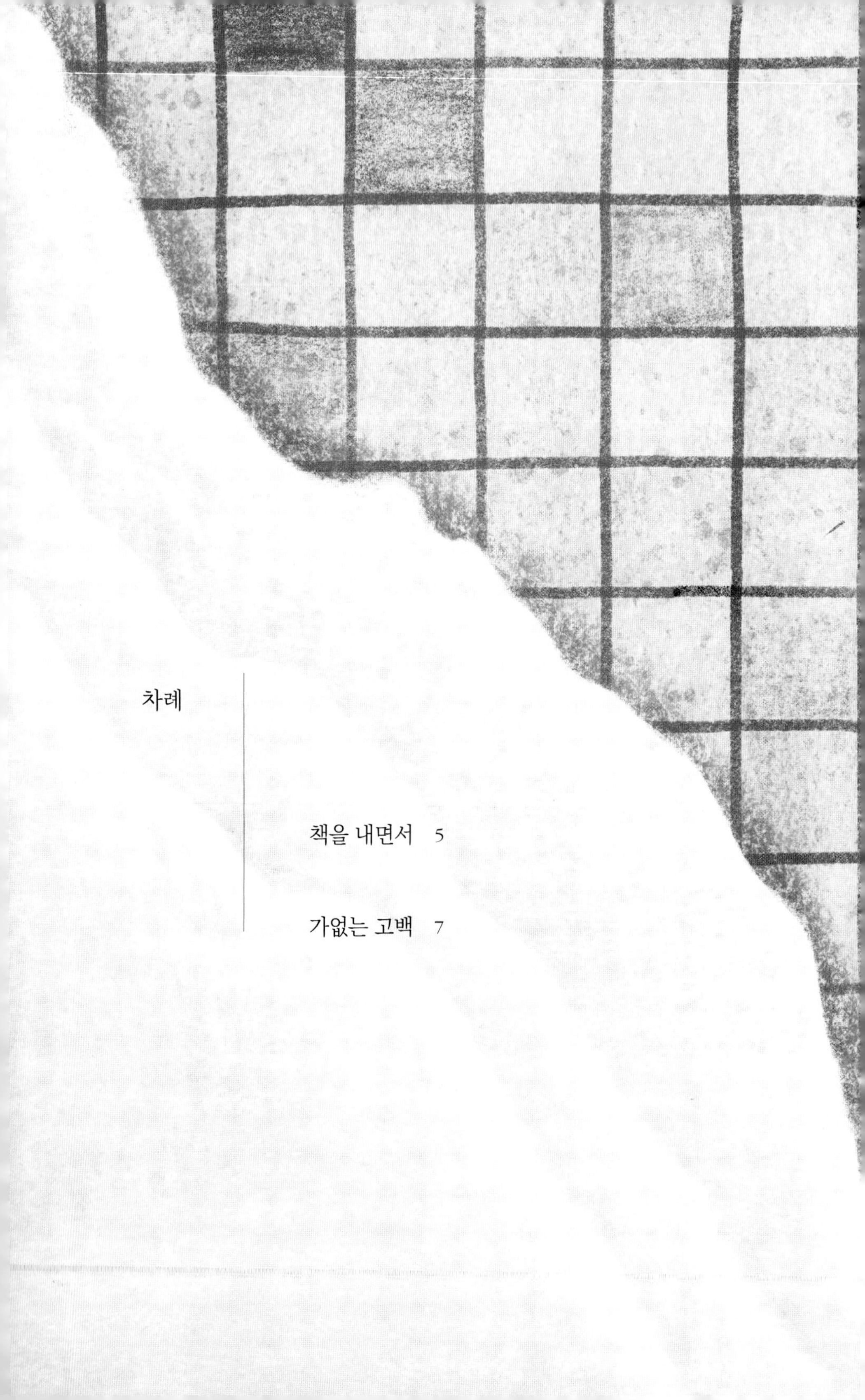

차례

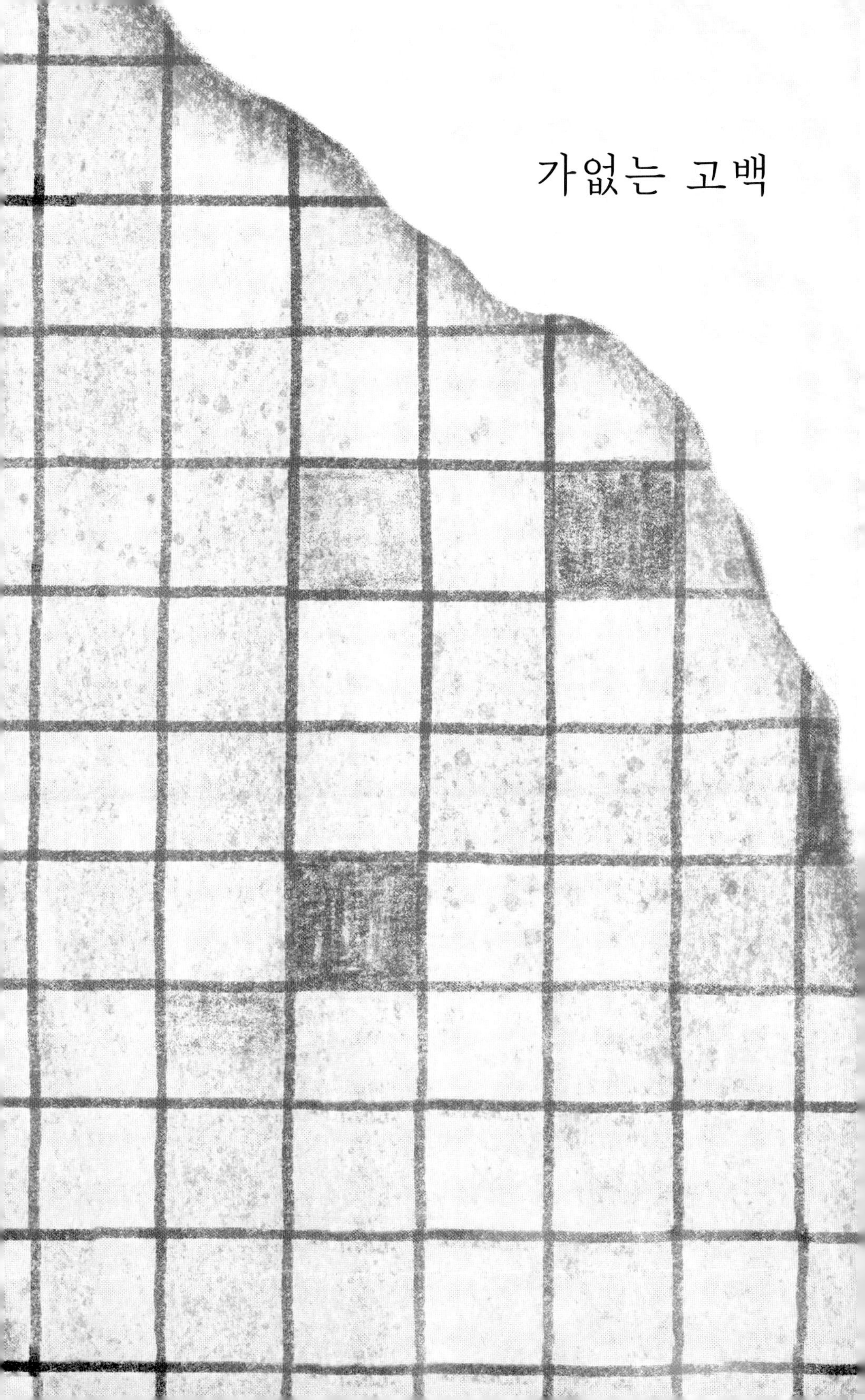

가없는 고백

1

그 밤, 그녀는 어쩌면 그와 마지막 만남이 될 것 같은 예감을 품고 아산병원 심장내과 위·중환자실 앞에서 걸음을 멈췄다. 그가 각종 기계를 몸에 설치하고 침대 위에 높다랗게 누워있는 모습이 한눈에 보이고, 그도 문 앞에서 잠시 발걸음을 멈추고 서 있는 그녀를 바라보았다.

그녀는 문 앞에서 호흡을 고르며 딸이 주의한 말을 생각했다.

"면회가 안 되는데 억지로 허락을 받은 것 알지? 그러니까 아빠 앞에서 절대로 눈물을 보이지 말고, 아빠가 싫어하실 이야기도 하지 마. 아빠에게 말할 기운이 전혀 없을 테니까, 그냥 아빠를 응원하는 기도를 마음에 품고서 딱 5분만 뵙는 거야!"

그녀는 딸이 거듭 다짐을 한 말을 생각하며 얼굴에 우선 웃음부터 그려서 그의 앞으로 다가갔다.

"당신, 너무 고생하시네요. 그런데도 당신 모습이 여전히 깔끔해 보이시는 건 그만큼 당신이 굳건히 견뎌주셔서 그럴 거예요. 10년 전에도 이미 나타난 병까지도 당신의 굳건한 의지가 꼼짝을 못하게 했잖아요? 그러니까 이번에도 이까짓 병이 당신을 어쩌지 못 할 거예요. 어서 힘을 내셔서 일반병실로 옮겨가셔요. 그래야 내가 자유롭게 드나들며 당신 수발을 해드리죠."

그런데 그가 그녀의 말을 못 알아듣는 것 같은 표정으로 멀거니 바라보기만 했다. 그렇게 텅 빈 표정이 너무 싸늘하게 느껴져서 그녀는 단박 말문이 막혔다.

딸이 그에게 말을 시키지 말라고 부탁한 말 때문에 그녀는 그와 나눌 말을 달리 준비하지 않았다. 그런데 말문까지 막혀서 그에게 해 줄 적당한 말이 그녀의 머리에 떠오르지 않아서, 그렇게 몇 초를 쫓기는 당혹스런 마음으로 흘렸다.

그러다가 애써 입을 열었다.

“당신, 나에게 하고 싶은 말 없으세요?”

그녀가 물었는데 그가 말없이 고개를 가로 저었다.

“이 지경이 되기까지 내게 숨겨온 것이 너무 한 것 아니어요? 이제라도 미안하다는 말 한 마디는 해 주셔야죠!”

그런데 그가 갑자기 깜짝 놀랄 큰 소리로 말했다.

“그게 숨긴 거냐? 내 성격이지!”

그에게 말할 기력이 전혀 없을 거라던 딸의 말과 달리, 그가 우렁우렁 울리는 큰 소리를 내쏘며 그녀를 싸늘히 바라보았다.

그녀는 예상을 못한 그의 큰 목소리에 놀라며, 그에게 아직 기력이 있다고 느꼈다. 하지만 문득 머리의 한쪽에 다른 염려가 스몄다.

‘이쯤의 기력이면 금방 일반병실로 옮길 수 있을 것 같긴 한데….’

빛을 내쏘는 듯한 그의 강열한 눈빛이 그녀 생각에 그의 독기(毒氣)거나 오기(傲氣)처럼 느껴졌다. 그래서 그의 그런 강인함이 오히려 그의 고통을 더 길게 할 것 같은 염려가 마음에 스몄다.

그는 남다른 특성을 지녔다. 한 번 하기로 마음먹은 일은 천하의 누구도 꺾지 못 할 정도의 고집으로 강행(强行)을 해 온 것을, 그의 곁에서 오래도록 지켜보며 겪어온 그녀였다. 그래서 10년 전에 이미 위기로 닥쳤던 그의 병증이 그런 그의 강인함이 이겨내어서 10년을 무탈하게 보낸다고 믿어온 그녀였다.

그 밤, 그녀는 그에게서 그런 강인함을 새롭게 느꼈다. 그래서 그의 임종이 가깝지 않을 것 같았고, 또 곧 위·중환자실을 벗어나서 일반병실로 옮길 수 있을 것이라고 생각했다. 그래서 장수(長壽)까지는 아니더라도 그를 위해서 그녀가 기도할 시간을 충분히 얻은 듯이 생각했다.

'면회는 딱 5분만이야!'

그녀는 딸이 부탁한 말을 상기하며, 그에게 힘이 될 말 한마디를 하려고 급히 머릿속을 뒤졌다. 그리고 그날 아침 혼자 예배를 드릴 때에 읽었던 말씀이 생각났다.

> 나 곧 나는 나를 위하여 네 허물을 도말하는 자니,
> 네 죄를 기억하지 아니하리라. (이사야 43:25)

그녀가 그 말이 적절하다고 느껴서 조심스럽게 말을 꺼냈다.

"여보, 오늘 아침 예배드릴 때 읽은 말씀인데요, 신께서 우리의 허물을 다 도말하시고 기억도 하지 않으신다고…."

그녀가 미처 말을 마치지도 않았는데, 그가 갑자기 벽력 같이 소리쳤다.

"간호사~ 셋째, 셋째!"

그의 고함소리에 간호사가 놀라서 병실로 뛰어 들어왔다.

"왜요? 어디 불편하세요?"

"셋째, 셋째!"

그녀가 단박 그의 뜻을 알아챘다.

“나는 나가고, 셋째가 들어오라는 거예요?”

그녀의 말에 그가 고개를 끄덕였다.

“알았어요. 하지만 제 소원 하나를 들어주셔요. 제가 보기에 당신이 곧 퇴원도 하게 될 것 같으니까, 그 때는 우리를 위해서 열심히 기도를 해주신 교우들 앞에서 우리 둘이 한복을 곱게 차려 입고 특송(特頌)해요. 제가 처음으로 하는 부탁이니까 꼭 들어주실 거죠?”

“…응!”

방금 전까지 그녀를 내치려고 고함을 치던 그가 뜻밖으로 아주 순하게 대답을 했다. 그리고 그 방에서 쫓기듯이 나온 그녀의 귀에 그의 ‘응’ 대답소리가 아린 여운으로 길게 흘렀다.

복도에서 기다리던 두 딸이 그녀에게 다가와서 물었다.

“아빠, 괜찮으셨어?”

“너희 아빠, 생각보다 괜찮으셔. 금방 일반병실로 옮길 수 있을 거 같아!”

그렇게 대답을 했지만, 그녀는 문 앞에서 다시 힐끗 뒤돌아보았을 때 본, 처참할 만큼 일그러져 있던 그의 표정이 눈 속에 갈퀴처럼 매달려 있었다.

그녀는 2018년 7월 1일부터 집에서 혼자 예배를 드려 왔다. 기독교를 싫어하는 그를 마음 써서 방문을 닫고 오전 11시에 혼자 예배를 드렸다.

하지만 그는 문틈으로 새어나오는 그녀의 예배 소리를 들어왔을 것이며, 그런데도 별 달리 반응을 보이지 않은 것은 그가 그녀의 예배를 대충 묵인해 준다고 여겨 왔다.

그런데 그 밤의 그런 반응이… 그가 아직도 그쯤의 강인함을 가슴팍에 지녔다는 느낌을 주어서 그녀의 마음이 새삼 무거웠다.

집으로 돌아오는 그녀 마음이 어두웠다. 병실에서 쫓겨나올 때, 급하게 주사기를 챙겨서 병실로 들어오는 간호사와 문 앞에서 마주쳤는데, 그때 그녀를 의아하게 바라보며 던진 간호사의 말과 표정이 그녀 가슴을 더욱 무겁게 짓눌렀다.

"한참 만에 보시는 건데, 왜 벌써 가세요?"

짧은 순간이었지만, 간호사가 보인 표정과 말이 가슴팍에 아프게 꽂혀서, 문 앞에서 뒤돌아보았는데, 그때 본 그의 일그러진 표정이 갈퀴처럼 머릿속에 매달렸다.

'당신은 정말 대단한 사람이어요. 그러니까 내 마음 따위 상관 말고 어서 벌떡 일어나서 퇴원하세요!'

그가 내쏘던 싸늘한 눈길이 바늘처럼 가슴팍에 꽂혀 있지만, 그래도 그녀는 그의 유별한 의지와 강인함에 희망을 걸었다.

'나를 내쫓으려고 소리칠 때와 달리 표정이 찌그러져 있었던 건, 내게 조금 미안했던 때문일 거야!'

잔뜩 일그러져 있던 그의 표정을 마음에서 지우지 못하면서도, 그렇게까지 고함을 질러서 자신을 쫓아내려고 한 그에게 은근히 분기(奮起)까지 품어지는 걸 어쩌지 못했다.

코로나19로 온 나라가 떠들썩하던 3월 20일. 그의 표정이 아침부터 많이 어두웠다. 그녀는 그의 그런 표정이 온 나라를 뒤덮고 있는 코로나19 소식 때문일 거로 여겼는데, 그는 불편한 표정으로도 평소와 다름없이 일상에 하던 일을 변함없이 해냈다. 건강에 좋다는 각종 재료를 넣어서 커다란 들통 가득 끓인 건강차를 욕실에 옮겨서 식힌 후에 페트병들에 나누어서 담고, 세탁기를 돌리기 위해서 먼저 수건을 삶아서 빨래와 함께 세탁기를 돌리고, 돌린 빨래를 질서 있게 빨래 걸이에 널고… 그런 날에 의례 함께 해치우는 집안 구석구석의 소독과 화분을 만져서 테라스 청소까지 평소처럼 끝마쳤다.

그의 그런 일정을 딸이 진작부터 말려 왔다.

"아빠, 이렇게 물 끓이는 것을 그만 하면 안 돼? 들통 가득 끓인 뜨거운 물을 욕실까지 옮겨서 식히는 일은 아빠 나이에서 할 일이 아냐. 그러다가 언제 큰일이 벌어질지 모르는데, 남들처럼 정수기를 들여 놓고 편히 살자!"

딸이 성화를 했지만, 그는 한 번 마음먹은 일을 바꿀 사람이 아니었다. 그렇기에 그녀도 진작부터 아슬아슬한 마음으로 지켜보기만 했다.

3월 19일 저녁에 큰딸이 아빠가 좋아하는 소머리국밥을 특별히 조제해서 사왔다. 양이 제법 많고 얹어 준 부산물이 푸짐한 그것을 그가 한 번에 다 먹지 못하고 남겼다가, 다음날인 20일 저녁에 마저 다 먹었다. 그랬던 그 밤에 그가 갑자기 평소에 안 하던 몸 운동을 했다.

"웬일로 밤중에 몸 운동이세요?"

그녀가 의아해서 물었는데, 그는 대답도 없이 운동을 계속했다. 일어나서 천정을 향해 두 팔을 높게 펴 올리고, 소파에 등을 기대어서 목을 뒤로 젖혀 배를 불뚝 내밀어서 숨을 크게 내쉬었다.

그런 그를 지켜보던 그녀가 유난히 볼록 나온 그의 배를 발견했다. 가쁜 숨을 쉬는 숨결대로 배가 벌떡벌떡 움직였다.

"당신 배가 왜 이렇게 불러?"

그녀가 묻자, 그가 중얼거리듯이 통명스럽게 살이 쪄서 그렇다고 말했다.

"요즘 당신 식사량이 적은데, 살은 무슨 살?"

그녀가 되묻자, 그는 또 혼자 소리로 그게 자기의 문제라고 했다.

'그게 문제라니? 그럼 이 사람이 나도 모르게 배가 볼록해지는 병을 앓고 있었나? 배가 나오는 병이 뭐지?'

그의 병세를 전혀 눈치 채지 못 한 것에 가책을 느낀 그녀가 배가 나오는 병의 종류를 머릿속에서 급히 찾는데, 언뜻 당뇨병만 생각났다. 하지만 그는 정기적으로 병원에 다녀왔고, 그때마다 그녀가 병원에 다녀온 이야기를 물었다. 그리고 그는 아무 이상이 없다는 대답을 해왔다.

"의사 선생님이 내가 몸 관리를 잘 한다고 했어. 혈압도 당수치도 정상이고 나빠진 사항이 하나도 없다더라."

그랬던 그의 말로 미루어보면 그의 병이 당뇨는 아닐 것 같았다.

'그럼 당뇨 말고 배가 불러지는 병이 또 뭐가 있지?'

불룩 나온 자신의 배를 가리키며, 그게 자신의 문제라고 중얼거리던 말이 마음에 걸렸지만, 그의 병세가 갑자기 다급해지며 그 생각을 더 잇지 못했다.

그는 병원에 가자고 애걸하는 딸의 말을 도리질로 물리쳤다.

"이거, 어제부터 과식을 한 탓이야. 약도 이미 먹었으니까 병원에 가자고 성화대지 말고 너흰 가서들 자!"

고통이 심해 보이는 그의 상태에 식구들이 발을 동동 굴려도 그는 같은 말을 되풀이 했다.

"어제보다 오늘 더 나은데, 왜 귀찮게 성화야?"

'어제보다 오늘 더 낫다고? 그럼 어제 이미 불편했다는 말이잖아? 그

런데도 종일 평소에 하던 일을 다 마치고, 저녁에 남겨 두었던 것을 마저 다 먹었어?'

그제야 그녀는 그의 표정이 아침부터 어두웠던 이유를 알았다. 그런데도 자신의 할 일을 평소처럼 끝낸 그의 의지에 놀랍다 못해서 소름이 돋았다.

그 밤부터 그는 고생이 심했다. 편히 눕지 못하고 몸을 뒤틀며, 그녀가 서툴게 준비한 죽도 또 미음도 목에 넘기지 못하고, 갈아서 만든 과일주스로 입만 축였다. 그렇게 3일 동안 그는 병원에 가기를 거부했다. 그리고 23일 아침, 딸이 고함을 쳤다.

"오늘은 나도 사무실에 나가봐야 해. 나 없을 때 엄마 혼자서 어쩌라고 그래? 아예 지금 병원에 먼저 들르면 안 돼?"

그때 그녀가 딸에게 만류하는 눈짓을 보냈다. 제아무리 성화를 해도 그가 고집을 부릴 것이 너무나 뻔해서, 그녀는 성화대는 딸을 내보낸 후에 자신이 그를 차분히 설득을 해 볼 마음을 먹었다. 그렇게 딸이 불안한 표정으로 출근을 하고, 그녀가 왕고집쟁이 남편 앞에 마주 앉았다.

"많이 힘든 것이 눈에 보이는데, 왜 고집이세요? 당신의 왕고집을 꺾기 어려운 걸 알지만, 이런 때까지 막무가내면 안 되죠. 그러다가 시간을 놓치면 어쩌려고 그러세요? 이건 당신이 참는 문제가 아니고, 식구들이 걱정하는 문제예요. 제발 내가 이렇게 빌 테니, 딸이 들어오면 곧바로 병원에 갈 것을 약속해 줘요!"

그래도 그는 막무가내였다. 그저께보다 어제가 낫고, 어제보다 오늘 훨씬 낫다는데 웬 성화냐고 짜증내며, 오늘 밤을 지내본 뒤에 다시 말하자고 했다.

그래서 딸이 들어오고도 어쩌지 못해서 밤 8시… 9시… 또 10시… 그는 점점 더 숨을 쉬지 못하며 몸을 이리 저리 뒤틀며 방바닥을 굴렀다. 진통제를 먹었는데도 다시 먹고, 수면제를 평소보다 세 배를 더 먹고도 잠을 청하지 못하고 몸부림을 쳤다.

"아빠, 지금 버티기가 너무 힘들잖아? 그냥 119 부르자!"

딸이 사정을 하는데도, 그는 오히려 잠을 청하려는 듯이 잠자리에 몸을 뉘며 소리쳤다.

"너희가 지켜보면 나 못 잔다. 너희도 어서 방으로 들어가서 잠을 자거라!"

그녀와 딸은 하는 수 없이 방으로 들어가서 방문을 반쯤 열어 놓고 그를 지켜보았다. 그렇게 한 2분쯤이 지났을까? 그가 숨이 턱에 차서 허우적이며 몸을 일으켰다.

"그 봐. 숨을 못 쉬잖아? 아빠, 119 부른다?"

보다 못해서 딸이 사정하자, 그제야 그가 숨을 헐떡이며 고개를 끄덕였다.

구급차를 기다리는 시간이 무섭도록 길었다. 딸이 그의 상체를 몸으로 받치고 앉아서 가슴을 쓸어서 호흡을 도왔지만, 그는 당장 숨을 거둘 것만 같았다.

드디어 구급차가 도착했다. 그런데 보호자 한 명만 동행이 된다며, 따라 나서려는 그녀를 가로막았다. 그래서 그녀는 침대차에 실려서 나가는 그를 붙잡고 울부짖었다.

"여보, 걱정 마. 정말 괜찮을 거니까, 아무 걱정하지 마!"

그는 그렇게 아산 병원 응급실에 실려 가서, 코로나19의 2차 검사의 결과가 나오기까지 음압실에서 3박을 했다. 그리고 음성 판정을 받은 후에야 심장내과 위·중환자실로 옮겼다.

위·중환자실은 가족의 면회조차 되지 않았다. 하지만 그의 섬망(譫妄) 증세(주사 중인 바늘을 몸에서 자꾸 빼버리는)가 너무 심해서, 음압실에 있을 때부터 의료진이 그를 따로 보살피기 어려웠다. 그래서 가족들이 보살피기를 요청해서, 음압실에서는 물론이고, 보호자의 출입이 엄금된 위·중환자실에서도 가족들이 그를 보살필 수 있었다.

하지만 그녀는 그를 구급차에 실어서 보낸 후로 그의 얼굴을 보지 못했다. 다만 그를 지키다가 교체해서 집으로 돌아온 셋째 딸을 통해서 그가 많이 위중하다는 소식만 들을 뿐이었다.

그는 10년 전에 갑자기 쓰러지며 그때 이미 막힌 혈관을 발견했었다. 그래서 인공심장을 심고 혈관을 넓히는 시술을 하기 위해서 정밀검사를 다시 했는데, 막힌 곳이 너무 많아서 시술하기에 위험이 높다는 판단으로 약물치료로 바꾸어서 10년을 버텨 왔다.

그는 대단한 사람이었다. 스스로 약 먹는 시긴을 철저히 지키며 외출을 자제했고, 어쩌다 외출을 할 때는 비탈길을 피해서 먼 길로 돌아서 걸으며, 호흡을 진정시키는 약을 간간이 입 안에 뿌렸다.

물론 그녀가 그의 건강을 믿은 것은 아니다. 하지만 매사에 철저한 그가 자신의 건강관리를 잘 해서 무난하게 잘 견딘다고 여겼다. 그렇게 믿어질 만큼 그에게서 어떤 이상한 증세를 느끼지 못했고, 또 그가 하던 일상의 일도 차질 없이 해 왔다.

그랬던 모습들이 모두 그가 자신의 병세(病勢)를 깊이 감춘 위장(僞裝)이었다니! 너무나 둔해서 둔한 것이 간판 같았던 그녀가 알아채지 못한 것은 새로울 게 없는 필연의 일이었다.

일이 터지고야 비로소 그녀는 자신의 둔함을 절감했다. 아내라 할 수 없고, 60년을 함께 산 동반자는 더욱 되지 못하며, 스스로 자부해온 그리스도인으로의 양심으로라도 용납이 안 될 만큼 부끄러운 모습인 것을 깨달았다.

'그동안 그는 어이없을 만큼 아둔한 나를 어떻게 느껴 왔을까?'

뒤늦게 깨닫는 자신의 둔함에 치를 떨면서도, 그를 위해서 할 수 있는 일이 아무 것도 없는 것에 그녀는 절망했다. 더더욱 병원의 규칙에 묶여서 자신이 도리어 그로부터 격리되어 있듯이 집에서 있을 때, 그녀가 할 수 있는 일은 오직 기도뿐이었다.

그녀는 그를 응급실로 실려 보낸 그 밤부터 기도를 시작했다. 자정을 넘기기로 스스로 작정하고, 그가 감추며 견뎌온 고통을 가슴팍에 못을 박듯이 되새기며, 그가 넘기고 있는 사투(死鬪)에 마음을 같이 했다.

그렇게 열흘을 보내는 아침에, 큰딸과 교체하고 집으로 돌아온 셋째가 피곤한 얼굴로 말했다.

"간호사에게 어렵게 부탁을 해서 오늘 밤에 엄마의 면회를 허락 받았어. 딱 5분간의 면회니까, 아빠에게 충격 드리지 않게 마음속에 기도만 준비하고 만나셔!"

놀라서 벙벙히 바라보는 그녀를 딸은 뒤돌아보지도 않으며 자기 방으로 들어갔다. 그의 상태가 어떤지, 어떻게 면회를 허락 받았는지, 물어볼 여지조차 딸이 몸짓으로 차단했다. 그런 딸의 분위기에 눌려서 그녀는 종일 그를 만날 수 있는 밤 9시 만을 기다렸다. 그에게 무슨 말을 해야 할지, 수백 번 생각을 해도 딱히 적절하다고 느껴지는 말이 생각나지 않았다. 딸의 말처럼 그냥 무언(無言)의 기도만 드리고 돌아서야 될 것 같았다.

그렇게 열흘 만에 그를 보았지만, 쫓겨나듯이 집으로 돌아와야 했던 밤, 그녀는 자신의 마음이 어떤 건지 도무지 가늠이 되지 않았다. 그의 죽음이 가깝지 않을 것 같아서 희망을 품고도, 다른 한편으로 그의 지나친 강인함이 마음 쓰였다.

어쨌든 그의 상태가 염려한 만큼 위급해 보이지 않아서 안심을 한 때문인지, 그 밤은 유난히 잠이 쏟아졌다.

'희망이 있어 보였지만, 스스로 약속한 12시를 넘기지 못하고 잠을 자는 건 말이 안 돼. 단박 싸가지가 바가지가 되는 짓이야. 그런데 오늘따라 왜 이렇게 졸음이 쏟아지지?'

그녀는 쏟아지는 잠을 쫓아내려고 몸부림을 치다가 결국 자정을 넘기지 못하고 자리에 누웠다. 오랜만에 꿀같이 단잠을 잤다.

다음 날 아침, 놀라서 눈을 뜬 그녀의 귓가에 그가 던진 말이 생생하게 매달렸다.

"그게 숨긴 거니? 내 성격이지!"

'정말 당신 대단해요. 그 대단한 성격이 반드시 죽음을 물리치고 회복할 거예요. 당신 덕분에 저는 기도할 시간을 벌었어요. 어젯밤에 기어코 자정을 넘기지 못하고 잠을 잔 것이 많이 미안하지만, 당신이 일반병실로 옮기면 당신이 내게 해준 것처럼 당신의 간병을 최선을 다해 해드릴게요. 독기(毒氣)든 오기(傲氣)든 다 좋으니까 빨리 회복하세요!'

그녀는 그와 함께 교회에 나가는 장면을 상상했다. 두 사람이 한복을 곱게 차려입고 특별찬양을 드리면, 위중한 중에서도 얼굴이 크게 상해 보이지 않는 그가 여전히 그녀보다 돋보일 것 같은 생각이 들어서, 그녀는 씁쓸하게 웃었다.

억지로 떠먹는 아침밥이 목에 넘어가지 않았다. 하지만 그녀는 한결 힘을 내어서 몇 숟갈을 목에 넘겼다. 그리고 마음먹은 일정을 시작했다. 유난히 깔끔한 그가 퇴원을 하고 돌아볼 집안 구석구석을 그의 눈길이 되어서 살펴보았다.

'집 안의 특별구역들이 그의 차지였지만, 그는 유리창까지는 신경 쓰지 않았어. 그래서 그가 집을 비운 사이에 큰맘 먹고 닦아놓으면 단박 알아챘지. 그러니까 오늘은 유리창까지 닦아놓고 그가 돌아올 날을 기다릴 거야!'

그렇게 청소를 하는데 힘겨운 줄을 몰랐다. 오히려 암송되는 말씀이 머릿속에서 노래처럼 흘렀다.

마음에 드는 성경구절을 찾아서 암송하는 일은 독일에 갔던 5년 전에 시작했다. 처음 시작할 때, 암송할 수 있는 말씀이 30여 개였는데, 시간이 흐르며 170여 개의 말씀을 암송할 수 있게 되었다. 그때 그녀는 짧은 구절의 암송에서 장문(長文)의 암송으로 바꿨고, 현재는 얼마만큼을 암송하는지 헤아리기를 포기했다. 다만 아침 기도시간에 한차례 암송을 하는데 1시간 이상 걸렸고, 그렇게 암송하는 동안 말씀들이 호흡처럼 흐르며 새롭게 힘이 되는 걸 느껴왔다.

'이 말씀들이 제 호흡 같습니다. 이 호흡으로 제가 날마다 새롭게 되어서, 이 기쁨을 저 사람과 함께 누리길 소망합니다!'

그 날, 그녀는 더 뜨거운 마음으로 말씀을 암송하며 일을 했다. 그가 해야 할 일을 한 날에 몰아서 해왔듯이, 그녀도 그 하루에 여기저기 집안 구석을 다 치우고 닦으려고 했다. 그런데 유리창을 닦고 대충 집안 청소를 끝냈을 때 벌써 11시가 되고 있었다.

그녀는 서둘러서 예배를 시작했다. 기도로 먼저 시작하고, 그날의 찬송 순서가 23장이라서 23장, 123장, 223장, 323장… 6장의 찬송 중 4번째 찬양을 하고 있을 때 전화벨이 울렸다. 그녀는 잠시 예배를 계속할까 망설이다가 그가 위중한 때라서 예배를 멈추고 전화를 받았다.

뜻밖에 큰딸의 전화였다.

"너 오늘 출근을 한다더니, 웬 전화니?"

그동안 코로나로 출근을 하지 않던 딸이 모처럼 출근을 하기로 한 날이었다. 그래서 그녀는 딸의 전화에 퍼뜩 불길한 예감이 들어서 가슴이 후두두 떨렸다.

"응, 출근을 했는데, 아빠가 엄마를 보고 싶어 하신다는 연락이 왔어. 그래서 엄마 모시러 갈 거니까, 옷을 챙겨 입고서 기다려. 아직 학교에 있어서, 가는데 30분 쯤 걸릴 거야."

"아빠가 갑자기 왜?"

그녀가 황급히 묻는데, 딸이 먼저 전화를 끊었다. 그 순간 그녀는 까닭 모르게 그가 위독하다고 느꼈다.

"어떡해요? 그는 아직 떠날 준비를 못했어요. 저도 그를 떠나보낼 준비를 못했어요. 제발 그를 지금 데려가지 마세요. 지금 데려가시면 절대 안 돼요. 제발 데려가지 마세요. 제발!"

그녀는 그 순간 공동주택에서 살고 있는 것을 의식하지 못했다. 몸을 이리 저리 굴리며 '안돼요, 안돼요. 지금은 절대 안돼요.'를 외쳤다. 옷을 어떻게 챙겨 입었는지도 모른다.

중환자실 앞에 문을 지키는 사람이 있었다. 딸이 203호실의 직계가족이라고 하니까 확인을 하고서 문을 열어주었다. 그래서 그녀는 전날 밤에 들렸던 중환자실을 향해서 휘청휘청 앞서 걸어갔다.

문 앞에 서니 그가 한눈에 보였다. 몸에 주렁주렁 매달았던 기계장치를 다 치우고 잠자듯이 누워 있었다. 밤을 새운 셋째 딸의 곁에 언제 왔는지 아들까지 서 있었다.

"너는 언제 왔니?"

그녀가 놀라서 아들에게 말을 걸었는데도 아들이 대답도 없이 그녀를 쳐다보기만 했다.

"아빠 몸의 기계들을 다 떼었네? 그래도 돼?"

편안히 잠든 것 같은 그를 보면서 그녀는 언뜻 상황이 파악되지 않았다. 그때 함께 도착한 큰딸이 그녀에게 말했다.

"엄마, 아빠한테 인사드려!"

"인사? 무슨 인사? 아빠가 지금 자고 계시는데…"

"장모님, 아버님이 돌아가셨어요."

같은 차로 오는 동안도 말이 없던 사위의 말에 그녀가 눈을 동그랗게 떴다.

"무슨 소리야? 간밤에 보았을 때까지도 의식이 또렷하고 기운도 있었어. 봐봐! 이렇게 편안히 주무시고 얼굴도 따뜻하잖아!"

그녀가 그의 얼굴을 만져서 따뜻한 것을 확인하며, 사위의 말을 믿지 않았다. 그는 정말 떠난 사람 같지 않았다. 구급차로 실려 보내고 열흘만에 보던 전날 밤에 그는 목소리가 여전히 우렁차고 생생했다. 그랬던 그가 하룻밤 사이로 떠나다니, 그녀는 그의 얼굴을 다시 만졌다. 따뜻한 체온이 손끝에서 생생했다.

"봐. 너희 아빠 지금 주무시고 계신 거야. 너희 왜 내게 거짓말을 하니?"

"장모님, 힘이 드시겠지만 마음을 추스르세요. 아버님은 이미 숨을 거두셨어요. 하지만 영혼이 아직 여기에 계실지 모르니까, 마지막으로 하시고 싶은 말씀이 있으시면 지금 하세요!"

"아냐, 아냐. 어젯밤까지도 생생하셨어. 그런데 어떻게… 왜… 뭣 때문에 갑자기 떠났다는 거야? 왜!"

그녀가 울부짖자, 아이들이 한꺼번에 "엄마~ 어떡해!" 외치며 울음을 터뜨렸다. 모두가 그의 몸 위에 얼굴을 파묻었다.

코로나19 때문에 삼촌(三寸)까지의 친척에게만 소식을 전해서 가족장으로 장례를 치르기로 했다. 곧바로 친정의 남동생이 달려오고, 두 시누이도 하늘이 무너진 듯한 표정으로 달려왔다.

그런데 큰 시누이가 영안실 앞에서 발을 멈추고 분향도 하지 않으려 하며 복도에서 울었다. 영안실 벽에 걸린 그의 사진 아래서 얼굴을 자꾸 벽에 박으며, "억울해, 억울해!"만 외쳤다.

큰딸과 아들이 가까스로 안내를 해서 분향을 했지만, 큰시누이는 엎드린 몸을 일으키지 않고 한참을 통곡했다. 그리고 시누이가 몸을 돌려서 곧장 집으로 돌아가려고 했다. 놀란 가족들이 억지로 식당으로 안내했어도, 시누이는 음료도 입에 대지 않았다. 그리고 시누이 남편과 큰조카도 넋 놓은 표정으로 식탁 앞에 앉아서 그녀에게는 눈길도 주지 않았다.

"고모, 우리는 몰랐는데, 아빠가 오래 전부터 마지막을 준비하셨던 것 같아요. 우리 아빠, 얼마나 특별하고 놀라우신 분인지, 가족 면회도 되지 않는 음압실과 위·중환자실에서도 가족의 돌봄을 끝까지 받으셨어요. 그런 유례가 지금까지 없었다는데, 아빠가 특례(特例)를 누리셨어요. 우리 아빠 눈치가 빠른 분이시잖아요? 병원에서 열하루 계시는 동안 코로나19 사태까지 오히려 아빠에게 복이 되는 것을 충분히 느끼셨을 거예요. 우리가 정상으로 출근을 하던 때였으면, 엄마 혼자서 어쩔 번 했는지… 코로나19가 우리에게 시간을 갖게 해주어서 마지막까지 아빠를 곁에서 지킬 수 있게 해 주었어요. 아빠가 그걸 느끼셨을 것만도 얼마나 감사한지… 아빠가 받으신 놀라운 축복이어요!"

큰딸이 고모를 달래느라고 애를 썼다.

"그래도 너희가 그렇게 몰랐다는 게 말이 되니? 네 아빠가 스스로 감췄다고 하지만, 가족이 어떻게 그렇게 눈치가 없니? 진작 병원에 쫓아가서라도 알아봤어야 되는 것 아니니? 내 상식으로는 도무지 납득이 안 돼!"

"우리도 그 점이 너무 후회예요. 그런데 고모도 아빠 성격을 잘 아시잖아요? 그동안 사위가 몇 번이나 병원에 뒤쫓아 갔었는데, 그때마다 아빠가 따돌렸어요. 함께 가지 않으려고 하셔서, 다른 차로 뒤따라갔는데도, 아빠가 아는 체도 안하고, 올 때도 혼자 먼저 차를 타고 가버리시니, 사위가 몇 번을 뒤따라갔어도 진료실조차 함께 들어가 보지 못했대요. 그래서 사위도 도리 없이 포기했죠. 그리고 병원에서 돌아오신 아빠의 이야기만 듣게 되었는데, 지금 생각하면 몸 상태를 잘 유지한다고 의사 선생님이 칭찬하셨다는 말씀도 아빠가 숨기려고 하신 거짓말이었어요. 그런데 우린 그 말을 믿었고, 또 아빠에게서 특별히 나빠지는 점도 느끼지 못해서 안심을 하고 있었어요."

"하긴, 10년 전에 수술도 포기했던 일이 늘 마음에 조마조마했지. 그래도 다른 말이 들려오지 않으니까, 탈 없이 잘 버티는 줄 알았고!"

큰시누이가 언성을 한풀 꺾고 아쉬운 한숨을 쉬었다.

그러는 동안 그녀는 시누이 곁에 죄인처럼 서 있었다. 그리고 시누이의 노여움이 조금 풀리는 듯해서, 조심스럽게 시누이 곁에 앉았다.

그런데 그 순간, 시누이가 고개를 옆으로 돌려서 흘기는 눈으로 그녀를 싸늘히 쏘아보며 나직하게 말했다.

"꼴 보기 싫어!"

시누이가 내쏘는 소리를 그녀는 못 들은 척 했다. 시누이의 성격이면 머리채라도 잡아서 흔들 것으로 각오를 했었기에, 오히려 그쯤인 것을 다행으로 여겼다.

'누난데, 아쉽고 서운하겠지. 어쩌면 내가 죽인 것 같기도 할 거야. 시누이는 진작부터 그가 나를 택한 것을 억울해 했어. 동생의 팔자에 천복(天福)이 있는데, 받을 복이 없는 나를 만나서 생고생이라고 푸념했지. 자꾸 억울해, 억울해 외치는 것도 그 뜻일 거야!'

큰딸이 그녀와 시누이 사이에서 벌어질 것 같은 어떤 소란을 염려해서 잔뜩 긴장을 했다.

'난 정말 꼬인 팔자야. 어릴 때에 이미 돌돌 꼬였고, 자랄 때도 단 한 번도 풀린 적이 없었어!'

그녀 혼자 그런 생각에 빠져드는데, 그녀를 외면하고 앉아있던 시누이의 아들이 그녀를 향해서 위로하는 말을 던졌다.

"우리가 아무리 서운해도 외숙모 마음 같겠어요? 이젠 외숙모가 힘을 내셔야죠."

기대도 하지 않은 조카의 한마디에 참고 있던 그녀의 서러움이 왈칵 치밀었다.

"네 외삼촌은 몹쓸 사람이야. 어젯밤에 마지막으로 얼굴을 보았건만, 나만 몰랐어, 쟤네들도 본인도 마지막 만남인 것을 짐작을 했나 본데,

모두가 나를 속였어. 생명을 유지할 길도 있었다는데, 네 외삼촌이 스스로 위험한 시술을 선택하고 사인도 직접 해 두었던 밤이었어!"

그녀가 참았던 눈물을 펑펑 쏟았다. 그 마지막 대면을 눈치 채지 못했던 자신의 둔감이 부끄럽고 억울하면서도, 그렇게 독하게 마음을 먹은 그가 새삼 원망스러웠다.

"그 애다웠어. 어렸을 때 크게 다쳐서 고생한 적이 있는데, 그때도 아프다는 소리 한 번을 하지 않고 참아냈던 아이야. 하지만 그런 그 애의 성격을 60년이나 함께 산 여편네가 몰랐다는 게 말이 되니? 안 봐도 무슨 상황인지 알만하지!"

서운함을 풀지 못 한 시누이가 하고픈 말을 줄여서 끊는 표정이 한결 부드러워졌다. 큰딸이 염려한 소란이 일지 않고, 큰시누이네 식구들이 조용히 돌아갔다.

'동생을 많이 믿었었지. 그런 동생을 떠내 보냈는데 어찌 슬프지 않겠어? 억울해 하는 마음도 십분 이해해. 그런데 시누이가 많이 늙었어. 젊을 때의 성격대로면 내 머리채를 열 번도 더 움켜쥐고 흔들었을 텐데, 늙어서 마음이 약해졌나봐. 어쨌든 이쯤으로 끝나서 다행이야. 그렇더라도 저 사람은 너무해. 이런 끝마무리를 만들다니… 역시 그만이 할 수 있을 지독한 자기중심이었어. 이 상황에서도 그가 어떤 사람인지 도무지 알 수가 없고 오히려 밉기까지 해!'

밤이 깊어 가는데, 남동생이 빈소를 지키겠다고 고집을 부렸다. 매형을 많이 좋아한 동생이지만, 올케가 그를 더 좋아했던 동생 부부다.

"우리 매형을 어찌 잊을지 지금부터 걱정이야. 내가 결혼을 할 때, 신부 집으로 가져갈 함을 내가 직접 들고 가기로 했는데, 매형이 굳이 점검을 했지. 그리고 함 속에 전통대로 청(靑) 홍(紅)의 두 치마감만 달랑 들어 있는 걸 확인한 매형이 곧바로 종로의 유명 주단 집으로 달려가서 값비싼 옷감을 몇 벌 더 사서 채워 넣었지. 제대를 했을 때도 용돈이 궁해서 누나 모르게 매형의 학교를 찾아 갔는데, 매형 역시 빈손이었어. 그런데 매형이 바로 옆 교실로 가서 무작정 여선생의 핸드백을 뒤져서 그 속에 있는 돈을 싹쓸이 하며, '미안해요. 며칠만 빌립니다.' 했어. 그때 어이없어 하던 그 여 선생의 표정이 아직도 기억에 생생해."

동생의 말을 올케가 가로 막았다.

"그 이야긴 천 번도 더 듣네요. 그런데 당신이 바쁘다며, 아픈 나를 무조건 매형에게 맡겼던 일은 어떻고요? 그때 아픈 나를 이 병원 저 병원으로 끌고 다니며 고생하신 고모부 생각은 평생 잊지 못해요. 처방받은 약까지 챙겨서 집으로 돌아오려고 고속버스터미널로 가던 중에, 고모부가 갑자기 한식집으로 데려가서 생전에 처음 먹어 보는 왕갈비를 시켜서 직접 석쇠에 구워 주시어서 마음껏 먹었어요. 그때 병은 맛있는 음식을 먹어서 다스리는 거라고 말씀 하셨던 것이 아직까지 잊히지 않아요. 처가식구에게 지성이던 고모부 이야기를 어떻게 다 말하겠어요?"

동생부부의 추억담이 길게 이어지는데, 곁에 앉아있던 큰조카가 이야기에 뛰어들었다.

"내가 대학에 들어갔을 때, 고모부가 갑자기 서울로 불렀어요. 고모에게는 비밀이었던 것 같아서 지금까지 털어놓지 못했는데, 서울역까지 마중 나온 고모부가 역 근처의 나사점에서 고급 양복 한 벌과 색깔이 다른 와이셔츠 두 개까지 맞춰 주셨어요. 옷 때깔이 지방과는 영~

달랐어요. 아버지도 내게 그렇게 해 주지 않았는데, 고모부한테 받은 그때의 선물이 내겐 평생 잊지 못 할 감동이었어요. 그런데 그 은혜를 제대로 갚지 못했는데, 고모부가 돌아가셔서 너무 죄송하고 슬퍼요!"

듣는 이야기들이 그녀가 눈으로 보지 못한 일인데도, 눈으로 본 듯이 느껴졌다.

그가 퇴직하고 처음 시작한 인쇄사업은 처음부터 사기(詐欺)에 휘말린 일이었다. 그랬어도 그는 몇 번이나 더 금빛 같은 성공을 눈에 그리며 사업에 대한 꿈을 버리지 못했다. 마네킹 사업, 봉제공장의 관리부장… 결국 번번이 실패로 끝났고, 마지막으로 규모 작은 본제공장의 경리상무로 자리를 옮긴 것이 자금 마련의 술수에 휘말린 일이 되어서, 그 치명타로 그의 사업에 대한 꿈이 막을 내렸다.

그녀는 그의 사업 실패가 자신이 자금조달을 화끈하게 해주지 못 한 데에 있다고 느껴 왔었다. 하지만 어쩌면 그가 형편에 맞추기보다 실패를 만회하려는 성급함이 맞벌이를 하는 그녀를 먹잇감처럼 내보이며, 그의 주변에 사기꾼이 맴돌았을 것 같았다. 그리고 그녀가 동원할 자금이 바닥을 친 때에야 비로소 그들이 그를 놓아준 듯했다.

첫 실패를 했을 때, 그녀는 빚 대신 소유했던 작은 집을 넘겨주었다. 그때 그가 날벼락을 맞은 것 같은 어이없는 표정을 지었었다.

"뭐라고? 빚 대신 집을 넘겨주기로 했어?"

그녀의 고지식한 대응이 그의 상식에 상당히 어긋난 듯 했지만, 빚을 진 당사자인 그녀의 선택에 그가 말없이 뒤로 물러났다. 그리고 그들은 둘째와 셋째를 친정에 맡기고 큰딸과 아들만 데리고 맨몸의 단칸살이를 시작했다. 쪽문 밖에 경부선 철로가 놓여있는 판잣집에서 겪은 숱한 어려움은 그들에게 최대의 고난이었지만, 그가 맨몸으로 뛰었던 유일의 시간이기도 했다.

그 이후, 그는 그녀와 어떤 것도 의논하지 않았다. 너무나 괴리된 그녀의 가치관에 놀란 때문인지, 그때부터 의논을 포기하고 그 혼자 독주(獨走)를 했다.

그래도 그녀는 그에게 사업자금 제공을 계속했다. 금빛 성공을 바라기보다, 막막한 생계의 유일한 출구가 그에게 있다고 믿는 선택이었다.

잘 살았던 습성대로 겉모양을 중히 여기는 그에게 그녀는 도무지 말이 통하지 않는 사람이었을 것이며, 그렇게 두 사람은 잘못 만난 것 같은 짐을 진채로, 함께 헤쳐 나갈 방법도 길도 찾지 못했다.

그렇게 쉽지 않았던 그들인데도, 그가 떠난 자리에서의 추억은 이상하게도 따뜻했다. 그가 아니면 누구도 만들 수 없을 것 같은 이야기로 느껴지는 추억담이 자정을 훌쩍 넘기도록 계속되었다.

그녀는 이미 큰딸의 식구를 집으로 보내서, 동생네 식구들이 밤을 새워 빈소를 지키는 것이 도리가 아닌 듯이 여겼다. 그래서 동생네 식구를 집으로 내려 보내려고 설득을 했다.

"누나가 내 마음을 정말 모르네. 오늘만큼은 매형 곁에서 밤을 새우고 싶으니까 날 말리려고 하지 마!"

동생이 떼를 쓰는데도, 그녀는 올케와 조카를 설득해서 기어코 집으로 내려 보냈다. 그리고 그녀와 아들, 또 셋째 딸만 빈소에 남았다. 밤이 늦었지만 세 식구는 잠을 청할 생각 없이 떠나간 그의 이야기를 나누었다.

아들이 말했다.

"아빠를 지켜드리며 난 그때 처음으로 아빠 모습을 자세히 살펴 보았어요. 아빠를 잘 안다고 생각했는데, 눈 코 입… 모두 처음 보는 것처럼 낯이 설었어요. 솔직히 아빠의 얼굴을 세세히 본 것이 그때 처음인 것 같아요. 그리고 큰누나와 아침에 교대를 하고 셋째누나가 오기까지 16시간을 지킨 때가 있었는데, 그 시간이 지루하거나 힘든 줄을 몰랐어요. 그때 이미 아빠의 하반신이 감각을 잃어 갔는데, 차갑게 굳어 가는 아빠의 두 다리가 어찌나 마음 아픈지… 밤 새워서 계속 발을 주물러 드리는 방법뿐인 게 너무 안타까웠어요. 그런데 그때 제 마음에 문득 혈육의 교감 같은 것을 느꼈어요. 긴 시간에도 전혀 피곤하지 않고 지치지도 않는 느낌은 말로는 표현이 안 되는 처음 경험하는 신비한 느낌이었어요. 마치 육신 속에서 치솟는 혈육 간의 어떤 본능 같았어요."

"나도 그 느낌을 경험했는데, 너도 똑같이 느꼈네? 그때 난 교대하고 집으로 돌아가는 게 불안했어. 아빠의 큰딸과 아들이 지키는 일인데, 내 마음이 나만 아빠의 불편을 잘 아는 것 같았어. 그래서 교대를 하지 않고 24시간, 48시간… 그 이상도 내가 돌봐드리고 싶었어."

"나도 회사에 나가서도 자꾸 아빠 모습이 눈에 어른거렸어. 나도 모르게 자꾸 시간을 확인했는데, 그게 빨리 아빠에게 달려가고 싶은 마음이었던 것 같아."

"하지만 코로나19의 2차 검사 결과를 기다리며 음압실에 있었던 때는 너무 힘들었어. 아빠의 섬망증 때문에 우리도 방호복을 입고 음압실 속에서 보살폈는데, 호흡을 제대로 할 수 없을 정도로 불편하기가 이를 데 없었어. 그래도 아빠가 너무 힘드실 것 같아서 아빠의 상체를 내 몸으로 받치고 부채질을 계속 해드렸는데 팔이 아픈 줄을 몰랐어. 한번은 내가 전화를 받느라고 부채질을 잠시 멈췄는데, 아빠가 단박 에어컨을 왜 끄니? 했어. 그래서 부채질을 멈출 수 없었는데, 그럴 수 있었던 마음이 효심이었기보다 예전에는 경험 못한 어떤 본능적인 힘 같았어!"

끝날 줄 모르는 아들과 딸의 이야기를 들으며, 그녀는 마음이 찡~ 하고 자꾸 울컥 울컥 했다. 어쩌다가 자신은 그런 교감조차 나눌 기회를 얻지 못하고 꽉 막힌 시간 속에 있었는지, 망자(亡者)인 그에게 너무 미안했다.

"누나, 벌써 세 시가 지났어. 우리도 눈을 조금 붙여야 되잖겠어?"

아들의 말로 세 식구가 빈소에 자리를 펴고 나란히 누웠다. 하지만 그녀는 잠을 자고 싶지 않았다. 그래서 아이들이 잠들기를 기다렸다. 그리고 아이들 숨소리가 고요해졌을 때 그녀는 조용히 몸을 일으켰다. 그리고 촛불 속의 그의 영정을 바라보며 계속 향을 꽂았다.

'내가 무슨 염치로 잠을 자겠어요? 당신이 죽음이 다가오는 걸 느낀 때가 언제부터인지… 난 아무 것도 모르며 당신의 특이한 체질이 이미 발병한 병까지도 잘 이겨낸다고 믿었죠. 당신이 끓이는 건강 차의 효능 같았고, 또 자신을 철저히 관리하는 결과 같기도 했어요. 하지만 지금 생각해보니, 그렇게 정성을 쏟은 그 건강 차가 당신이 자신과 가족을 위해서 쏟는 마지막 마음이었던 걸 이제야 알겠어요. 하지만 그랬던 정성이 이젠 아무런 의미가 없네요. 끝까지 눈치를 채지 못한 내 부끄러움만 태산 같네요!'

그녀는 그를 마지막으로 본 전날 밤의 정경을 마음에서 떨치지 못했다. 가슴팍에 커다란 가시로 박힌 것처럼 호흡을 가쁘게 했다.

"제 환자로 10년을 뵌 분인데, 가족을 동반하지 않으시는 것이 환자분의 의지이신 걸 진작 알았습니다. 하지만 이젠 가족 분들이 환자 분의 상태를 명확히 아셔야 되잖겠어요?"

의사선생님이 그렇게 서두를 꺼내서, 그가 듣는 앞에서 그의 상태를 셋째에게 설명을 했다고 했다. 혈관의 80%가 이미 죽어서, 사흘 동안 계속된 혈액투석에도 효과가 나타나지 않으며, 복수(腹水)가 이미 목에까지 찬 상황이, 이제 최후의 결단이 필요하다는 말씀을 하셨다고 했다.

"남은 방법이 딱 두 가지 있습니다. 생명만 유지해주는 연명의 길과, 많이 위험하지만 혈관을 뚫어보는 마지막 시술 방법이 있는데, 혈관을 뚫는 시술은 도중에 혈관파열로 돌아가실 확률이 매우 큽니다. 어느 쪽을 택하실지, 환자와 가족 분이 함께 의논을 하셔서 한 시간이라도 빨리 환자의 고통을 더시도록 조처를 하셔야 합니다."

냉엄한 표정으로 말하는 의사선생님의 얼굴에서 땀이 줄줄 흐르고, 딸은 그 말을 듣는 순간 머릿속이 하얘졌다고 했다. 딸은 진작부터 아빠가 돌아가실 것 같은 두려운 예감에 쫓겼다고 했다. 그리고 마침내 그 순간이 닥친 듯이 느꼈다고 했다. 그런데 남편이 그 자리에서 단박 자신의 의사를 밝혔다고 했다.

"그 결단이라면 지금도 말씀 드릴 수 있습니다. 이런 상태의 생명유지가 무슨 의미가 있겠습니까? 하지만 가족들에게 한을 남기고 싶지 않으니까, 마지막으로 해볼 수 있는 길이라는 그 시술을 부탁드립니다."

한 치의 망설임 없이 그늘도 느껴지지 않는 음성으로 그가 또렷이 말하자, 오히려 의사선생님이 당혹해서 할 말을 잃었고, 딸은 그 순간 아빠가 장본인이 아닌 것 같은 착각을 품었다고 했다.

백 번을 다시 생각해도 그는 그럴 수 있는 사람이었다. 그것을 인정하지만… 그래도 그가 그녀와의 마지막 만남에서까지 그렇게 감추며 짜증을 낸 일이… 아니, 그가 무슨 말을 어떻게 했든, 그녀를 마지막 바라보는 눈빛이 그토록 싸늘했던 것이… 아니 아니, 그의 짜증을 생기로 느껴서 회복을 굳게 믿었던 자신의 둔감이… 너무나 어이가 없고 백 번 천 번 저주스러웠다.

'병실이 쩌렁 울리도록 큰 소리로 간호사를 불러서 날 내쫓은 당신의 마음이 뭐였는지 정말 모르겠어요. 난 그걸 당신의 생기로 느껴서 곧 퇴원도 하게 될 거로 믿었죠. 그래서 특별찬송을 함께 부르자고 했는데, 당신이 뜻밖에도 아주 순하게 응, 대답을 해 주어서 난 깜짝 놀랐죠. 그래서 그 밤에 오히려 모처럼 편하게 잠까지 잤어요. 당신은 눈앞에 다가와 있는 죽음으로 살갗이 다 녹아지는 공포로 떨고 있는 마지막 밤조차 난 당신과 함께하지 못했어요!'

그녀가 뻐개지는 것 같은 가슴의 통증을 두 손으로 움켜쥐었다. 그때 영정 속의 그의 눈길이 갑자기 빛을 뿜는 듯했다.

'그게 숨긴 것이 아니고 당신의 성격이라고 했죠? 그럼 이 순간도 그 생각이 옳다고 여기나요?'

그녀가 눈물을 삼키며 다시 향을 꽂았다. 그때 갑자기 빈소가 환해지며, 그녀의 눈앞에 친정어머니가 떠나시던 때의 장면이 펼쳐졌다.

'왜 갑자기 이 장면이 보이죠? 많이 슬펐던 그때를 되돌아보라는 뜻인가요?'

그녀의 어머니가 떠나시던 때가 7월 초순이었다. 그런데 그녀는 언제나 그때를 늦가을 같았다고 기억한다. 평범히 사신 듯해도, 자신의 바람과 달리 여인의 숙명을 짐 지고 사신 어머니의 삶을 아프게 기억하는 마음 때문인 듯 했다.

그녀는 마당의 나무들과 뜰의 꽃들까지 가을빛이었다고 기억했다. 앞마당 처마 끝에서 한 번도 울타리 밖으로 나가보지 못하고 집을 지키는 진돗개 '은순'이가 컹컹 짖는 소리 대신 벌써 몇 번이나 길게 울음을 흘리고 있었다. 영리한 '은순'이가 할머니의 임종을 느끼며 슬퍼하는 것 같았다.

어머니는 꽃과 동물을 유난히 좋아하셨다. 꽤 넓은 80여 평의 울 안에 채소 대신 이름 모를 꽃들을 잔뜩 심어서 가꾸며, 말 못하는 '은순'이에게 늘 주의하는 말을 던졌다.

"너도 이 꽃들이 예쁘지? 얘들이 내 동무고 네 동무야. 그러니까 깨물지 말고 아껴주어라. 알았지?"

은순이는 할머니의 말을 알아들은 것처럼 꽃 속에 코를 박고 킁킁 거리며, 깨물거나 망가뜨리는 일을 하지 않았다. 할머니가 자신을 무척 사랑하는 걸 알고, 또 꽃 또한 사랑하는 걸 잘 아는 것 같았다.

어머니는 사흘째 산바람이 스미게 창을 열어서 여름 커튼을 반 만 열어둔 안방에서 의식 없이 누워계셨다.

'엄마~ 나하고 풀지 못한 일이 있잖아! 그러니까 어서 깨어나서, 엉킨 것을 풀어주고, 나를 한 번 안아주셔. 그게 내 평생의 소원이야. 진작 풀었어야 했는데, 내가 고집을 버리지 못했어. 엄마 미안해. 내가 잘못했으니까 용서해줘!'

그녀는 임종을 앞 둔 어머니 앞에서 비로소 자신이 오래 감추고 있던 한을 고백하며 소리 없이 눈물을 흘렸다. 어머니가 그녀의 마음을 아시는지, 마지막 숨결을 코끝에 매달고 사흘째나 머뭇거리고 있었다.

그녀는 누워 계신 어머니의 얼굴에서 젊을 때의 고왔던 흔적을 보았다. 핏기를 잃은 창백한 얼굴이 청초하고 아름다웠다. 하지만 그 얼굴 속에 감춰 있는 어머니의 회한도 보았다. 주름살 가닥 가닥에 주렁주렁 매달려 있었다.

교회의 식구들이 어머니를 마지막 뵙는 예배를 드리고 몸을 일으켜서 막 돌아가고 있었다. 그래서 식구들이 문밖까지 배웅을 나가고, 교인을 잘 모르는 그녀만 방에 남아서 어머니 곁을 지켰다.

그때, 어머니의 이마에 갑자기 푸른색이 감돌았다. 사람의 임종을 지켜본 일이 없는 그녀지만 단박 임종이 다가온 것을 느껴서, 황급히 밖에 있는 식구들을 불렀다.

"엄마가 이상해. 빨리 와 봐!"

그녀의 소리에 식구들이 우르르 달려왔다. 그리고 식구들과 함께 방으로 달려오신 아버지가 어머니의 얼굴을 살펴 보시 듯하더니, 급히 몸을 돌려서 밖으로 나갔다. 그리고 곧 손에 붕대 뭉치를 들고 와서, 어머니의 두 손을 포승하듯이 묶기 시작했다.

"장인어른, 이럴 때가 아닌데요!"

그녀의 형부가 황급히 말리는데도, 얼굴이 하얗게 질린 아버지가 말리는 형부를 밀쳐내며 하던 일을 강행했다.

"왜 그러는데~ 왜 묶고 그래? 안 돼, 하지 마!"

그녀가 아버지를 와락 밀치며 울음을 터뜨렸다. 그러자 아버지가 쓰러지듯이 주저앉으며, 손에 쥔 붕대를 방바닥에 내동댕이쳤다.

"나 아니면 누가 하니? 몸이 굳기 전에 가지런히 해야 되는데, 너희 중에 누가 할 건데?"

아버지가 무릎 사이에 얼굴을 묻고 어깨를 심하게 흔들었다. 그런 아버지를 형부가 팔로 감싸서 곁으로 밀고 사태를 정리했다.

"당신, 준비해둔 어머니의 옷을 가져와. 더운물과 소독수, 또 거즈도 잊지 말고 챙겨 와!"

형부가 가족을 이끌었다. 남자들을 밖으로 잠시 내보내고, 작은어머니와 언니에게 어머니의 육신을 씻기게 한 후, 온 식구가 미리 준비를 해 두었던 한복을 입히기 시작했다.

그런데 그 일이 쉽지 않았다. 그녀는 어머니의 상체를 끌어안고 일을 돕는 듯 했지만, 울부짖느라고 전혀 도움이 되지 못했다. 그리고 마지막으로 어머니의 왼쪽 팔을 저고리 소매에 입히는데, 형부가 갑자기 소리쳤다.

"멈춰! 어머니가 눈 뜨셨어. 모두 하던 일을 멈추고, 처제도 울음을 그쳐!"

그 소리에 모두가 하던 일을 멈추고 숨을 죽여서 어머니의 눈길을 좇았다. 3일 동안 의식이 없던 어머니가 한순간에 눈을 맑게 뜨고서, 둘러선 식구들을 왼쪽부터 차례로 눈길을 얼굴에 잠시 멈추었다가 다시 옆으로 옮겼다. 그리고 마지막으로 어머니의 상체를 끌어안고 위에서 어머니를 굽어보듯이 하는 그녀의 얼굴에서 어머니의 눈길이 멈췄다.

"악, 엄마!"

그녀는 자신도 모르게 비명을 지르며 어머니의 눈길을 손으로 막고 쓸어내렸다.

모두 그녀가 어머니의 마지막 눈을 감겨드렸다고 했다. 하지만 그녀는 그 진실을 알기에 두려웠다. 그녀는 자신의 얼굴에 꽂히는 어머니의 눈길을 자신에게 날아든 화살처럼 느꼈다. 그래서 반사적으로 손으로 가로막았다.

'어머니의 눈빛이 너무 무서웠어. 나를 증오로 쏘아보는 것 같아서 견딜 수가 없었어!'

무엇이 그들 모녀를 그런 마지막이 되게 했는지… 그녀는 너무나 무서웠던 그 눈길을 잊지 못했다. 머릿속에 대못을 박은 것처럼 오래도록 지울 수도 털어버릴 수도 없었다.

그녀의 상처는 8·15 광복으로 집안 환경이 갑자기 바뀌면서 시작되었다. 어머니는 언제부터인지 알 수가 없을 정도로 아주 일찍부터 그녀와 언니를 차별했다. 하지만 그녀가 너무 어릴 때에 시작된 일이고, 무엇보다 그녀가 언니를 무척 좋아해서 어머니의 편애에 달리 마음을 쓰지 않으며 자랐다. 누가 보더라도 특징 없이 평범한 자신의 용모에 비해서 어머니를 빼어 닮은 언니의 생김새는 예뻤다. 그래서 언니가 사람들의 눈길을 받는 것을 당연하게 여겨왔다.

그런데 해방과 더불어서 급격히 변한 가정환경이 여섯 살이 된 그녀에게 뜻밖의 힘겨움을 안겨주었다. 그 무렵에 어렴풋이 느끼던 어머니의 편애를 분명하게 느끼게 되었고, 시간이 흐르면서 점점 더 상처로 굳었다.

어머니는 자신을 꼭 닮고 선천적으로 몸이 약한 첫째 딸에게 유난히 관심을 기울였다. 그리고 무탈하게 자라는 그녀에게는 별달리 관심을 기울이지 않았다. 튼실한 그녀가 어느새 언니만큼 체구가 자랐는데도, 어머니는 언제나 언니가 입었던 몸에 꽉 끼는 헌옷을 그녀에게 입혔다.

그래도 그녀는 언니가 좋았다. 인형처럼 예쁜 언니가 사람들의 눈길을 받을 때, 시샘보다 그런 언니가 자신의 언니인 것이 자랑스러웠다. 언니의 등 뒤에 가려있어도 투정을 몰랐다.

그녀의 집이 아버지가 근무하는 사무실과 한 울타리 안에 있는 관사(官舍)였다. 그래서 아버지 사무실의 사람들이 한집 식구 같았다. 그런데 사무실의 사람들이 언니를 아끼면서도 그녀가 아버지의 또 다른 딸인 것을 전혀 모르는 것 같았다.

하지만 그녀도 언니만큼 눈길을 받은 때가 있었다. 어머니가 그녀를 유치원에 보냈는데, 어머니는 아침마다 그녀와 언니를 양손에 나누어 잡고서, 언니는 소학교에 그녀는 유치원에 데려다주었다. 어머니는 그 시간에 연한 색의 한복을 즐겨 입었는데, 길에 나선 어머니의 모습은 집에서 볼 때보다 훨씬 곱게 보였다. 마을 사람들이 그들 식구를 눈여겨서 바라보았는데, 누구를 더 눈여겨보는지 모를 만큼 한참씩 바라보았다. 그리고 가끔 그녀에게도 관심 있는 말을 해 주었다.

“작은따님은 소장님(아버지)을 딱 닮았어요. 큰따님과 분위기가 달라도 무척 귀여운 상이어요.”

자신을 귀여운 상이라고 말하는 것이 언니만큼 예쁘지 않다는 뜻으로 들려도, 그녀는 그 소리가 싫지 않았다.

‘언니는 엄마를 닮아서 예쁘지. 하지만 아버지를 닮은 나도 귀여운 상이라고 말한 것은 밉지 않다는 뜻일 거야!’

그렇게 사람들의 눈길을 받으며 유치원에 가는 아침이 즐겁고 행복했다. 어머니가 유치원에 다니는 그녀의 옷차림에도 신경을 써 주었다. 깡동치마의 한복을 늘 입었는데, 그 위에 커다란 앞치마를 덧입었다. 그때는 몰랐는데, 그 앞치마가 그때의 유치원 활동복이었던 것 같았다.

그런데 그녀가 입은 앞치마가 다른 아이들의 앞치마와 달랐다. 어머니가 앞치마에 예쁜 그림을 먹지로 박아서 수를 놓았는데, 유치원의 친구들이 그녀의 앞치마를 부러워하면서 자꾸 손으로 만졌다.

그녀도 앞치마가 마음에 들었다. 색동저고리를 받쳐서 입은 날은 사람들이 유난히 그녀를 눈여겨보았다.

“에구~ 요 꼬마가 어느새 유치원에 가나 보네. 아가, 유치원에서 배우는 노래 재미있어? 춤추는 것도 좋고…?"

색동저고리가 사람들의 눈길을 끌어서, 사람들이 언니보다 그녀를 더 눈여겨보는 것 같았다. 정말 어머니의 솜씨가 최고였다.

하지만 유치원을 오래 다니지 못했다. 겨우 몇 달을 다닌 짧은 시간이었는데, 그때 잊지 못할 여러 가지 사건을 겪은 게 추억으로 남았다.

어머니가 자신의 옷차림을 신경 써줘서, 언니 못지않게 사람들의 눈길을 받았던 추억, 또 그때 어머니가 유치원의 자모회장을 맡아서 어린 가슴에 벅차도록 자랑스러웠던 기억, 그리고 전쟁 막바지에서 겪은 일은 더욱 오래도록 잊지 못했다. 그때가 전쟁의 막바지였던 것을 훨씬 후에야 알게 되었다.

어느 날 아침, 그녀와 언니가 여느 때처럼 어머니의 손을 나눠 잡고 소학교의 운동장에 들어섰다. 그런데 학교 운동장에 전날에는 보지 못 했던 하얀 천막들이 여러 개 들어서 있었고, 흰옷을 입은 사람들이 사람을 들것에 싣고서 바삐 천막 속으로 들어가고, 운동장에는 온몸에 붕대를 감고 들것에 누워 있는 사람들이 즐비했다.

영문을 몰라서 어리둥절히 서 있는 그들 앞으로 이웃집의 아주머니가 달려와서 작은 목소리로 어머니에게 말했다.

"오늘부터 학교도 유치원도 수업이 없대요. 그래도 아이들을 학교에 있게 하라는데, 무슨 사연인지 모르겠어요. 아무래도 중국 본토에서 벌어진 전쟁 때문인 것 같아요. 우리 마을이 대륙과 가까운 해안가잖아요? 이 사람들 모두가 간밤에 배에 실려서 왔다는데, 아무튼 조심을 해야겠어요!"

겁에 질린 아주머니가 서둘러서 자리를 떠나고, 얼굴이 하얗게 질린 어머니가 잠시 사방을 둘러보다가 유치원으로 발걸음을 향했다. 머리가 하얀 원장선생님이 어두운 얼굴로 어머니를 맞았다.

"우리에게 위문대(慰問隊)를 만들라네요. 작은 아이들이 귀여우니까, 몇 가지 노래와 무용을 준비해서 오늘 당장 무대에 세우래요. 별 일 없겠지만, 회장님이 곁에 계시면서 도와주셨으면 해요."

원장 선생님이 혀 꼬부라진 발음으로 말했다. 어머니가 아이들의 곁에 있으면서 만약을 대비하라 하는 것 같았다.

그 무렵 그녀는 검정고무신 대신 어머니가 사다주신 빨간 구두를 신었다. 예쁜 구두가 너무 신기하고 마음에 들었지만, 가죽이 뻣뻣해서 움직이는데 고무신보다 훨씬 불편했다. 하지만 아이들이 부러워해서 애써 참고 신었다.

그런데 무대에서 춤을 출 때 그 구두가 너무 불편했다. 나이 어린 그녀를 무대 가운데에 세웠는데, 한쪽 무릎을 굽히고 앉는 춤을 출 때 구두 등이 굽혀지지 않았다. 그래서 어정쩡하게 반쯤 무릎을 굽혀 앉아서 무용을 했는데, 선생님이 단박 그 자세를 지적했다.

몇 번이나 무대에 올랐는지 기억을 못한다. 하지만 그녀는 어머니에게 구두 대신 고무신을 신겠다고 떼를 썼다. 그런데 사정을 모르는 어머니가 굳이 구두를 신게 했다.

운동장의 무대는 높이가 다른 책상들을 이어 붙여서 임시로 만들었다. 그리고 들것에 누운 군인들을 줄을 맞춰서 무대의 맨 앞에 놓고, 그 뒤로 혼자서 움직일 수 있는 환자들이 줄을 맞춰서 줄줄이 맨 땅에 앉아서 무대를 바라보았다.

그녀는 바빴다. 노래를 끝낸 뒤에 곧 바로 춤을 추는 준비를 해야 했는데, 어머니가 보이지 않으면 불편한 구두를 벗고 맨발로 무대에 오르고 싶었다. 하지만 어머니가 언제나 곁에 있었다. 그래서 구두를 벗을 기회를 얻지 못하고 몸만 자꾸 비틀었다.

"의숙아, 뭐해? 빨리 줄을 서야지!"

어머니가 머무적거리는 그녀의 손을 잡아서 무대에 올렸다.

불편한 게 또 있었다. 높이가 다른 책상을 이어 붙인 무대가 춤을 출 때 발이 자꾸 책상 모퉁이에 걸렸다. 그래서 몇 번이나 넘어질 뻔 했다.

그렇게 불편하게 무대에서 춤을 추고 있던 어느 날, 갑자기 머리 위에서 세상을 부수는 것 같은 소리가 나며, 황새보다 몇 백 배 더 큰 이상한 물체가 남쪽 하늘에서부터 날아들었다. 그녀는 그 소리에 놀라서 단박 그 자리에 주저앉아서 울음을 터뜨리려고 했는데, 그 순간 하늘을 빠르게 날아가는 신비한 물체가 눈에 들어왔다. 저게 뭘까 싶어서 눈길을 들 때, 퍼뜩 깨달아지는 게 있었다.

'저것… 비행기 아냐? 맞아, 비행기야. 와~ 비행기다!'

그녀는 몸을 벌떡 일으켜서 하늘을 나는 은빛의 신기한 물체를 바라보았다. 어느 틈에 어머니가 무대 위로 올라와서 그녀를 품에 안았는데, 그녀는 어머니의 손길을 뿌리치고, 날아가는 비행기를 뒤쫓아서 무대 끝까지 달려 나갔다.

비행기의 이야기는 잠자리에서 작게 소곤대는 부모님의 소리로 알게 되었다. 전쟁 이야기를 하시는 것 같았는데, 하늘을 나는 비행기가 있다고 하셨다. 그렇게 들었던 비행기가 굉장한 소리를 내면서 머리 위로 날아가는 바로 그 괴물일 것 같았다.

비행기는 곧 사라지고, 무대 위에서 내려다보는 운동장 안이 난리였다. 아이들이 무대에 주저앉아서 앙 앙 소리쳐 울고, 운동장에는 붕대를 감은 사람들이 맨땅에 바짝 엎드려서 여기저기로 기어가고, 그녀 혼자 무대 위에 달랑 서서 그 광경을 바라보았다. 이미 비행기가 사라져버린 북쪽의 빈 하늘을 아쉬운 눈길로 하염없이 바라보았다.

운동장은 곧 원래의 모습으로 되돌아갔다. 그런데 누군가가 무대 위의 그녀를 보고 소리쳤다.

"저 아이 좀 봐, 대단하지 않아? 꼬맹이가 어떻게 저럴 수 있지?"

일본 말을 알아듣던 그녀의 귀에 들린 소리였다. 그리고 누군가가 무대 아래서 그녀를 붙잡아 땅에 내려놓고, 삽시간에 약 냄새를 진하게 풍기는 아저씨들이 그녀를 숲처럼 둘러쌌다.

"얘 앞치마도 봐. 다른 아이들이 입은 것과 달라! 아가, 이거 엄마가 수 놓았니?"

그녀가 약 냄새가 진하게 풍기는 소란 속에 갇혔다.

또 하나 잊지 못 할 일이 있다. 비행기를 보았던 날과 거의 동시로 느껴지지만, 그래도 시차(時差)가 있었다고 느끼는 것은 그 사건이 무대에 올랐던 일로 벌어진 일로 기억하기 때문이다.

어머니가 그녀의 손을 잡고서 무섭게 생긴 낯선 아저씨가 앞 서 이끄는 뒤를 따라갔다. 그리고 낯선 집으로 들어섰는데, 넓지 않은 마당에 이미 많은 사람들이 와 있었다.

앞선 아저씨가 모여 있는 사람들을 밀치며 쪽마루가 있는 방으로 어머니와 그녀를 이끌었다. 그런데 그 방에 원장선생님이 겁에 잔뜩 질려서 귀퉁이에 쪼그려 앉아있었다.

그녀는 단박 심상치 않은 걸 느꼈다. 방 안에는 이마에 수건을 두른 몇 명의 아저씨들이 손에 길쭉한 몽둥이까지 들고 서 있었다. 그리고 그 아저씨들이 그녀와 어머니를 기다리고 있었는지, 그들이 방에 들어서는 순간 누군가가 큰 소리로 외쳤다.

"빠가야로!"

그 소리가 신호였는지, 무섭게 생긴 아저씨들이 방 안 살림을 마구 때려 부수기 시작했다. 어머니가 놀라서 그녀를 재빨리 치마폭에 숨겼는데, 어머니의 몸이 사시나무처럼 떨고 있었다.

'꽝 꽝… 와지직….'

"아악!"

물건이 깨지는 소리와 함께 원장선생님의 비명소리가 그녀의 귀에 들렸다. 그 순간 그녀는 자신도 모르게 숨이 막히던 어머니의 품을 밀치고 몽둥이 아래에서 떨고 있는 원장선생님 앞으로 달려갔다.

"때리지 마!"

그녀가 두 팔을 활짝 펴서 원장선생님을 가로 막고 소리쳤다. 그 순간 원장선생님이 그녀를 끌어안고 방바닥에 납작 엎드렸다. 그녀는 눈앞에 막 내리쳐질 것 같이 들려있는 몽둥이를 똑똑히 보았다. 그런데 눈잎에 높이 들린 몽둥이가 그 자리 그 모습으로 우뚝 멈춰 있었다.

그녀는 그때의 상황을 오래도록 잊지 못했다. 왜 아이들에게 금지시킨 노래를 부르게 했느냐고 호령하던 소리까지 귓가에 또렷이 살아남아서 귀에 들리는 듯 했다.

넓고 넓은 바닷가에 오막살이 집 한 채
고기 잡는 아버지와 철모르는 딸 있다
내 사랑아…

날 저무른 하늘에 별이 삼형제
반짝반짝 정답게 지내더니
웬일인지 별 하나 보이지 않고…

아이들이 무대에서 그 노래를 불렀다. '예수 사랑 하심은' 같은 찬송가를 배웠고, '하룽아 기다'라는 일본 노래도 배워서 알고 있었지만, 그밖에 더 알고 있는 노래도 별로 없었던 기억이다.

그런데 원장선생님은 평소에 많이 부르던 찬송가나 일본 노래를 부르게 하지 않았다. 노래 대신 손풍금에 맞춰서 폴짝 폴짝 뛰는 춤을 가르쳐서 무대에 오르게 했다.

그런데 무서웠던 그 사건이 있은 지 몇 날 지나지 않아서 원장선생님이 자기 나라로 돌아간다고 어머니가 그녀의 손을 잡고 배웅을 나갔다. 며칠 새로 원장선생님의 얼굴이 쇠약한 할머니의 모습으로 변해서, 버스의 창가에 앉아서 그녀를 향해 손을 작게 흔들었다. 그날 보았던 무서운 남자들도 어깨에 힘을 잔뜩 주고 서서, 버스가 떠나는 것을 지켜보았다.

학교도 변했다. 하루아침에 운동장에 가득했던 천막과 상이군인들이 사라지고, 곧 나라가 해방 되었다는 소식이 온 마을에 퍼졌다. 거리마다 흰옷을 입은 사람들이 쏟아져 나와서, 서로서로 얼싸안고 눈물을 흘리며 만세를 불렀다.

그녀도 언니와 함께 어머니의 손을 잡고 사람들에 휩쓸려서 온 거리를 돌았다. 들길을 걸어서 외딴 집까지 찾아가서 만세를 외치고, 집이 보이지 않는 들판에서는 들을 보고 산을 보며 목이 터져라 만세를 불렀다.

날이 어둑해서 흙먼지를 뽀얗게 뒤집어쓰고 집에 들어섰을 때, 아버지가 피곤한 얼굴로 식구를 맞았다.

“우리 딸들이 엄마와 함께 만세를 불렀어? 온 마을을 돌고 돌며 목이 터져라 불렀겠지? 다리가 많이 아플 텐데 어디까지 갔었니?”

아버지의 음성이 평소와 달랐다. 목이 멘 것처럼 들려서 깜짝 놀라서 아버지를 쳐다보았다. 아버지의 눈가에 눈물방울이 맺혀 있었다.

그토록 기뻤던 해방이 그녀의 집을 완전히 뒤바꿔 놓았다. 무슨 까닭인지 아버지가 다니던 회사를 그만 두고, 살고 있던 관사를 떠나서 아버지의 고향 근처의 낯선 곳으로 이사를 했다.

이사한 집은 동산 기슭에 자리 잡은 작고 초라한 집이었다. 가까이에 이웃도 없어서, 동산에 올라가서야 넓게 펼쳐진 들판 너머로 읍내가 아련히 보였다.

그때 부모님은 아버지 고향의 농예학교 관리직을 맡았다. 두 분이 이른 아침에 나가서 해가 진 뒤에 돌아오셨는데, 언니마저 10리 밖의 읍내로 학교를 다녀서, 여섯 살이 된 그녀가 두 돌을 채 넘기지 않은 네 살 아래의 동생을 온종일 혼자 돌봐야 했다.

젖도 떼지 않은 동생은 종일 칭얼대었다. 일터에 나가면서 어머니가 가마솥 속에 밥과 간식(찐 고구마와 감자, 누룽지 등)을 넣어 두었는데, 배가 고플 때에 솥뚜껑을 열고 음식을 꺼내서 동생과 함께 먹었다.

가마솥 뚜껑은 어린 그녀가 열기에 너무 무거웠다. 죽을힘을 다해서 뚜껑을 열고도, 솥 속에 몸을 반쯤 숙여 넣어야 음식을 꺼낼 수 있었다. 동생이 솥 속에 먹을 것이 있는 것을 알았는지, 그녀가 힘겹게 솥뚜껑을 열 때에 칭얼거리지 않고 기다려 주었다.

햇볕 따가운 앞마당에는 언제나 개미들이 있었다. 그들이 음식을 흘리면 어떻게 알아채는지 단박 개미들이 모여들어서 힘을 모아서 어딘가로 끌고 갔다. 그 모습이 너무 신기해서 둘은 한참씩 지켜보았다.

"의찬아, 이 개미들이 참 똑똑해. 우리가 흘리면 흘린 걸 단박 알아채고 삽시간에 모여들잖아! 개미들이 서로 말을 하나 봐. 그런데 우린 개미가 하는 말을 듣지 못해. 하지만 우리가 착한 사람이 되면, 개미들이 하는 말을 알아듣게 될지도 몰라. 그럼, 개미들하고도 친구를 할 수 있겠지?"

어린 그녀 머리에 문득 스민 생각이었다. 그리고 그것의 불가능을 훨씬 훗날에 알았지만, 그녀는 어릴 때 품었던 그 생각을 쉽게 버리지 못했다. 유치원에서 들은 착한 사무엘 이야기를 기억해서, 그녀도 더 착한 사람이 되면 개미의 음성은 물론, 하나님의 음성도 들을 수 있을 것으로 믿었다.

그녀는 가끔 동생을 업고 뒷동산에 올랐다. 산등성에 소나무가 우거져 있었는데, 커다란 바위도 하나 있어서 아기와 함께 바위 위에 앉아서 한참씩 쉬었다. 눈앞에 넓은 들판이 펼쳐 있었는데, 일하는 사람들이 개미만큼 작게 보이고, 들판 너머 아련히 보이는 읍내를 바라보는 일이 지루하지 않았다.

"의찬아, 저~ 기에서 아버지와 엄마가 일하고 있어. 우리가 여기에서 놀고 있는 걸 벌써 알아챘을 거야. 어쩜 우리에게 손도 흔들어 주셨는데, 우리가 보지를 못했을지 몰라. 하지만 지금이라도 우리가 손을 들어서 흔들면 알아보실 거야. 이렇게 손을 높이 들고서… 그래, 그래. 이렇게 높이 들고서 힘차게!"

아기는 그녀에게 손을 맡기고 눈을 가늘게 떴다. 벌써 들판 속에서 아버지와 어머니를 찾은 것처럼 입가에 웃음을 띠었다.

“저~기, 동그랗고 멋진 지붕 보이지? 저기가 임금님이 사시는 궁궐이야. 우리가 크면 꼭 가볼 텐데, 궁궐에 왕자님과 공주님이 살고 있어. 우리가 궁궐에 가면 왕자님이 잘 생긴 우리 의찬이가 마음에 들어서 단박 친구하자고 할 거야.”

아련히 보이는 읍내는 온천으로 이름난 관광지였다. 둥근 지붕의 멋진 건물이 관광호텔이었는데, 그때 그녀가 관광지나 호텔을 알지 못하고 왕궁으로 여겨서, 그곳에 왕자와 공주가 살 것으로 믿었다. 그래서 말도 하지 못하는 아기에게 왕자와 공주 이야기를 들려주었는데, 아기가 그녀의 이야기를 알아듣는 것처럼 눈을 반짝였다.

동산에서 놀다가 거센 비바람을 만날 때가 있었다. 그럴 때, 소나무들이 허리까지 굽혀서 잔가지들은 마구 흔들었는데, 바람에 흔들리는 나뭇가지가 헝클어진 머리털 같았다. 그리고 바람 속에서 이잉~ 이잉~ 이상한 소리가 계속 울렸다.

‘이 소리가 하나님의 목소리 아닐까? 사무엘이 나만할 때에 하나님이 부르셨는데, 혹시 하나님이 나를 부르시는 소리면 어떡하지? 난 아직 사무엘만큼 착하지 않아서 알아듣지를 못하는데!’

그래도 그녀는 그 소리에 귀를 기울였다. 조금 더 착하게 동생을 잘 돌보고, 또 엄마와 아버지의 말씀도 잘 들으면, 바람 속에서 울리는 하나님의 음성을 알아듣게 될 것으로 믿었다.

바람이 몹시 부는 날은 집 앞에 서 있는 전봇대에서도 이상한 소리가 났다. 그래서 서둘러서 산을 내려온 그녀가 전봇대 앞에서 발걸음을 멈췄다. 전봇대에서 울리는 소리는 숲에서 들린 소리보다 더 날카롭게 찌르르~ 찌르르~ 울렸다.

'어서 착한 사람이 되어서 이 소리도 알아듣고 싶어!'

그녀는 그렇게 착하고 예쁜 사람이 되기를 소원했다. 그런데 언제부턴지 그녀는 자신의 마음속에 나쁜 마음이 있는 걸 느꼈다. 어머니에게 품는 서운한 마음이었다.

'나도 언니가 좋아. 하지만 엄마는 나한테도 똑같이 엄마잖아? 난 날마다 동생을 돌보며, 착한 사람이 되려고 하는데, 엄마는 그런 내 마음을 몰라. 내가 엄마를 닮지 않아서 싫은 걸까? 하지만 나를 아버지를 닮게 낳은 사람이 엄마잖아? 언니만큼 예뻐해 주지 않더라도 착한 건 착하다고 해 줘야지!'

언니를 시샘하는 마음이 아니었다. 자신은 날마다 힘이 드는데, 그걸 전혀 모르는 것 같은 어머니에 대한 서운함이 컸다.

'하지만 이런 내 마음 때문에 하나님의 음성을 알아듣지 못하는 거야. 착해지기는커녕 오히려 심술쟁이가 되고 있어!'

하루가 다르게 마음속에서 자라는 마음속의 심술이 그녀는 두려웠다. 그리고 그런 마음이 되게 하는 어머니가 원망스러웠다. 아니, 어머니의 편애가 갈수록 마음의 상처가 되었다.

해가 어둑해질 무렵에 아기는 늘 그녀의 등에서 잠이 들었다. 이미 아기를 돌보는 선수가 된 그녀가 쪽마루에 포대기를 깔아서 잠든 아기를 가만히 뉘고 부모님의 귀가를 기다렸다. 깰 듯이 뒤척이는 아기를 작은 손으로 토닥이며 유치원에서 배운 노래를 자장가처럼 불렀다.

날 저무른 하늘에 별이 삼형제
반짝반짝 정답게 지내이더니
웬일인지 별 하나 보이지 않고…

노래를 부르면, 슬픈 얼굴로 손을 흔들며 떠나던 서양할머니가 생각났다. 몽둥이를 휘두르는 아저씨들 앞에서 팔을 들고 가로 막아섰던 자신의 모습도 떠올라서, 그때보다 더 섬뜩한 두려운 마음이 되어서 몸을 후두두 떨었다.

어머니는 언제나 아버지보다 몇 걸음 앞서 집으로 돌아왔다. 흙 묻은 광목치마를 허리띠로 불끈 매고서, 쪽진 머리에 지푸라기도 몇 개 묻히고 들어오는 어머니의 모습은 그녀 눈에 낯설었다.

어머니는 흙 묻은 손을 치마에 대충 부비고 동생을 서둘러 받아서 젖을 물렸다. 그런데 그녀는 무엇을 기다리는 것처럼 그 곁에 말없이 서서 지켜보았다.

"우리 의숙이가 오늘도 애 많이 썼지?"

어머니가 곁에 서 있는 그녀를 의식하고, 눈길을 동생의 얼굴에 꽂은 채로 지친 음성으로 말했다.

'치이!'

그녀는 어머니의 그 말을 기다렸던 것 같은 자신을 깨닫고 화가 났다. 그래서 몸을 팽 돌려서 밖으로 나왔다.

'나한텐 관심도 없으면서 괜히 빈 소리야!'

뾰로통한 얼굴로 쪽마루로 나오면, 어둔 샘가에서 몸을 씻던 아버지가 그녀의 인기척을 단박 알아챘다.

"우리 의숙이가 없었으면 엄마 아버지가 어쩔 뻔 했니? 오늘도 의찬이가 떼를 많이 썼지?"

아버지가 수건으로 물기를 닦으며 마루에 올라서 그녀의 어깨를 토닥였다. 아버지의 몸에서 풍기는 비누냄새가 아버지의 향기처럼 진하게 콧

속에 스몄다.

그녀가 중학교에 입학을 했던 때가 가장 아픈 기억으로 그녀에게 남았다. 언니가 중학생이 되었을 때는, 어머니가 어디서 구했는지, 군인의 누런 장교(將校) 복지를 구해서 손수 염색을 하고 매만져서, 양복점에 언니의 교복을 맞춰주었었다. 그런데 그녀가 중학생이 되었을 때는 어머니가 흰 광목을 검게 물들여서 직접 재봉틀로 만들어주었다.

몸이 약했던 언니는 중3이 되기까지 몸이 크게 자라지 않아서 그런지, 소매와 기장만을 조금씩 늘려서 계속 그 교복을 입었다. 그리고 그 교복이 여전히 윤기 흐르는 것이 사람들 눈에 띄었다.

그녀가 언니와 같은 학교를 다녔다. 아침마다 둘이 함께 집을 나섰지만, 언니가 떨어져가기를 원해서 그녀가 몇 걸음 뒤에서 따라갔다.

그녀는 누구도 두 사람이 자매인 것을 알아보지 못 할 거로 느끼며 마음이 서글펐다.

"가까이 오지 마!"

언니가 그녀의 마음도 모르며, 몇 번이나 뒤돌아보며 싸늘하게 말했다.

"알았어. 누가 물어보면 언니 동생이라고 말 안 해."

그녀는 새삼 슬픔과 외로움을 느꼈다. 자신이 언니만큼 어머니의 사랑을 받을 길이 없다고 여겨서 체념을 했지만, 그래도 자신의 마음속에 아직도 어머니의 관심에 목말라 있는 것을 느꼈다. 그래서 그런 자신을 어리석다고 스스로 질책했다.

물론 어머니가 숨기고 있는 어떤 슬픔을 어렴풋이 느끼며, 마음속으로 이해는 하고 있었다.

어머니는 고을에서 소문난 세도가(勢道家)의 단 남매 중 외동딸이었다. 하지만 외할아버지가 선견지명이라는 생각에 붙잡히며, 수재로 소문이 난 평민의 아버지와 결혼을 하게했다. 그것이 어머니가 바란 일이 아니었을 것 같은… 그래서 어머니가 품었을 어떤 슬픔을 어렴풋이 느꼈다.

그런데 외할아버지가 품었던 선견지명에 문제가 생겼다. 아버지는 평생 어머니를 상전(上典)을 대하듯 하면서도, 처가의 도움을 극구 거절하고 자립을 했다. 그래서 고생을 모르던 어머니가 고생 속에서 살게 된 이야기는 자식들이 자랄 때 내내 들었다.

아버지의 그런 고집은 자식들에게 자랑도 수치도 아니었다. 하지만 이상하게 그 이야기를 들을 때마다 그녀의 마음이 아리하게 아팠다. 그리고 해방이 되며, 온 가족이 고생 속에 몰아치기 전까지는 아버지의 고집이 아름답게 여겨지기도 했었다.

아버지는 해방 전까지 관(官)에서 운영하는 버스회사의 지방지소 책임자였다. 그것이 해방을 맞이한 아버지의 마음에 왜 문제가 되었는지, 어린 그녀가 알 수가 없었다.

하지만 아버지는 해방과 함께 하시던 일을 그만 두고, 손에 익지 않은 농사일에 뛰어들었다. 어머니도 아버지와 함께 새벽부터 저녁까지 그 일에 매달렸고, 어린 그녀까지 어린동생을 돌보는 힘겨운 일이 맡겨졌다.

그녀는 어머니의 얼굴에 짙게 드리워지는 그림자를 보았다. 그래서 자신에게 닥친 힘겨움보다 어머니가 더 마음에 걸렸다.

'외할아버지의 선견지명은 뭐였지? 결국 외동딸을 고생 속에 던진 것 뿐이잖아? 그 선견지명에 엄마가 희생되었어. 엄마는 많이 슬프고 노여윘을 거야. 그래서 아버지를 닮은 나를 싫어하지. 양반의 딸이라서 속마음을 감추지만, 자신도 모르게 그 마음을 내게 표시하는 거야. 하긴 내가 엄마였어도 그럴 수 있겠어!'

언제부터 그런 생각을 하게 되었는지 모른다. 하지만 문득 머리에 스민 그 생각이 가슴팍에 진실처럼 자리를 잡았다.

언니가 집에 없을 때에 그녀가 동생을 돌보는 것은 당연하다고 생각했다. 하지만 어머니는 언니가 집에 있을 때에도 의례 그녀에게 동생을 맡겼다. 언니는 홀가분히 이웃 마을로 놀러나가도, 그녀는 쉬는 날에 더 바빠지는 부모님을 돕기 위해서 동생을 돌봐야 했다.

한 번은 이웃마을로 놀러나가는 언니의 뒤를 동생을 업고 따라 나섰다. 하지만 언니는 금방 어디에 숨은 것처럼 보이지 않고, 그녀는 도리없이 잠이 든 동생을 등에 매달고 지친 걸음으로 비척거리며 집으로 돌아왔다. 그 뒤로는 언니를 따라나서지 않았다.

그녀가 초등학교 2학년이 되었을 때 아버지가 드디어 회사에 복직을 했다. 그리고 2년 정도 지날 때 6·25전란이 터졌다. 그 전란 때문이었을까? 그녀 네의 형편이 좀처럼 예전 같지가 않았다. 오히려 힘이 많이 들던 농예학교의 관리 일을 하시던 때가 그리울 정도였다. 그때 풍성하던 과일과 곡물 등이 아쉬웠다.

그래도 어머니는 여전히 언니에게 열심이고 그녀에게는 관심이 별로 없었다. 그녀가 제법 공부를 잘해도 칭찬을 하지 않는데, 언니의 성적이 조금 오르면 어머니의 얼굴에 단박 희색(喜色)이 돌며, 입에서 침이 마르도록 칭찬을 했다.

'엄마는 언니가 자신 같은가 봐. 엄마를 닮아서 예쁘고, 학교에서는 노래며 춤까지 언니가 손꼽히지. 그래서 학예회 때는 언제나 언니가 주인공이야. 그런데 난 언니만큼 잘하는 게 없어!'

슬프고 외로울 때 이상하게 외갓집이 생각났다.

외가(外家)는 양반의 전통이 한눈에 보이는 고택(古宅)이었다. 그리고 그녀와 같은 또래로 자라는 외사촌들은 어릴 때부터 그녀와는 사는 품격이 다르게 보였다. 고생의 얼룩이 보이지 않는 귀티 흐르는 모습이었다.

하지만 외가도 6·25동란을 겪으면서 쇠락(衰落)했다. 외할아버지가 공산군에게 붙잡혀서 고문을 당한 후유증으로 돌아가시고, 일본의 유명대학에 유학을 갔던 장손(長孫) 아저씨(5촌)가 급거히 고향으로 돌아왔는데, 뜻밖에도 아편에 중독된 폐인이었다.

그래도 5촌 아저씨는 고향의 중학교에서 교편을 잡았고, 뒤늦게 새로 결혼도 해서 6촌 남동생을 낳았다.

5촌 아저씨에게는 고향에 잠시 들러서 억지로 결혼을 했다는 첫 부인이 낳은 딸이 있었다. 그리고 그녀보다 한 살이 적은 6촌 여동생이 그녀의 집에서 그녀와 같은 학교를 다녔는데, 당숙이 영어를 전공한 것과 달리 6촌 여동생은 학교에서 수학(數學)의 천재로 손꼽혔다. 양반 특유의 깨끗한 살빛이 눈길에 돋보이고, 성격도 온화해서 그녀 집에서 함께 사는데 어려움이 없었다.

그런데 그 동생이 초임 발령을 받은 학교에서 갑자기 폐결핵을 앓게 되며, 21살의 아까운 나이로 세상을 떠났다. 그리고 당숙이 딸의 뒤를 따르듯이 돌아가셨다.

6촌 여동생은 언제나 재혼하고 멀리서 사는 어머니를 그리워했다. 그랬던 마음이 그리 나쁜 병을 얻게 한 것인지… 그녀는 오랫동안 6촌 동생을 잃은 아픔을 지우지 못했다.

그녀에게는 외할머니가 두 분이셨다. 어머니와 외삼촌을 낳은 큰할머니는 일찍 외할아버지와 별거를 했고, 할아버지와 사이가 좋은 작은할머니는 아기를 낳지 못하며, 큰 할머니가 외면하는 집안의 모든 살림을 도맡아서 해왔다.

어머니와 외삼촌은 작은외할머니의 손길로 자랐다. 하지만 천사처럼 착하신 작은할머니의 보살핌으로 어려움을 몰랐다고 하셨다. 작은할머니는 부모를 일찍 여윈 5촌 당숙까지 아들처럼 길렀고, 어머니가 재가(再嫁)를 해서 홀로 남겨진 6촌 여동생도 작은 할머니가 길러 주셨다. 그리고 당숙이 뒤늦게 결혼하고 얻은 아들까지도 결국 작은 할머니가 맡아서 돌본다는 뒷소식을 들었다.

'불쌍한 작은 할머니!'

그녀는 친외할머니에게서 느끼지 못한 따스함을 작은외할머니에게서 느껴왔다. 외삼촌이 친 조카인 그들보다 5촌 당숙의 아들에게 더 관심을 기울이는 것이 이해하기 어려웠지만, 결국 그 외삼촌마저 미국에서 자리 잡은 딸의 초청으로 미국으로 들어가시고는 연락이 끊겼다. 그 바람에 어머니의 친정 혈손이 뒤늦게 태어난 6촌 동생과 어머니뿐이었다.

그런데 어머니가 좀 이상했다. 술고래 5촌 당숙을 끔찍이 여기며 정성껏 돌보시던 어머니가 6촌 여동생과 당숙이 떠난 후로는, 늦게 태어난 6촌 남동생에게는 전혀 관심을 갖지 않았다. 마치 친정에 마음을 비운 듯이 살았다. 다만 고택에 남아 계신 작은외할머니를 모셔오는 걸 책임처럼 느꼈는데, 끝내 모셔오지 못했다.

작은외할머니는 고택을 사랑하신 듯 했다. 어머니의 권고까지 뿌리치고 끝내 그 고택에서 생을 마감하셨고, 그 후로 그녀도 어린 6촌 남동생이 있는 고택의 소식을 듣지 못했다.

'선견지명을 외치며 가세를 키우려고 애쓰신 외할아버지의 조급함이 자손이 귀했던 때문이라고 했어. 하지만 급한 마음으로 이렇게 저렇게 세운 궁리의 결과가 뭐지? 혹 그때 외할아버지의 마음을 두드린 예감 같은 어떤 느낌이 머잖아서 쇠해갈 가문에 대한 예감이 아니었을까?'

그녀는 어른이 되어가며, 어릴 때에는 이해되지 않던 어머니의 마음을 느낄 수 있었다. 친정에 남겨 있는 어린 5촌 조카에게 관심을 쏟지 않으며, 자신이 태어나고 자란 고택을 잊은 듯이 아예 입에 올리지도 않은 어머니의 감정은 어쩌면 깨알만큼 작게라도 가슴에 닿는 아픔이 너무 크고 절절했던 것이 아니었을까 추측을 했다.

이젠 그녀도 어머니가 되어서, 어머니가 삼켰을 것 같은 슬픔을 가슴에 담고, 뭉클뭉클 솟는 눈물을 목젖 아래로 넘긴다. 자신의 가슴 속에 자리 잡은 어둠이 어머니가 품었던 어둠을 닮으며, 하늘을 까맣게 가리는 먹구름이 되는 걸 느꼈다.

사는 모양이 어떠했든지, 어머니는 양반의 품격을 잃지 않으려는 노력을 하셨다. 아픔을 내색하지 않는 몸부림을 품어서 언제나 표정이 싸늘했다.

그 표정이 꼭 큰외할머니를 닮았다. 젊었을 때에 남편을 작은할머니에게 오롯이 빼앗기고, 일평생 안채에서 고독하게 사신 큰외할머니의 외로움과 슬픔, 그리고 아픔과 시샘까지 닮았다. 비록 겉모양이 다른 듯해도 할머니와 어머니가 품었던 한이 한 줄기의 맥(脈)으로 흐른다고 느꼈다.

그리고 여인이어서 품는 그녀의 고통도 그 맥 속에서 함께 흐르듯이 느꼈다.

그녀는 여섯 살 때부터 밤하늘을 자주 쳐다보았다. 별이 총총한 하늘 어딘가에 슬프고 힘겨운 자신을 지켜보는 하나님의 눈길이 있다고 믿었다.

밤하늘은 때때로 희미하게 구름을 펴서 그녀의 생각을 그림으로 그렸다. 몽둥이 아래에서 몸을 떨던 원장선생님의 모습을 그리고, 투스텝의 발모양을 가르치려고 긴 스커트를 무릎까지 올렸을 때 보인 원장 선생님의 노란 털이 부숭부숭하던 종아리도 그렸다. 그 종아리가 보일 때면 그녀는 자신도 모르게 피식 웃음을 흘렸다. 어릴 때는 그 종아리가 소름이 돋도록 무섭고 징그러웠는데, 이제는 그리움이 되어서 밤하늘에서 그 모습을 찾고 있었다. 그리고 피식 웃었던 것이 미안해서, 입가에 그려진 웃음을 서둘러서 지웠다.

'원장선생님은 지금 어디계실까? 이젠 우리나라에 일본 사람들이 보이지 않는데, 선생님이 혹 그 유치원으로 되돌아와서 일하고 계신 건 아닐까?'

유치원을 다닐 나이를 훌쩍 넘긴 때에도, 그녀는 그 유치원으로 되돌아가고 싶었다. 낯설고 무섭던 서양 할머니가, 무서운 일을 함께 겪은 뒤로는 친할머니가 된 것처럼 그리웠다. 어쩌면 그때 많이 놀란 원장선생님이 큰 병을 앓고 계시진 않을까 싶은 염려가 머리에서 떠나지 않았다.

2

그녀가 뇌경색으로 쓰러졌었다. 그때 그녀는 의식 없는 사람처럼 누워 있었는데, 어딘지 알 수가 없는 낯선 곳에서 꿈을 꾸듯이 있었다. 안개가 짙게 눈을 가린 듯한 그곳에 시계의 초침소리만 끊임없이 울리고 있었다.

그녀는 자신이 형체 없는 시선 하나가 된 듯이 느꼈다. 그 시선 아래에 희미하게 침대 하나가 보이는데, 자세히 보려고 눈길을 모으면, 안개가 구름처럼 피어올라서 눈을 가렸다. 그래서 그녀는 보일 듯 말듯이 보이는 침대를 의아한 마음으로 바라보았다.

'저 침대가 나하고 상관이 있는 걸까?'

어쩐지 그럴 것 같았다. 그래서 자세히 보려고 하면, 침대가 안갯속으로 숨고, 눈길을 돌리면 눈을 가린 안개가 스르르 내려앉아서 침대를 다시 보였다.

그녀는 자신이 그 침대 위에 누워있다고 생각했다. 이미 생명을 잃어서, 육신에서 분리된 눈길이 공기 한 알처럼 공중에 두둥실 떠 시체 된 자신을 내려다보고 있듯이 여겼다.

그렇게 느끼는 순간 갑자기 침대 위의 사람이 또렷하게 보였다. 분명한 그녀 자신이었다. 자신이 살던 방 안도 아닌 낯선 곳에 남편이 곁에 앉아있고, 그 곁에 다른 가족들이 둘러서있었다.

'맞아. 정말 내가 죽었어. 그래서 식구들이 둘러서 있어!'

그렇게 자신의 죽음을 확인할 때 그녀는 큰 충격에 빠졌다.

삶이 힘들 때, 그녀는 몇 번이나 죽음의 유혹을 느꼈었다. 죽음이 반가

울 리 없어도, 피할 수 없게 늘 곁에서 기다리고 있듯이 느꼈다. 지친 손을 내밀면 언제든 그녀를 위해서 어깨를 내어주어서 편히 쉬게 해줄 것 같았었다.

하지만 그렇게 느껴온 감정이 참이 아니었는지, 자신의 죽음을 눈으로 확인하는 순간, 그녀는 오히려 곁에서 맴도는 것 같은 죽음으로부터 도망치고 싶었던 자신을 깨달았다.

'주님, 전 죽음을 위한 아무 준비도 못했어요. 그런데 이렇게 갑자기 제 죽음을 보게 하시면 어쩌죠?'

신은 언제나 삶이 힘들어서 울부짖는 그녀에게 묵묵하셨다. 그래서 냉혹하다고 느껴왔는데, 그 순간은 너무나 잔혹하기까지 해서, 그녀는 이유 모르게 서러움이 복받쳐 눈물이 절로 흘렀다.

이상했다. 눈 아래의 뿌연 공간에 비가 내리는데, 그 비가 안개를 땅에 가라앉히고 있었다.

'이 비!'

그녀는 문득 쓰러지기 직전에 보았던 이상한 비가 생각났다. 창밖에서 내리지 않고, 테라스 안에서 주룩주룩 내리다가 어느새 대청 안에까지 밀려 들어서 쏟아지던 비!

'이 비, 뭐지? 내가 착시(錯視)에 빠졌나?'

그날이 그들의 결혼기념일이었다. 아이들이 자랄 때는 아이들이 기억을 해주며, 고사리 같은 손으로 선물을 마련해서 축하를 해주었다. 하지만 아이들이 다 자라서 각각의 삶을 살고부터는 그들의 결혼기념일을 누구도 기억해주지 않았다. 작은 의미도 품지 못한지 오래였다.

그런데 그녀 마음이 그날따라 그 의미에 사로잡혔다. 그와 산 46년이 우중충한 회색빛깔로 숨죽여서 땅에 깔려있다고 느꼈다.

아주 오래 전에 그녀는 자식만 바라보며 살겠다는 다짐을 한 적이 있다. 그런데 그런 결단을 해야 했던 때와 달라진 것이 아무 것도 없는 현재 속에서, 그 다짐이 세월의 녹으로 빨갛게 덮이며 부서져 내리듯 했다.

아이들은 이미 어미의 돌봄이 필요 없는 성인이었다. 그런데도 그녀는 자신이 아직도 자식들을 위해서 살고 있다는 명분을 가슴에 품었다. 스스로 살고 싶은 미련을 그런 핑계로 눈을 가린다고 자각을 해도, 분명한 건 이제 아이들에게 또 다른 어떤 아픔을 안기고 싶지 않은 명분이 뚜렷했다.

'못난 부모로 인해서 상처를 많이 받아온 아이들이야. 그런데 이제 내가 살 의미를 모른다는 핑계로 스스로 죽어버리면, 아이들에게 지울 수 없는 큰 상처를 안기게 되는 것이 분명하지.'

그 핑계에 자신을 묶었다. 앞으로 얼마를 더 살지를 모르지만, 땅에 내린 자신의 걸음을 끝까지 지고 가는 것이 남은 삶의 의미라고 여겼다.

그날따라 모처럼 외출을 한 남편의 귀가가 많이 늦어지고 있었다. 그래서 늦어지는 것을 염려하며 무심히 눈길을 창밖에 던졌다.

비가 보였다. 그런데 비가 창밖에서 내리는 것이 아니고, 테라스 안에 주룩주룩 내렸다.

'이게 무슨 일이지?'

그녀가 깜짝 놀라서 눈을 비벼 다시 확인을 하는데, 그 순간에 비가 대청 안으로 밀려들며, 그녀를 울타리처럼 둘러싸서 섬이 되게 했다. 그런데 쏟아진 빗물이 바닥을 적시지 않고 보송하게 놓아두었다.

"이거, 분명히 착시야. 내게 이상이 생겼어!"

놀란 심장이 뚝 멈추듯 하는데, 어찔한 현기증이 일며 의식까지 가물

가물해지고 있었다. 그녀는 의식을 놓지 않으려는 안간힘으로 버둥거렸는데, 그때 현관의 도어를 누르는 소리가 귀에 들렸다.

'그가 왔어!'

남편이 온 것을 느끼며 그녀는 애써 버티던 몸의 기력을 스르르 풀었다. 목 밑까지 차오른 염려를 내려놓았다.

그 뒤를 기억 못한다. 뒤늦게 안 것이 그녀가 뇌경색으로 쓰러져서 사흘 동안 그렇게 누워 있었다고 했다.

그렇게 안갯속에 갇혀서 있을 때, 그녀는 어릴 때에 눈 안 시야로 보았던 아름다운 풍경을 다시 보았다. 어릴 때에 잠을 청해서 눈을 감으면 눈 속에서 오색이 엮인 아름다운 무늬가 강처럼 흘렀다.

많이 힘이 들던 여섯 살 때, 그녀는 눈을 감으면 눈 속에 펼쳐지는 아름다운 무늬를 바라보며 고단한 것을 잊었었다. 옷에 대해서 관심을 가진 때가 아닌데도, 그런 무늬의 옷감으로 옷을 지어서 입고 싶었다.

그런데 뜬금없이 다시 보이는 눈 속 시야의 흐름이 어릴 때와 달랐다. 어릴 때에는 무늬가 알록달록 화사했는데, 죽었다고 느끼며 보는 눈 속의 흐름이 화사한 빛깔 대신 연하고 은은했다. 그리고 그 흐름의 끝자락에 어릴 때는 보지 못 한 예쁜 무지개가 떠있었다. 흐름이 낭떠러지로 떨어지며 끊긴 끝자락에 물안개를 한층 깔아서 떠 있는 무지개가 아름다웠다.

그런데 세상에서 보아온 무지개와 달랐다. 강 같이 흐르는 무늬가 빛을 반사해서 그런지, 무지개의 색색에 금빛이 연하게 담겨서 반짝였다.

'어릴 때는 왜 저 무지개가 없었지? 혹 내가 그때 흐름의 끝을 살펴보지 못 했나?'

그렇게 의심을 했지만, 한 눈에 뚜렷이 보이는 흐름의 끝자락을 보지 못했을 리가 없다고 여겨서, 그때는 분명 무지개가 없었다고 생각했다. 하지만 그 때도 무지개가 보였다면, 지금 바라보는 무지개와는 다르게 알록달록 신비하고 아름다웠을 것 같았다.

하지만 그녀는 찬연한 무지개를 보면서 문득 알 수 없는 두려움을 느꼈다.

'어릴 때에 보지 못한 무지개가 지금 보이는 이유가 내가 죽었기에 보는 것일까? 그렇다면 분명 살아온 삶과 연관이 있을 거야. 그런데 난 잘 산 삶이 아니지. 그래서 어쩌면 칭찬이 아닌, 질책이 담긴 뜻일 거야!'

그렇게 두려움이 치밀며 그녀 마음이 갑자기 숙연해지고 온몸이 차갑게 굳었다.

'하지만 아프게 산 내 삶을 질책하셔도 어둔 내 영이 그 뜻을 알아채지 못하고 있어. 그런데 지금 내 마음은 내가 받는 질책보다 혼자 남은 저 사람의 걱정뿐이야. 나를 증오하면서도 끝내 내려놓지 못하고 신 저 사람이 너무 불쌍해. 받을 복이 없는 나 때문에 평생 기 한 번을 펴 보지 못하고 산 사람이야. 그런데 이제 내가 먼저 죽었으니, 저 사람 혼자 잘못 살아온 우리의 짐을 지게 되었어. 어쩌지?'

그녀는 흐느꼈다. 죽어도 풀리지 않는 그들 삶의 원인이 자신에게 있다고 느껴온 그녀였다. 자신이 신 앞에 낮게 꿇어 엎드리면 그런 삶이 아닐 것으로 진작 느껴 왔어도, 그 잘못을 고치지 못하고 있었다. 그녀는 결국 아무런 준비를 못한 채로, 염려로 품어온 일이 갑자기 참(진실)이 된 가혹함에 가슴팍이 무너졌다.

'당신한테 미안해서 어떡해요?'

그녀가 오열을 하는데 문득 그의 목소리가 귀에 들렸다.

"미안해!"

그녀는 들려온 소리에 놀라며 소리가 들린 희뿌연 공간을 둘러보았다.

'당신, 어디에 있어요? 저한테 미안하다고 말했나요?'

그와 함께 사는 동안 느껴온 그에 대한 그녀의 생각은, 그는 어떤 경우로도 사과를 할 사람이 아니었다. 그런데 뜻밖으로 사과를 하듯 하는 소리가 들릴 때, 그녀는 자신의 귀를 의심했다. 하지만 너무나 분명하게 들린 소리여서, 단박 표현하기 어려운 감동이 가슴팍에 일어서 그녀가 눈물을 철철 흘렸다.

그런데 그녀가 흘리는 눈물이 비가 되어서, 떨어지는 빗물이 그녀의 뿌옇게 가린 시야를 환하게 열었다.

그가 그녀의 침대 곁에 앉아서 상처가 뚜렷한 그녀의 왼손을 어루만지고 있었다.

"이 손은 내가 절대로 쳐다보지 않으려고 했지. 나한테는 결코 지울 수 없는 상처였어. 난 왜 그렇게 당신을 꺾으려고 했는지… 그리고 당신은 왜 또 그렇게 돌이킬 수 없는 일을 저질렀는지! 그 일로 우리 두 사람이 빠져나올 수 없는 수렁에 빠졌지. 당신이 기어코 쓰러진 일도 그 때문이야. 나를 돌이키려고 무던히 애를 쓴 당신을 내가 모르겠어? 하지만 내가 막 돌이키려고 마음먹은 때에 당신이 좋아하는 하나님이 나를 가로막았어. 그 모습대로 살라는 듯이 더 이상 피할 수 없는 곳으로 나를 내몰았어. 하지만 당신 알아? 떠날 사람은 당신이 아닌 나였어. 그런데 왜 당신이 쓰러져? 그 바람에 난 미안한 마음조차 당신에게 전할 길을 놓쳤어! 내가 떠날 때 당신에게 사과하려고 별렀는데!"

그의 말에 그녀가 경악(驚愕)을 했다.

'당신 마음이 그랬어요? 그런데 어떡해요? 내가 이렇게 먼저 죽었어요. 하지만 이렇게라도 당신 마음을 알게 되다니… 난 오히려 무척 기뻐요. 그런데 어쩌죠? 잘못 살아온 우리 삶의 짐을 당신 혼자 지게 되었어요. 전 이렇게 죽었지만, 당신은 아팠던 지난 일은 다 잊으시고, 평안히 사시면 좋겠어요. 이렇게 간절히 빌어요!'

그녀는 죽음의 단절 속에서 바라볼 뿐인 자신의 눈길이 슬펐다. 할 수 있으면 이미 쓸모를 잃은 눈길을 멀리 던져서, 모든 것이 끝났다고 외치는 눈앞의 상황을 지우고 싶었다.

그녀는 신께 부르짖었다.

'저 사람은 어디로 가야 할지도 모를 거예요. 하지만 평생 당신만을 바라보았던 저의 약한 믿음을 불쌍히 보시사, 저 사람이 주님께 향할 수 있도록 인도해주소서!'

죽은 목소리로 그녀가 울부짖는데, 그가 갑자기 소리쳤다.

"당신, 깨어났어? 내 소리가 들리면 눈을 떠 봐. 의사 선생님이 당신이 깨어날지도 모른다고 했는데, 난 그 말을 믿지 못했어. 그런데 정말 눈을 떴네! 혹시 내가 중얼거린 말을 들었던 거야? 고마워, 너무 고마워!"

그때 그렇게 그녀가 의식을 회복했다. 왼쪽 몸에 마비기가 있었지만, 의료진 모두가 그녀의 회생을 기적이라고 했다.

그랬어도 그들은 여전했다. 그녀가 환상 속에서 보고 들은 것을 그에게 전하기를 망설였고, 그 또한 그녀가 자신의 마음을 알고 있는 것을 몰랐다. 그래서 그들은 이전의 남과 같았던 모습으로 되돌아갔다. 그는 여전히 말을 잃은 음울한 모습이고, 그녀도 빛 없는 어둠속으로 되돌아갔다.

그녀가 쫓기듯이 등이 떠밀려서 가출을 한 적이 있는데, 찾거나 부르는 사람 없이 그녀 스스로 10일 만에 집으로 되돌아왔었다. 그렇게 되돌아와서 사는 삶은 슬픔도 절망도 아닌 저주가 서렸다고 느낀 시간이었다. 그가 곁에 있을 뿐만으로 족하게 여겨서, 더는 어떤 것도 그에게 바라거나 기대하지 않으며, 자신의 감정까지 다 비우기로 다짐했던 시간인데도, 그녀는 한순간에 절제 되지 않고 불쑥 치솟는 분노로 번번이 넋 없이 주저앉았다. 그렇게 흘리는 2년이 그를 포기해서 살았던 지난 48년의 시간보다 더 힘에 겨웠다.

하지만 그녀는 그가 딴 사람이듯이 변했던 시간을 잊지 못했다. 꿈속처럼 짧게 스쳐진 시간인데도, 그 시간의 기억을 향기처럼 가슴팍에 진하게 간직하고 있었다. 언젠가 그가 그때처럼 회복되어서 꿈결 같이 살게 될 날이 있을 것 같은 꿈을 꾸었다. 등 떠밀려서 쫓겨나듯 했던 처참한 기억을 품고도, 피 흘리는 아픈 마음을 달래어서 스스로 돌이킬 수 있었던 것이 오직 마음에 간직된 그 향기 때문이었다.

'그는 분명히 변하기를 원했어. 그러니까 조금 더 참을 성 있게 기다리면, 우린 언제고 딴 사람 같았던 그때의 모습을 회복해서 오래오래 돌이킨 것을 아름답게 추억하며 살 거야!'

그녀 마음이 그랬다. 그런데도 조금도 변함없이 차가울 뿐인 그와 마주하는 마음은 간직하고 있는 꿈이나 다짐에 상관이 되지 않았다. 번번이 낙심으로 굴러지는 마음을 되살려서 추스르는 일이 점점 불가처럼 느껴졌었다.

그렇게 2년 시간이 채워지던 날, 그녀는 스스로 자신을 포기할 결심을 했다. 절제되지 않는 자신의 마음을 차갑게 얼려서 자신을 죽은 자로 여기기로 했다. 살아서 꿈틀대는 감성을 모두 죽여서 눈에 보이고 귀에 들리는 것을 감각하지 않기로 다짐했다. 그리고 그렇게 하루를 1년 같이 느끼며, 또 1년을 100년 같이 느끼며 느끼다가 기어코 그녀가 쓰러졌다.

그리고 쓰러지기 직전에 본, 대청 안에 주룩주룩 쏟아지던 비…

결코 사과를 하지 않을 그가 사과를 하듯 했던 음성…

어릴 때에 본 눈 속 시야가 다시 열려서 본 금빛 무지개…

의미를 모를 그 계시들이 그녀를 비웃어서 숨바꼭질로 장난을 쳐도 그녀는 도무지 그 의미를 알지 못했다. 다만 머릿속에서 끝없이 까르륵대며 비웃음을 퍼부어도 그 소란에 몸을 담아서 숨을 죽일 뿐이었다.

'비록 나 혼자 본 환상이지만, 그가 분명히 내 회복을 기뻐했어. 비록 내 갈급함이 본 허상이라 할지라도 그것을 보여주신 신의 뜻이 분명 있으시겠지. 그런데 난 지쳤어. 목마름도 열망도 내겐 다 헛되었지. 이젠 그런 갈증을 버릴 거야. 좀 더 기다리면 될 것 같은 느낌도 미련한 짓일 뿐인 걸 이젠 알아. 금빛으로 빛나던 무지개… 그것 또한 내 갈증일 뿐이잖아! 내겐 절망이 아닌 희망 같은 어떤 것이 아주 작게라도 주어질 리 없어. 그런 행운이 내겐 절대 없지!'

그녀는 치유불가의 절망을 앓고 있었다. 금빛 무지개에 대한 기대감이 진한 아쉬움으로 붙잡아도 그것까지 돌이질 쳐서 마음에서 지웠다. 신께서 무지개 같은 선물을 안겨주실 약속을 주시듯이 여기는 작은 기대까지 저주할 열망으로 여기며 부인했다.

시간이 그녀의 숨통을 턱턱 옥죄어서 흘렀다. 눈앞의 잔인한 현실에 정신이 가물가물 아뜩해지는데도, 선물로 다가올 것 같은 작은 조짐하나가 어디에서도 찾아지지 않았다.

그녀의 숨통은 낯선 고체로 굳어지는 숨을 넘기지 못하고, 가슴팍에 수렁을 파 핏물을 담고 있었다.

'아~ 내가 이 아픔을 사랑하나? 목숨을 태워서 숨이 꼴깍 넘길 마지막을 기다리며…?'

그녀는 자신이 그렇게 죽어간다고 느꼈다. 아직도 마음 한쪽에 질경이처럼 고개를 쳐드는 삶에 대한 미련이 있는 걸 느꼈지만, 그 미련이 자신의 생명을 갉아가듯이 느꼈다.

그런데도 그녀 의식이 머리끝에 매달려 있는 도돌이표에 붙잡혔다. 부인 못 할 참 마음이 아직 죽음까지를 수긍 못해서 다시… 또 한 번 그에게 매달려볼 미련을 품었다. 정말 징글징글 하다고 몸서리를 치면서도 그 꼴이었다.

그녀는 결국 자신을 사람으로 느끼는 감정에 침을 뱉었다. 아직도 그녀 곁에서 남편 같은 냄새로 있는 그를 의식에서 떨쳐버리기로 다짐했다. 자신을 없음으로 여기고, 기꺼이 숨을 거둘… 그 잔인한 시간까지 무위(無位)로 숨을 쉬자고 가슴팍을 닫았다.

그리고 낯선 고요를 겨우 붙잡고, 그 고요에 머리를 기대었다. 그런데 문득 그 고요가 외쳤다. 그건 살아있는 것과는 거리가 멀다고… 먼 아니, 아픔만도 못 한 저주라고 소리쳤다.

'그렇더라도 내가 뭘 어쩔 수 있는데?'

포장을 벗어서 얼굴을 내보이는 고요에 그녀가 도리어 항변했다. 그런데 그녀 가슴팍이 답을 외쳤다. 아파서 비명을 짓더라도 살아있는 채로 진공(眞空)의 뚜껑을 머리에 씌울 수 없다고 몸부림치듯이 말했다. 죽음의 후를 모르는 공포 때문이 아니고, 아픈 삶도 아파야 할 이유가 있을 것이니, 그 답을 포기해서는 안 된다는 반발이었다.

'그래. 죽는 것만도 못한 듯싶어도, 살아있는 감각을 지레 포기해서는 안 되겠지. 적어도 이렇게 달린 끝자락이 어떤 모양일지… 슬프게 산 사람만이 확인을 해볼 일종의 권리가 아닐까?'

어디에 숨어있던 오기인지, 그녀는 그 순간 눈에 불을 지폈다. 벗어서 던져버린 옷자락을 되찾아서 몸에 걸치듯이, 가슴팍의 절망을 끄러 안았다. 사랑까지는 못하더라도 그것들과 조금 더 함께 살아가라 명령 하시듯한 신의 뜻에 고개를 끄덕였다.

'그래. 오늘은 이 결심을 품을 거야. 하지만 내일은 나도 장담 못하지. 지난 세월 동안 셀 수 없을 만큼 갖가지의 다짐을 해왔어도, 그 다짐이 나를 새롭게 변화시키지 못했었어. 난 여전히 미련한 그 모습대로 나를 되불러서 곁에 세웠어. 하지만 이참엔 정말 그를 버리는 용단을 내어볼까? 그와 만난 자체를 깨끗이 지워서 과거가 없는 알몸의 나로 다시 서 보는 결단을!'

그런데 그녀는 곧 목이 꺾일 정도로 도리질을 했다. 그를 만난 자체를 지우는 것이 그들 사이에서 태어나 고통까지도 함께 겪은 아이들을 부인하는 일이겠기에, 그것이 가능한 일인가를 스스로 반문했다.

그녀는 엎드려서 피를 토했다. 어떤 답도 답이 되지 못하는 되풀이 속에서 그냥… 백치(白痴)로 주저앉고 싶었다. 그러다가 그녀는 또 고개를 번쩍 들었다. 왜 그를 저주하며, 자신도 저주해야 되는가 싶은 불같은 생각이 일었기 때문이다. 그냥 아픈 인연을 강물에 띄워서, 그를 전혀 느끼지 않는 무딤이 되는 것이, 그녀가 취할 수 있는 마지막 길인 듯이 여겼다. 그렇게 달라진 것 하나 없는 여전한 그 자리로 되돌아왔다.

그녀가 신께 물었다.

'이럴 뿐인 저희를 어찌 부부로 엮으셨나요? 여기서 돌이킨들, 제게 또 다른 아픔을 주시는 게 당신의 뜻이겠죠? 왜 자꾸 제게 이러시는데요? 나를 쓰러뜨렸던 뇌경색은 혹 나 스스로 뛰어든 절망의 늪이 아니었나요? 뜻밖에 깨어난 일 또한 내 의지를 거역한 육신의 반란이 아니었는지요?'

결국 그녀는 이미 굽어진 길로 들어선 자신의 걸음을 어떤 결단으로도 새롭게 할 수는 없다는 결론에 묶였다. 그리고 생각하기를 멈췄다. 정말 백치(白痴)처럼 멍청히… 그 자리에서 움직이지 못하듯이 못 박혀 나뒹굴었다.

이제 그는 떠났다. 2년, 그리고 또 한 번의 2년까지… 죽음을 앞 둔 그의 절망을 전혀 모른 채로 자신의 아픔을 고래고래 외쳐 2년 또 2년을 진통(陣痛)한 어둠이 저주의 소낙비로 변해서 그녀의 온몸에 퍼부어지고 있었다.

그녀는 어둠을 우산이듯이 여기며 그 속에 몸을 숨겼다. 빛까지 거부해서 눈도 깊게 감았다. 왜 그를 제대로 보지 못했는지…

마지막 만남에서조차 상황을 전혀 몰랐던 것이 정말 단순한 무딤이었나? 아니면 스스로 무딤으로 몸을 묶은 자신의 악(惡)이었나? 여기에 이른 이 순간도 그가 감추어서 몰랐다고 말하겠는가? 왜 늘 그만 돌이켜야 할 사람으로 단정해서, 자신의 어둠을 깨닫지 못했나?

하지만 그녀는 진작 자신이 흘리는 어둠을 알고 있었다. 그런데도 의도적으로 반응을 하지 않았다. 인간이 내보이는 재치나 민첩함에 거리를 품는 것은 정직한 자가 흘리는 작은 그림자라고 합리화했다. 오히려 그에게서 보이는 민첩함이나 재치가 이기심의 표출이고 열기라고 비하(卑下)했다. 아니, 그 표현이 가까이 있는 동률(同率)이 아닌 사람에게 횡포가 된다고 생각했다. 그럼에도 그를 놓지 못하는 것 또한 자신이 지닌 선한 바탕의 여림이라고 변명했다.

그렇게 오만했던 병증! 그것들이 갑자기 그녀의 몸을 발기발기 찢었다. 찢고 찢어서 먼지 한 톨로도 남지 못하는 어이없음에 그녀는 넋을 놓았다.

환상 속에서 본 일을 그에게 털어놓았으면 어땠을까? 더 이상 그에게 어떤 관심도 품지 않겠다는 노여움을 품지 않았다면 그를 제대로 바라볼 수 있었을까? 아니, 적어도 그가 느끼는 죽음의 공포를 진작 함께 끌어안아서 나눠야 했지 않은가?

뒤늦게 깨닫는 아픔이 눈사람처럼 몸을 키워서 그녀에게 달려들어서 고통의 화살촉을 낱낱 가슴팍에 꽂았다. 그래도 그녀는 자신을 비호했다. 아무 것도 모른 채로 금방 돌이켜질 것 같은 기대를 품은 2년 또 2년이 겹친 4년이 400년처럼 느껴진 인간의 감성을 어쩌느냐 항변했다.

어느 날 부부싸움의 극렬함이 살인까지 저지르게 된 사회적인 물의를 주제로 목사님이 설교를 하셨다.

"사람들이 서로 사랑을 품어서 더욱 행복하려는 욕심으로 결혼을 합니다. 그런데 오래잖아서 함께 추구했던 첫 번 목표를 깡그리 잊고, 제각기 자신이 누릴 이기심에 몰두해서 목표의 반대쪽을 향해서 치달아 갑니다. 그리고 요즘의 현대인들이 정상인 같은 겉모습을 지니고 있지만, 속마음이 누구의 어떤 말에도 귀를 기울이지 않는 '아스퍼거 증후군(Asperger Syndrome)'이란 자폐증을 앓고 있어서, 자신의 생각만 옳게 여기고, 상대방의 의견에 귀를 기울이지 못하는 병증에 빠져 있다고 합니다. 내 의견이 옳으니까 너는 내 뜻에 따르라는 고집 속에서 사는데, 그걸 병으로 깨닫지 못해서 치료의 길을 찾지 못하고, 끝내 자신에게 주어진 모든 것을 파괴하기까지 하는 비극이 요즘 세태에 불어 닥친 위기입니다."

그 설교를 들으며, 그녀는 적은 망설임도 품지 않고 그를 그쯤의 환자로 단정했었다. 사람의 인고(忍苦)가 제아무리 긴들, 마음 바탕에 갖추지 못한 인성이면 얻을 길이 있겠는가? 한쪽의 노력이 하늘에 닿아도, 하나가 되지 못하는 두 눈길이면, 거두어들일 열매가 있겠는가?

답을 얻지 못하고 달려드는 가슴팍 의문은 방파제를 뛰어넘는 파도였다. 수십 년 동안 같은 자리에 곤두박질을 쳐도, 자국 하나를 만들지 못하는 미련한 돌쇠였다. 그런데도 파도는 여전히 그곳에 밀려 들어서 애매히 모래만 쓸고 쓸었다.

하지만 파도는 이미 몸부림의 뜻을 알고 있었다. 끊임없이 밀려 들어서 곤두박질을 하는 것이 자국을 남기려는 것이 아니고, 모래 벌의 어지러운 자국들을 지워서 백사장을 다듬는 고운 손길인 것을!

결국 그녀는 스스로 지친 몸을 파도 위에 실었다. 파도에 이리저리 흔들리며 하루가 그렇게 스러져 가지만, 어김없이 새로운 내일이 다가올 것을 알고 있었다.

'어차피 내게 분정 된 고통이야. 다 소진되어서 숨이 질 때까지, 이렇게 흔들리는 것이 내게 주어진 아픔이고 또 휴식이기도 하겠지!'

누군가가 말했다.

"네가 약했지. 인간의 본성이 약자 앞에서 절로 강해지고, 다리를 뻗을 틈이 보이면, 그 자리에 단박 자신을 심는 게 사람의 이기심인데, 넌 스스로 약한 틈을 내보였어."

그 말에 뜨겁게 공감을 해도, 그녀는 신혼 초에 겪은 엄청난 사건을 잊지 못했다. 그를 상대하기엔 자신이 너무 역부족인 것을 그때 느끼며 자인을 했기 때문이다.

딱 죽어야 될 것 같았던 그때, 그녀는 죽음 대신 죽은 자처럼 사는 쪽으로 결단을 했다. 이미 둘 사이에 태어난 자식이 있기 때문이었다.

결혼하고 처음 부딪쳤던 그 사건은 소소한 부부싸움이 아니었다. 그녀 입장에서는 하늘에서 날벼락이 떨어진 듯 했고, 더욱이 성격이 외골수이기도 한 그녀로써는 그 상황을 이해하는 것이 불가했다. 오히려 견딜 수 없는 모욕감으로 치밀어서 죽음만이 길인 듯이 여겼었다.

그녀는 이전에도 몇 번의 죽음의 고비를 넘겼었다. 그래서 자신에게 늘 죽음이 기다려 있듯이 느껴왔다.

1960년 3·15 부정선거를 치르기 직전, 선거의 물밑 공작이 심해지던 때에 그녀가 초임지(初任地)에 부임했다. 그리고 사회가 꼭 공의(公義)를 공의루 여기지 않는다는 것을 뜨겁게 체험했다.

공무원이 선거운동을 할 수 없는 원칙이 헌법에 명시되어 있었다. 하지만 선거를 몇 달 앞두었을 때에 갑자기 일선 교직자들에게 이해하기 어려운 명령이 하달되었다.

공무원 개개인의 봉급에서 자유당(당시의 집권당)색이 짙은 서울 신문 5부의 값이 자동으로 인출되어서, 그 신문이 농촌의 각 가정에 배부된다는 공지, 또 가을걷이가 끝나갈 무렵에 교사들이 농촌의 각 가정을 방문해서 현 정부가 이룬 공적과 다음 정권으로 이어져야 할 상황을 낱낱 알려서 계몽하라는 하달, 그리고 무엇을 대비한 것인지 사표까지 일괄 제출해두라는 명령이 내려졌다.

그런데 사회 초년생인 그녀가 그 명령의 두려움을 몰랐다. 오히려 가정방문을 하는 기회를 이용해서 선거운동대신 교육의 참고자료로 삼으려고 했다. 그런데 어떻게 들어나졌는지, 학교장이 단박 그녀의 태도를 질책했고, 그녀가 어설프게 논리로 대응하다가 이전에 미리 낸 사표가 아닌 참 사표를 내도록 강요받았다.

"머리에서 피도 마르지 않은 젊은 것이 공무원이 선거운동을 하지 못하게 한 법은 알면서 제 아비보다 더 늙은 상관에게 대들어? 교육자가 우선해야 할 덕목이 뭐겠나? 네 사표는 그래서 내가 직권으로 받는다!"

동료의 누구도 그러는 학교장을 만류하지 않았다. 사표를 내기까지 퇴근을 못하게 문을 잠가 둔(숙직교사에게 열쇄를 맡겨둔) 교장실에 그녀를 혼자 남겨 두어서, 한밤을 꼬박 새운 다음날 아침 그녀 스스로 사표를 던지고, 출근하는 동료들과 어긋난 걸음으로 학교를 등졌다.

그녀는 갈 데가 없었다. 사표를 낸 사실을 부모에게 밝히기 어려워서 잠시 죽음을 생각했지만, 문득 고 1때 자살을 기도하고 여승(女僧)이 되어서 가까운 사찰의 여승당에 있는 친구를 먼저 찾아보기로 마음을 바꾸었다.

그녀가 여승당(女僧堂)을 찾았을 때에 친구가 그곳에 없었다. 마침 전국 사찰을 도는 수행(隨行)길을 떠나서 언제 돌아올지 모른다고 했다.

막막해진 그녀가 갈 바를 몰라서 막연히 서 있는데, 한 여승이 다가와서 주지승(主枝僧)이 부른다는 연락을 주었다. 그곳 여승당의 주지승이 여류문인으로 이름난 스님이었다. 평소에 그녀는 그 스님을 만나보고 싶었는데, 뜻밖으로 만나 뵙는 행운을 얻었다.

주지 스님은 그녀를 불러 놓고도 별 말씀을 하지 않으셨다. 그냥 한 일주일 머물라고 하시며, 자신이 거처하는 바로 옆방에 거하라고 했다. 주지 스님의 옆방은 귀한 손님이 머무는 방이라고 했다. 그래서 여승들이 그녀를 주지스님의 특별 손님으로 대접하며 친절했다. 그때가 가을걷이를 다 마친 때여서, 스님들이 특별히 할 일이 없는 때문인지, 스님들이 주지 스님의 곁방을 피해서 그녀를 다른 방으로 안내해서 자꾸 신상을 캐물었다.

"혹 후계자로 삼고 싶으신 건가?"

"하지만 이분 얼굴이 불교에 귀의(歸依)할 상이 아냐. 그냥 관심이신 것 같아."

그렇게 여승들의 분분한 관심 속에서 일주일을 보냈다. 그리고 그때 따로 갈 데가 따로 없는 그녀 마음이 그냥 중이 되어서 그곳에 눌러 앉고 싶은 유혹도 느꼈다.

하지만 일주일을 머물면서, 그녀는 여승들의 세계를 대충 알게 되었다. 그 세계 역시 속세와 다를 바 없는 세상으로 느껴지는 마음을 씻기 어려웠다. 한가한 여승들이 매일 손가락으로 사주(四柱) 보는 일에 열중했으며, 그녀를 경계하지 않고 나누는 그들의 대화로, 여승이 절에 귀의할 때 헌납하는 재물이 있는 것을 알았다. 그리고 그렇게 헌납하는 재물이 스님의 신분에 영향을 주는 것도 느낄 수 있었다. 결국 헌납하는 재물이 없이 맨손으로 귀의한 사람은 그녀의 친구처럼 가을걷이가 끝나면 전국 사찰을 도는 수행 길을 떠나게 되는 것 같았다.

머문 지 일주일이 되어갈 때, 그녀는 조금 더 머무는 것이 어떻겠느냐는 주지승의 뜻을 전달 받았다. 하지만 그녀는 그 권고를 뿌리치고 산을 내려와서, 도리 없이 집으로 향했다. 그렇게 죽거나 중이 되고 싶었던 고비를 넘겼다.

그 다음해에 어렵게 대학에 진학했다. 그리고 그녀의 교사 경력으로 꽤 좋은 가정의 가정교사로 입주(入住)를 했는데, 평소에 그녀에게 무심하게 대하던 주인 남자가 아주머니가 친정에 간 사이에 그녀에게 달려들었다. 간신히 뿌리쳐내고 엉겁결에 집 밖으로 뛰쳐나왔는데, 또 갈 데가 없었다. 정말 더럽고 무서운 세상을 실감해서 살고 싶은 마음이 깡그리 사라졌다. 인천의 고모 댁으로 가서 마음을 돌려보려고 애썼지만, 결국 상한 마음을 달래지 못하고, 기어코 미리 준비한 수면제를 입에 털어넣고 잠자리에 누웠다. 그런데 그때도 죽지 못했다.

그와의 관계는 더욱 무서운 운명 같았다. 그를 피하려고 미리 긴장을 했는데도, 기어코 피할 수 없게 엮어진 일이 우연이 결코 아닌 삶의 저주 같았다.

날벼락처럼 그와 부딪쳤던 밤, 그녀는 정말 죽음밖에 길이 없다고 생각했다. 마을 뒤쪽의 언덕배기에 축대를 높게 쌓아둔 공터가 있었다. 그리고 그 축대가 언덕 아래로 절벽을 이루어서 뛰어내리면 곧장 죽을 수 있을 것 같은 곳이었다.

'저 사람을 처음 만났을 때, 난 오늘의 일을 예견했던 것 같아. 까닭 모르게 긴장을 했고, 결코 엮여선 안 된다는 마음을 다졌지. 그런데 기어코 엮인 것이 내 운명이 분명해. 생각해보면 내가 살아온 시간들이 모두 그렇게 날벼락이고 저주였어!'

그녀는 도무지 이해가 되지 않는 그의 분노를 다시 생각했다. 무엇 때문에 그렇게 길길이 분노하는지 알 길이 없었다. 눈앞에 뛰어 넘기 불가한 거대한 담벼락이 가로막은 듯이 느꼈고, 악마가 꾸민 각본 속에 갑자기 뛰어든 것 같기도 했다.

'그는 왜 이 상황으로까지 날 몰아가지?'

밤바람이 몸을 휘감는 축대 위에서 그녀는 하염없이 서 있었다. 죽기로 한 것을 망설이는 건, 태어나서 막 7개월을 넘긴 딸이 마음에 걸린 때문이었다. 그래서 한 번 더 그 상황을 살펴보려고 했지만, 그녀는 더 살펴볼 필요가 없는 오직 죽음만 길이듯이 느꼈다.

그런데도 미련을 버리지 못했다. 서글프고 억울한 마음으로 하염없이 서 있는데, 문득 텅 빈 밤거리가 눈앞에 보였다. 가로등이 길게 줄을 지어서 반짝이는 텅 빈 도로가 고즈넉하고 아름다웠다.

그녀는 야경에 취한 듯이 잠시 거기에 눈길을 꽂았다. 그리고 문득 맨 처음 겪었던 죽음의 고비가 생각났다. 그때도 이상하게 때 이르게 핀 진달래에 마음을 빼앗겼던 걸 기억했다.

고1이던 때, 그녀는 경쟁률이 높기로 소문난 특차 지원의 사범(師範)학교에 지원을 해서 합격을 했었다. 하지만 부모에게서 버림을 받은 것 같은 상처를 가슴에 품은 때여서 합격의 기쁨을 느끼지 못했다.

"너까지 공부를 더 시키기엔 아버지의 힘이 부친다. 네 언니는 이찌 이찌 고등학교에 보냈다만, 네가 국비(國費)가 지원되는 사범학교에 붙으면 모를까, 만약 떨어지면 집에서 엄마의 일이나 돕도록 해라."

그녀는 아버지의 입에서 떨어진 말을 사실로 믿지 못했다. 특차에 꼭 붙으라는 채근으로 여긴다 해도, 언니가 2년 전에 같은 학교에 지원을 했다가 떨어졌을 때, 부모가 한 마음으로 후기학교에 지원을 해 놓고, 언니의 교육을 위해서 아버지에게 많이 유리했던 사업의 기득권(旣得權)까지 포기하면서 교육도시로 이사를 했었기 때문이다. 그랬던 상황을 또렷이 기억하는 그녀 입장에서 아버지의 그 말은 있을 수 없는 엄청난 차별이었다.

그런데 아버지의 말이 빈 말이 아니었다. 떨어질 때를 대비해서 미리 지원을 해 두는 후기학교의 원서가 마감되는 시간까지도, 부모는 그녀의 후기지원을 해주지 않은 채로 마감시간을 넘겼다.

다행히 특차에 합격을 했다. 하지만 발표를 보고 집으로 돌아올 때, 그녀는 서럽게 울면서 왔다. 그렇게 울며 대문에 들어서는 그녀를 어머니가 불합격을 했다고 여겼는지, 창백해진 얼굴로 말없이 그녀를 바라보았다. 그때 언니가 뒤따라 들어서며 말했다.

"얘, 붙었어. 그런데 내가 뒤따라오는 줄도 모르며, 어찌나 울면서 오는지… 사람들이 모두 떨어진 줄 알았을 거야."

그렇게 부모님의 편애로 마음이 갈가리 찢겨있던 신학기에 그녀에게 또 다른 일이 기다리고 있었다.

어느 날 저녁, 여고(女高)에 들어간 중학교 때의 친구가 그녀의 집으로 찾아왔다.

"우리 학교는 내일 영어책을 검사한대. 그런데 난 아직 사지 못했어. 너희 학교는 아직 검사한다는 말이 없지? 그래서 부탁인데, 내일 하루만 영어책을 빌려 주지 않을래?"

그 시절은 책을 모두 구비하기가 쉽지 않은 때였다. 그런데 그녀는 다행히 중요 과목의 책을 다 구비해서, 형편이 어려운 친구에게 기꺼이 빌려줄 수 있었다.

그런데 여학교에서 검사를 하는 날에 그녀 학교도 갑자기 영어책을 검사했다. 키가 크고 깡마른 영어선생님이 책을 미처 준비 못한 아이들을 세워놓고, 한 사람씩 사연을 캐 묻기 시작했다.

대부분 대답이 비슷했다. 깜빡 잊고 왔다고 하고, 책가방에 분명히 넣은 줄 알았는데, 어떻게 빠뜨렸는지 모르겠는 등… 그리고 드디어 그녀 앞으로 선생님이 다가왔다.

"네 사연은 뭐야? 집이 가난해서 사지 못했어?"

그녀가 일어서서 기다리는 뒷자리에 이르기까지, 선생님은 이미 짜증이 머리끝까지 올라 있었다.

"여고(女高)에서 오늘 영어책을 검사한다고 해서, 어제 저녁에 여학교의 친구에게 빌려주어서 가져오지 못 했어요."

그녀의 표정이 심드렁했을지 모른다. 하지만 굳이 거짓말을 하고 싶지 않았던 그녀가 정직하게 대답을 했다.

"뭐야? 네 밥통을 넘겨줬다고?"

선생님이 벼락같이 호통을 치며, 손에 들고 있던 단단한 출석부로 그녀의 머리통을 세게 내리쳤다. 그 기운에 밀려서 그녀가 의자에 털썩 주저앉았다.

"일어서, 새끼야!"

그때 그녀는 선생님의 호령 때문이 일어 선 것이 아니다. 자신도 모르게 몸을 벌떡 일으켜서 곧장 교실 밖으로 뛰쳐나갔다.

"거기 안 서?"

뒤 꼭지에 날아드는 선생님의 고함소리를 뒤로 하고 운동장을 가로질러서 마을 중심을 흐르는 냇가를 걸어서, 강이 내려다보이는 산성(山城)까지… 그녀는 자신이 어떻게 걷는지도 모르며 정신없이 걸었다. 그녀는 산성공원의 구석구석을 알고 있었다.

강다리가 생기기 전까지 배가 오가던 나루터가 공원의 뒤쪽에 있었는데, 그곳에 낡고 비어진 몇 채의 집들이 있는 스산한 마을이 있었다. 그리고 그 쇠한 마을 뒤쪽 깊숙이에 작은 절도 하나 있었다.

그녀와 친한 벗이 그 절의 한쪽 방을 빌려서 남동생과 함께 자취를 하고 있었다. 그래서 그녀가 쓸쓸한 그 마을에 자주 들렀고, 친구와 함께 산성에서 놀았다.

산성에 사람 발길이 닿지 않아서 은밀하고 조망이 좋은 낭떠러지 비탈이 있는 것을 그 때 알았다. 절벽 아래로 강물이 굽이치는 그곳은 바라보는 경치가 참 좋았다. 그녀는 잘 알고 있던 그곳에 이르러서 발걸음을 멈췄다.

'내가 누군지도 모르는 아이들이 나를 얻어맞은 아이로만 기억 할 건데, 어떻게 학교를 다녀? 어떻게 친구들의 얼굴을 보느냐고!'

그녀는 진작부터 죽고 싶었었다. 아버지를 꼭 닮은 그녀를 아버지가 많이 사랑하는 거로 믿어왔는데, 뜻밖에도 그 아버지까지 자신을 버렸고, 어머니는 애초에 그녀의 살고 죽는 일에 관심을 갖지 않을 것으로 믿는 그녀 가슴팍이 이미 갈가리 찢겨있었다. 그런데 얻어터지는 것으로 신학기를 시작했으니… 이유도 모르게 엉키는 자신 삶이 슬프고 절망스러웠다. 왜 그렇게 힘겨운 일이 거듭되는지… 그런 삶을 살아야 되는 이유를 모르겠어서, 오히려 애 써 사는 것보다 죽는 것이 편할 것으로 생각했다. 그쯤으로 삶을 멈추고 싶었다.

하지만 애써 살아온 시간이 억울했다. 착하게 살다보면, 언젠가 쾌청하게 밝아질 날이 다가올 것으로 믿어왔는데, 그 모든 것이 헛되어진 억울함이 컸다. 그래서 원망을 가득 품고 하늘을 바라보았다.

'제게 왜 이러시는데요?'

그런데 하늘빛이 찬란했다. 봄빛을 담은 아지랑이가 하늘에까지 닿아서 아른거렸다. 눈길을 돌려서 출렁이는 강물을 바라보고, 또 인적 없이 혼자 머문 그 자리도 새롭게 돌아보았다. 그곳에서 뛰어내리면 강물이 단박 그녀 육신을 휘감아서 어딘가로 끌어갈 것 같았다. 그렇게 자신이 사라지면, 가족들의 마음이 어떨지… 얼마나 애통해 할지…

이제 막 6학년이 된 남동생이 그녀의 죽음을 어떻게 받아들이고 견뎌낼지… 그녀는 죽으려는 사람이 자신이 아닌, 자신의 식구 중 하나이듯이 하염없이 울었다. 그러다가 잠시 울음을 멈추고 눈앞에 보이는 강 건너 편의 조요(照耀)한 풍경을 바라보았다. 거기도 봄빛이 가득했다.

'진짜 봄이야. 하지만 이 봄이 나하고는 이제 상관없어. 그동안 착하게 살겠다고 애써온 것도 소용없고, 오히려 착하고 싶었던 대신 스스로 죽으려하고 있어. 난 사실 지쳤어. 까닭 모르게 닥치는 이 모든 일들에 이젠 신물이 나. 이게 내게 태인 운명이라면 애써 길게 끌 이유가 뭐야? 지금 딱 목숨을 끊는 게 똑똑한 거지!'

그런데 이상했다. 아프고 신물이 난다고 느끼는 지난 시간들이 문득 그리움처럼 생각났다. 동생과 함께 힘들게 견뎌낸 어린 시절의 그 동산… 아버지의 정직함이 자랑이면서도 조금은 답답하게 느껴져서, 아버지를 그대로 닮기가 싫었던 어릴 때의 생각… 또 언니와 자신을 편애하는 어머니가 많이 서운해도, 어머니가 늘 불쌍하게 여겨졌던 마음까지…

'결국 난 착한 것과 먼 나쁜 딸이고, 몹쓸 가족이야!'

비탈에 누워서 슬프게 몸을 뒹굴었다. 그런데 문득 마른 풀 더미에서 파릇이 얼굴을 내민 새싹이 눈에 띄었다.

'너희는 봄이라고 다시 살아나는구나! 그런데 난 너희만도 못한 못난이야. 그래서 그만 죽으려는 거야!'

그녀는 치미는 서러움으로 풀 더미에 얼굴을 박고 발버둥을 쳤다. 마른 풀잎을 손으로 잡아 뜯고, 손톱으로 흙을 긁으며 몸을 뒹굴었다. 그런데 미처 생각을 못했던 일 하나가 문득 머리에 떠올랐다.

그 무렵에 군에서 제대를 한 삼촌네의 세 식구가 한 집에서 함께 살기 시작했다. 혹시, 그 일이 아버지에게 힘겨움이 되었나? 갑자기 대가족을 책임지게 된 아버지가 그래서 힘이 드셨던 거면 어쩌지? 그녀의 숨이 턱에 차올랐다. 그렇게 자신이 죽으면 아버지의 마음이 어떨지… 슬픔을 뛰어 넘는 큰 아픔일 것이 너무나 분명했다. 그런데도 눈을 딱 감고 죽음을 단행하는 것은… 지옥에 떨어질 일이 너무나 분명해서 그녀의 온몸이 후두두 떨렸다.

하지만 새 학교의 새 친구들 앞에서 얻어맞은 일 또한 결코 작은 일이 아니라고 느꼈다. 그 민망함을 견뎌서 친구들의 얼굴을 다시 대할 면(面)은 죽어도 없다는 생각이었다. 그래서 그녀는 죽는 쪽으로 다시 마음을 굳히고… 그러다가 아버지와 가족들이 생각나면 창자가 찢어져서 피를 내뿜는 것 같이 아팠다. 그렇게 마음이 자꾸 갈팡질팡했다.

그런데 그녀는 어느새 살아야 할 이유를 찾고 있는 자신을 깨달았다. 그래서 이쪽이다 싶다가 다시 저쪽으로 생각이 바뀌는 시간을 막연히 흘리고 있었다. 그러다가 졸려서 잠시 한숨을 자고나서 다시 생각을 하자고 마음먹었다. 졸린 눈을 스르르 감았다.

얼마나 잤을까? 놀라서 눈을 떴을 때, 동남쪽 하늘에서 비껴 보이던 햇살이 어느새 서쪽 강줄기 위에서 반짝이며 산 아래로 떨어지고 있었다. 그리고 얼핏 사람의 기척을 느껴서 옆을 힐끗 돌아보았다.

"눈 떴어?"

언제 와 있었는지, 친한 친구 채원이가 곁에 앉아있었다.

"네가 좋아하는 진달래야. 저기에 피어 있어서 너 주려고 꺾었어."

꽃도 생명이라면서 절대로 꽃을 꺾지 않던 채원이가 꺾은 진달래를 손에 쥐고 그녀에게 내밀었다.

……!

그녀는 순간 눈물이 울컥 솟았다. 그리고 솟은 눈물을 손으로 훔치며 말없이 꽃을 받았다. 까닭 모르게 가슴이 따뜻했다.

그때 어떻게 죽을 생각을 버렸는지 기억이 나지 않는다. 채원이가 준 진달래 때문인지, 아니면 그 순간에 머릿결을 상큼하게 스쳐간 바람 때문인지 그녀는 아직도 모른다. 다만 채원이가 한 가지 꽃을 꺾어낸 가지에 여전히 진달래가 곱게 피어서 미소를 짓고 있었다.

'난 왜 못 보았지?'

바람결에 진달래의 향기가 날아와서 코에 스미는 것 같았다. 그리고 강줄기 끝자락을 가린 산 사이로 해가 막 몸을 숨기며, 하늘을 석양빛으로 물들여서 찬란했다.

그래도 이틀을 꼬박 앓았다. 그렇게 학교에 나가지 못하는 동안에 담임선생님과 영어선생님이 집으로 찾아오셨고, 친구들도 몇 명 찾아왔다.

"이번 일로 네가 거짓말을 못하는 아이인 것을 친구들이 다 알게 되었어. 그래서 친구들 모두가 널 좋아하게 되었는데, 그래도 네가 학교에 나오는 걸 힘들어 하는 것 같아서, 며칠은 친구들이 네가 교실에 들어와도 모르는 척 하기로 했어. 그러니까 아무 염려 말고, 뒷문으로 들어와서 네 자리에 앉아서 공부해. 내 말 잘 알지? 그럼 학교에서 보자!"

채원이의 말처럼 그녀가 교실의 뒷문으로 들어가서 조용히 자리에 앉았어도 친구들이 뒤를 돌아보지 않으며 아는 체를 하지 않았다. 그래서 어려웠던 등교의 고비를 무사히 넘겼다.

그때의 일이 왜 갑자기 생각나는지… 죽음을 눈앞에 둔 상황이 비슷하다고 느낀 때문일까? 그때 죽음의 유혹을 뿌리칠 수 있었던 이유가 자신의 죽음을 슬퍼할 가족들을 외면 못한 때문이라는 생각을 늘 했었다. 그런데 이상하게도 그때 보았던 진달래꽃과 석양의 고움이 그녀에게 살아갈 용기를 부어준 듯한 느낌을 오래도록 지우지 못했다.

그리고 또다시 죽음을 눈앞에 두고 있으며, 그녀는 아기의 울음소리가 들리듯이 느꼈다. 태어나 7개월을 넘기며 갖가지 재롱을 피우는 딸이 그녀가 죽어버린 후에 어떤 모습으로 살게 될지… 자신의 절망이 어떠하든, 엄마를 잃은 아기가 겪어갈 삶의 고통에 비교가 되겠느냐고 스스로 질문했다.

'나로 인해서 태어난 생명인데, 어미 없이 자라는 아이 모습이 어떨지… 그건 어미 된 사람이 저지를 수 있는 일이 결코 아니야!'

결국 그녀는 아기의 울음소리에 이끌리듯이 공터를 벗어나 집으로 향했다.

집이 조용했다. 자정 무렵에 그녀가 집을 뛰쳐나왔건만, 식구 모두가 불까지 끄고서 잠이 든 듯싶었다. 그걸 느끼는 순간 그녀의 몸이 다시 차갑게 굳었다. 그 냉혹함이 견딜 수 없는 모욕감으로 치밀어서 그녀는 다시 죽음으로 발걸음을 되돌리고 싶었다.

하지만 그녀는 가슴팍에 치민 노여움을 쓸어내리며, 눈에 보이는 그런 현상에 상관하지 말자고 다짐했다. 그보다 더 몇 배 아픈 충격이 내려쳐져도 가슴속에 어떤 흔들림도 담지 말자고 다졌다. 그리고 소리를 죽여서 방으로 들어서는데, 그가 모로 누워서 잠이 들어 있었다.

'이런 모습도 견뎌! 죽음의 고비도 넘기고 돌아섰는데, 저 사람의 저런 모습이 어떻다고? 저가 날 무시하고 사람으로 보지 않는다면, 나도 저

를 무시해서 살면 되지!'

가슴에 차오른 모욕감을 그렇게 눌렀다.

'하지만 이 일을 결코 잊어선 안 돼. 그러기 위해서 내 몸에 증거를 남길 거야. 오직 아기만 바라보고 살기로 한 내 다짐을 저에게 보여 주기도 하고, 내 자신도 그 증거로 평생 잊지 않기 위해서야!'

그녀는 부엌으로 갔다. 거기에 닭백숙을 준비하면서 갈아 놓은 칼이 있는 걸 생각했기 때문이다.

시어머니가 닭백숙을 해먹자며 그녀에게 닭을 사오라고 했다. 남대문시장까지 나가는 걸음인데 시누이가 굳이 따라 나섰고, 그도 남대문시장에 들르는 김에 여름 남방셔츠 두 개를 사오라는 부탁을 했다.

그런데 시누이가 그녀의 호주머니 사정을 모르는 채 자꾸 앞서가며 이것저것을 손에 잡았다.

'어떡하지? 돈을 여유 있게 준비 못했는데….'

결국 그녀는 그가 부탁한 남방셔츠를 사는 대신 예정에 없던 식구들의 것을 사들고 집으로 돌아왔다. 그에게 미안했지만, 그가 능히 그렇게 된 사정을 이해해 줄 것으로 생각했다.

"오빠 건 다시 나와서 사면 되지 뭐. 핑곗김에 식구들에게 선심을 쓴 걸 오빠가 설마 삐치겠어?"

사실 그녀는 시누이가 따라나서는 게 겁이 났었다. 소박한 친정집과 달리 잘 살았던 습관이 여전한 시집 분위기는 쓰고 싶은 일을 먼저 쓰고 보는 소비성향이었기 때문이다.

그런 시집의 분위기를 몰랐던 신혼 초에 그녀는 자신의 용돈을 시어머니께 타서 쓸 마음으로 월급을 봉투 채 시어머니께 드렸다. 그런데 시어머니는 그녀에게 봉급 외의 부수입이 있을 것으로 믿고, 오히려 이런저런 필요한 여러 상황을 말하면서 생활비를 더 내놓기를 요구했다.

그 시절, 서울의 초등학교 교사들이 부수입을 챙기고 있긴 했다. 하지만 태성이 강직하고, 사회의 초년생인 그녀가 그런 행태에 적응하기는 힘들었다. 오히려 그런 수입에 모욕감을 느껴서 강하게 거절을 해 와서, 동료 교사들의 눈총을 받고 있었다.

'어쩌지?'

남편에게는 비밀로 하라는 시어머니의 부탁 때문에 그의 협조를 얻을 수도 없었다.

결국 그녀는 과외지도를 하기로 결단했다. 마침 과외지도를 원하는 학생이 있어서, 어려운 상황이 자리 잡히기까지 해보기로 하고, 교통비가 마련되기까지 50분 정도 걸리는 출근길을 걸어서 출퇴근을 했다.

그런 경제 사정이었지만, 시누이 앞에서 약자일 수밖에 없는 그녀였다. 그래서 시누이가 손에 잡은 걸 차마 거절 못하고, 도리 없이 그의 부탁을 뒤로 미뤄야 했다. 하지만 그녀 마음이 많이 착잡했다. 그에게 위로를 받고 싶은 심정이었다. 그런데 그가 불같이 화를 냈다.

"네 눈에 내가 남편이긴 했니?"

그의 성격이 강한 것은 진작 알고 있었다. 하지만 결혼을 한 뒤로 그런 성격이 내보인 적이 없던 그가 뜻밖에도 상상을 초월하도록 역정을 냈다.

'내가 뭘 어떻게 할 수 있는데? 자기 식구들을 자기가 몰라? 그런데 이 사람이 갑자기 왜 이러지?'

예상을 못한 그의 태도에 당황했지만, 일단 집안의 소란을 염려해야 해서, 그의 분노부터 막으려고 했다. 자신의 상처 받은 마음을 감추고, 익숙지 않고 내키지도 않는 애교를 발휘하며 상황을 설명하고 또 사과도 했다.

하지만 그는 이상하게 어떤 설득도 사과도 귀담아 듣지 않았다. 순간 어이가 없다는 생각이 들었지만, 그래도 그녀는 그를 달래려고 애를 썼다.

소란 속에서도 닭백숙을 준비해서 그에게 권하고 거절을 당했고… 또 닭백숙의 마지막 단계인 닭죽을 완성해서 그에게 한 번 더 권하려고 그의 앞에 다가앉았다. 그런데 그가 갑자기 그녀가 들고 있는 닭죽 그릇을 손으로 쳐서 방바닥에 내동댕이쳤다.

"넌 첨부터 그 마음이었어. 그래도 결혼을 했으면 달라져야 되는 것 아냐? 넌 그따위 마음으로 결혼은 왜 했니?"

그가 벌떡 일어나서 두 손을 허리에 얹고 거친 숨을 씩씩 내쉬었다.

그녀는 처음에 그가 시누이한테 화를 낸다고 여겼다. 방바닥을 발로 쿵쿵 짚으며 소리치는 것도, 시누이나 시어머니가 들으라는 몸짓일 거로 알았다. 하지만 그건 그녀 혼자 품은 착각이었다.

'이 남자, 이러는 감정이 뭐지?'

그 순간 전혀 머릿속에 담지 않았다고 여긴 어떤 생각이 갑자기 떠올랐다.

'이 남자, 내 마음을 말하는 게 아니고, 자기 가슴 속에 감춘 아픈 후회를 표현하는 것 아냐? 몸을 내게 묶고, 마음은 진작 떠났던 그때의 일… 스스로 어쩌지 못하고 끝내버린 후회를 지금까지 감춰서 살아왔나봐!'

불쑥 떠오른 생각인데, 그녀의 온 몸에 소름이 돋았다. 진작 께름칙했던 일인데, 이미 한 사람이 죽었고, 그도 그 일을 마음에 담아두지 않는 듯싶어서, 서로가 그 일을 다시 거론하지 않았었다.

신학기인 3월 초, 그들이 근무하는 학교에 부산 출신의 아가씨가 초임 발령을 받아서 부임했다. 어찌나 싱그럽도록 화사한지… 무미건조하던 직원실 분위기가 단박 신선해지는 것 같았다.

부산아가씨는 풋내기답지 않게 매사에 자신감이 넘쳤다. 부산 특유의 사투리로 말하는 음성이 듣기 좋은 노래처럼 귀에 들리고, 희고 윤기 나는 피부는 기혼 미혼에 상관없이 남직원들의 눈길을 끌었다.

그런데 그 아가씨가 유난히 그에게 관심을 가졌다. 그가 남자로써는 보기 드물게 깨끗한 분위기의 용모고, 남성적인 쾌활함도 넘쳐서, 부산아가씨가 첫눈에 호감을 느낀 듯 했다. 그리고 경상도의 기질인지, 아가씨는 그에게 품은 호감을 숨김없이 나타내며 적극적으로 그에게 접근했다.

그 무렵, 그들은 이미 비밀리에 약혼을 했고, 8월 말의 발령 시기에 그녀가 다른 학교로 이동하기로 학교장과 의논을 마친 때였다.

"정말 괜찮은 아가씨야. 첫 부임을 서울로 받은 걸 보면, 그만큼 성적이 좋았던 걸 알 수 있고, 인물이 곱지 애교가 만점이지… 고 특유의 사투리까지… 어떤 놈이 채어갈지 그놈은 대박을 치는 거야!"

신학기의 친목을 다지기 위해 모인 자리에서 동료들이 나누는 대화가 모두 부산아가씨 이야기였다.

그런데 어느 날, 그가 그녀와 단 둘이 만난 자리에서 동료들이 하던 말과 똑같이 부산아가씨의 말을 했다.

"그렇게 안세영이 마음에 들어요? 요즘 안세영이 오후면 매일 강 선생님 교실에서 살던데, 우리가 약혼한 사실을 누구도 모르니까 강 선생님이 안세영을 택할 기회가 없는 건 아니어요. 전 아무래도 상관 없어요."

안세영을 질투해서 한 말이 아니었다. 뭔지 그와의 관계가 너무 경황 없이 서둘러진 것 같은 생각을 품고 있었던 그녀는 자신도 모르게 그렇게 말했다.

그런데 그가 불같이 화를 냈다. 약혼을 했어도 아직 손가락에 끼지 않고 있던 약혼반지를 주머니에서 꺼내어서 담 너머 옆집으로 던졌다.

"거 잘 됐네. 나도 마침 마음이 많이 흔들리던 참인데, 쿨 하게 양보를 하겠다는 뜻이지? 그렇다면 망설일 이유가 없지. 우리 이대로 오늘 이 자리에서 끝내는 걸로 하자. 이게 네 뜻이었던 것을 인정 하는 거지?"

그녀는 속으로 당황했다. 서로 끝내는 일에 아쉬움을 품기보다, 비가 주룩주룩 내리는 밤에 이웃집 담 안으로 던져버린 반지를 다시 찾기가 어렵겠다는 생각을 한 때문이다.

그리고 며칠 동안 그들은 정말 흔쾌히 끝낸 것처럼 연락 없이 지냈다. 그리고 일주일쯤을 지냈을까? 그가 보기 드물게 상냥한 표정을 지으며 나타나서 화내었던 일을 그녀에게 사과했다.

"넌 정말 아쉬움 없이 끝낸 것 같더라. 내 존재가 고작 그뿐이었니?"

그가 반지를 낀 왼손을 내보이며 환하게 웃었다.

'어떻게 반지를 찾았지? 옆집을 알고 지냈었나?'

반지를 용케 찾은 일에 의문을 품었지만, 그녀는 그 일을 다시 말하지 않았다. 그리고 그날 그에게서 들은 사과가, 그와 수십 년을 함께 사는 동안 그에게서 다시는 듣지 못 한 그의 첫 사과고, 또 마지막 사과이기도 했다.

그녀는 결혼과 동시에 직장을 옮겼고, 그때까지 그들의 관계를 전혀 몰랐던 부산아가씨가 큰 충격을 받은 것이 눈에 보일 정도였다.

그녀는 부산아가씨에게 미안했다. 그리고 부산아가씨가 얼마동안 그를 쉽게 포기 못 한 뒷이야기까지 들었지만, 결코 그를 의심하지 않았다. 결국 그가 마음을 굳힌 사람이 자신이고, 부산아가씨도 곧 마음을 돌려서 다른 사람을 사귀기 시작했다는 소식을 들었기 때문이다. 그리고 그가 부산아가씨의 새 커플을 응원하는 오빠 같은 존재로 곁에 있어 주는 걸 알고 있었다.

그들이 결혼하고 1년이 채 안 되던 어느 날, 평소보다 퇴근이 늦어진 그가 문밖에서 시어머니를 다급히 불렀다.

"어머니, 소금 가지고 나와서 나한테 뿌려주세요!"

몸이 무거워가던 그녀가 무슨 일인가 싶어서 문밖까지 뛰어 나갔다.

"넌 가까이 오지 마. 안세영이 죽어서, 내가 그 시체를 만졌어!"

"안세영이 죽다니, 무슨 소리예요?"

그녀의 가슴팍이 철렁 내려앉았다.

부산아가씨가 끝내 그를 잊지 못하고 스스로 죽음을 택했다. 그리고 그에게 남긴 유서가 있어서 도리 없이 그가 그 주검을 만져서 보내 주어야 했다고 했다.

두 사람은 그 사건을 입에 담지 않았다. 일부러 피했기보다, 서로 거론하지 않는 게 좋을 것으로 여겼기 때문이었다.

그런데 그 사건이 그녀 가슴팍에 지워지지 않는 어둠으로 있었나 보았다. 그가 신혼 때부터 그녀에게 차가운 듯이 느끼면서도, 그것이 그의 성격일 것으로 여겨왔었다.

하지만 처음 부딪친 일에서 그녀는 너무나 뜻밖인 그의 모습에 놀랐다. 그제야 그가 부산 아가씨를 떠나보낸 고통을 지녀왔다고 느꼈다. 그리고 그동안 그 고통을 내색 못하고 숨겨온 듯싶었다.

'이 사람, 그 상처를 숨겨 왔었어!'

그제야 그들 사이가 데면데면 했던 원인이 거기에 있었다고 느끼며, 그 생각이 사실처럼 확연하게 믿었다. 영문을 알 수 없던 그의 막무가내 표현도 그 시각으로 보게 되어서 가슴팍에 더 깊게 상처로 꽂혔다.

하지만 그녀는 자신의 생각을 정리했다. 모든 원인이 무엇이었든, 이제 와서 그것이 중요한 것 같지가 않았다. 도무지 이해가 안 될 그의 표현이 그녀를 절망에 빠뜨려서, 이제는 그 어떤 것도 그에게 기대를 할 수 없는 회생불가의 마음이 되었다.

꿈같다는 신혼이 그쯤이 된 것이 어찌 우연이겠는가 생각했다. 그건 피할 수 없는 운명이며, 어떤 몸부림으로도 바꿀 수 없었을 것으로 단정을 했다.

그 의식이 그녀의 체온을 몸 밖으로 줄줄 흘렸다. 그래서 몸이 석고상처럼 싸늘히 굳었는데, 그녀는 명치끝으로 치오르는 두려움을 이를 악물어 뿌리치며, 도마 위에 왼손의 새끼손가락을 놓고 칼끝을 높이 들어서 내리쳤다.

'이제부터 내 삶은 오직 아기뿐이야. 물론 오늘의 이 사태도 결코 잊을 수 없고 잊어도 안 되는 일이지!'

내리친 칼끝에서 뚝 잘린 새끼손가락 마디가 천정으로 튀며 피가 솟구쳤다. 그녀는 피를 뿜는 손가락을 움켜쥐고 부엌 바닥에 털푸덕 주저 앉았다.

"너, 뭐야? 어머니~ 얘 봐요!"

언제 거기에 서 있었는지, 그가 다급히 시어머니를 부르며 부엌으로 뛰어내려서 그녀의 뺨을 호되게 쳤다.

'……!'

결코 지울 수 없고, 잊기는 더욱 불가한 그때의 상처가 생의 고비마다 그녀를 깨우는 채찍이 되었다.

그녀는 향을 다시 꽂았다.

'미안해요. 아팠던 생각이 자꾸 나네요. 당신과 함께 산 세월이 57년을 넘겼지만, 난 아직도 당신이 어떤 사람인지 알지 못해요. 그리고 이렇게 이런 상황을 맞으니까 당신이 품은 생각이 뭐였는지는 더욱 모르겠어요. 사람의 의지가 제아무리 강해도 죽음의 막바지 고통까지 감추고 견딜 수 있는 건지… 그런데 당신이 그 선택을 하고 몰래 견뎌온 사실이 믿을 수 없을 만큼 잔인하게 느껴져요. 아니, 너무나 눈치가 없었던 내 자신이 미워서 견딜 수가 없어요. 이제 와서 뒤늦게 내 둔함을 저주해도, 감히 그런 마음을 품는 것까지 염치없게 느껴요. 이렇게까지 나를 바닥으로 던져버린 당신의 뜻이 무엇인지… 당신의 입을 통해서 들을 수 없는 것이 억울해요!'

죽음에 이를 확률이 80% 이상이라는 시술을 그 스스로 자원해서 사인을 할 때, 그는 두 번이나 종이를 버렸다고 했다. 그 이야기는 자신을 강인하게 포장해서 산 그도 그 순간만큼은 죽음을 두려워했다는 이야기로 들렸다. 그런데도 그는 곁에서 사인을 기다리는 간호사에게 자신의 실수를 명료히 사과했다고 했다.

"나, 이런 놈이 아닌데, 요 며칠 새로 내 기운이 어디로 다 도망을 쳤는지, 사인조차 제대로 못하네요. 기다리게 해서 죄송합니다!"

명쾌할 만큼 또렷이 말하던 아빠의 음성과 표정이 딸의 가슴팍에 가시처럼 박혀서 지워지지 않는다고 했다. 이미 하반신이 마비되고 있는 죽음 직전의 상황인데도, 자신의 초라함을 감추려고 얼굴에 미소까지 지어서 말하던 모습은 아빠가 지키고 싶었던 마지막 자존심이고 의지 같았다고 딸이 말했다.

눈치가 없어서 그와의 마지막 대면조차 알아채지 못한 그녀지만, 그래도 소원이라면서 함께 특별찬송을 부르자는 그녀의 말에 그가 '응'으로 대답을 해준 것이 이상하도록 위로가 되는 그녀였다.

다음 날 아침이면 죽게 될 것을 거의 예측하고 있었을 그에게, 그녀는 그에게 힘이 있다고 느끼고 그런 부탁을 했으니… 그는 얼마나 어이가 없었을까? 방금 전까지도 고함을 쳐서 그녀를 내치려 한 그가, 그녀의 어이없는 엉뚱한 말에 그리 어린아이 같이 순하게 '응' 대답을 해 준 그는, 순결해 보이기까지 했었다.

그래서 그녀는 그가 세상을 떠나는 마지막 순간은 자신과 믿음을 함께 했다고 믿었다. 순하게 '응' 대답을 할 때의 그의 마음이 그렇게 그녀 가슴팍을 적셨다.

그녀는 그 생각에 다시 흐느꼈다. 그때 내실에서 혼자 있던 딸이 그녀의 흐느낌을 눈치 채고 다가와서 그녀 어깨를 감싸 안았다.

"엄마, 우리 그만 울자!"

딸의 소리에 잠이 든 줄 알았던 아들이 몸을 뒤척이며 말했다.

"밖에서 쓰레기 치우는 소리가 한창인 걸 보면 벌써 날이 밝나 봐요. 어머니는 잠도 못 주무시던데…"

아들의 소리에 놀라서 둘러보니, 실내가 벌써 훤히 밝아지고 있었다.

가족장을 치르는 장례실에 손님이 없었다. 가족끼리 끼니를 챙겨서 상을 마주하지만, 모두가 목에 넘기는 것 없이 상을 치웠고, 손님이 없어도 식구들은 각각 있어야 할 곳을 찾아서 자리를 지켰다.

그래도 오후에 손님이 들렀다. 전 날 오후에 손님을 치르는데 필요할 1회용품을 몇 박스 보내온 아들 회사에서 직원이 들르고, 새로 이동을 한 큰딸의 학교에서도 학교장과 직원이 들렀다. 손님이 없어서 무료해 하던 도우미 아주머니가 재빨리 상을 차려서 내놓았다.

'이런 장례 풍경, 너무 쓸쓸하네요. 당신은 나름의 멋을 절대로 포기 못 한 사람인데, 이런 풍경이 많이 서운하실 거예요. 그런데 전 이런 조용한 분위기가 좋네요. 우린 이렇게 맞는 것이 하나도 없는 부부였죠. 그래서 더 힘에 겨웠겠지만, 나보다는 당신의 고통이 더 컸을 거예요. 그래서 당신에게 많이 미안하고 마음이 아파요!'

그들이 스물 셋, 넷의 나이였을 때 직장에서 만났다. 그는 활발했고, 무엇보다 목소리가 유난히 컸다. 그래서 전교생을 운동장에 집합해 놓고 마이크 없이 통솔을 하고, 또 운동도 만능이듯 해서, 이웃 초등학교와 친목 모임을 만들어서, 앞장서 배구대회를 열며 이끌었다. 그리고 자기주장이 뚜렷해서, 윗분께도 거침없이 바른 소리를 해서, 주변에 젊은 교사들이 뭉쳐 들어서 늘 왁자지껄 했다.

그런데 그녀는 그에게 호감을 느끼지 못했다. 그의 강한 면이 눈에 띄어서 오히려 경계심을 품었다. 무엇보다 자신의 용모에 자신감을 품은 때문인지, 또래의 여교사들에 무례하게 대하는 것이 눈에 거슬렸다. 그래도 젊은 여교사들이 그에게 호감을 품었다. 점심식사가 끝난 식후의 차를 기꺼이 준비해 주고, 그의 관심을 끌려고 주변을 맴돌기도 했다.

그런데 그는 유독 그녀에게 무례했다. 한 교실에서 2부 수업을 하던 때라서, 그녀의 수업이 끝나면 아이들이 그녀가 사용한 교편 물을 교무실 책상 위에 가져다 놓았다. 그런데 경계가 따로 없이 공동으로 사용하는 긴 통책상의 공간에 아이들이 그의 공간을 침범해서 물품을 놓았다면서, 그는 그녀의 물품을 교무실 바닥에 내동댕이치기 일수였다. 이유 모르게 그녀에게 자꾸 시비를 걸었다.

그는 난감해 하는 그녀 모습을 보는 것을 즐기는 눈치였다. 그런데 그녀는 그의 그런 무례를 상대하지 않았다. 처음부터 그와 엮이지 않을 경계심을 단단히 품었기 때문이다.

그들이 근무하는 학교가 12월 초에 치를 전국적인 연구 발표를 준비하고 있었다. 수학공부를 스스로 풀어간다는 계단식 수업방법을 연구한 교사가 시범을 보이는 발표회였다.

그래서 11월 초부터 학교가 발칵 뒤집혔다. 신학기에 단장을 한 환경정리를 다시 손보고, 내방한 손님들이 기웃거릴 수 있는 것을 대비해서 연구와 상관이 없는 교사들까지 수업 준비를 하는 등, 교사들 모두 숨 쉴 틈 없이 바빴다.

그녀는 미술 부문에 소질이 있었다. 그래서 여기저기서 도움을 요청하는 일에 뛰어들게 되어서, 자신의 것을 준비할 틈이 없었다. 그런데 그가 눈 돌릴 틈 없이 바쁜 그녀에게 자기의 일을 막무가내로 던져 놓았다.

"이 선생, 이것도 부탁해!"

당당하게 던져놓고, 뒤도 돌아보지 않는 그의 무례가 극치로 느낄 정도였다. 그래도 그녀는 잠시 이맛살을 찌푸렸을 뿐, 그와 실랑이를 펴지 않았다. 그가 혹시 피울지 모를 작은 소란에 엮일까봐 염려하는 몸 사림이었다.

"이 선생, 나한테 왜 그렇게 긴장해? 나, 그렇게 나쁜 놈이 아니니까 자연스럽게 대해 줄 수 없어?"

그는 군말 없이 요구를 들어주는 그녀에게 가져갈 때도 당당하게 짓궂은 한 마디까지 던졌다. 그리고 12월 초, 드디어 거국적인 학교행사를 성공리에 끝마쳤다. 그리고 교내 분위기가 썰렁할 정도로 갑자기 가라앉았다. 모두 땀을 흘린 후유증을 앓듯이 일상의 일조차 짐스럽게 여기듯이 시간을 흘렸다.

그리고 맞는 첫 토요일 아침, 그가 뜬금없이 오후에 젊은 교사들의 모임을 갖는다는 발표를 했다.

"거국적인 행사를 무사히 마쳤음에도 불고하고 뭔지 모르게 뒷맛이 허전하고 찜찜했습니다. 그래서 그동안 큰 행사에 합심을 했던 우리끼리 자축의 모임을 갖고자 합니다. 특히 이 의숙 선생님의 헌신이 학교행사를 빛나게 한 것을 우리 모두가 아는 일이기에, 겸해서 감사를 드리는 뜻도 품었습니다. 물론 젊은 교사들이 뭉치는 행사입니다만, 스스로 젊게 느끼시는 선배선생님은 누구나 참석하실 수 있습니다. 물론 수고가 많으셨던 이의숙 선생님은 반드시 참석하셔서 자리를 빛내주시기 바랍니다!"

"와~ 역시 강 선생이야. 우리 늙은이도 참석할 수 있다는 거지?"

침체 되었던 교무실 분위기가 왁자하게 살아나며 젊은 교사들이 손뼉을 치며 환호했다.

그날 오후, 젊은이와 잘 어울리던 노(老)교사 한 분을 포함한 7명의 교사들이 남영동의 중국집에 모여서 푸짐한 점심파티를 열었다. 그리고 식사가 끝나자, 이렇게 저렇게 한 분씩 이유를 대면서 자리를 떠서, 순식간에 그녀의 1년 선배와 그들 둘만 남았다.

그런데 결혼을 앞두고 있는 그녀의 선배가 난처한 표정을 지으며 말했다.

“어떡하지? 나도 오늘 볼일이 있어. 구민 씨 부모님이 나를 보려고 상경하셔서 지금 일어서야 해.”

“아하, 시부모 되실 분들이 상경하셨군요. 이 선생님 걱정은 하지 마세요. 제가 끝까지 잘 모시고, 집까지 배웅해 드리겠습니다.”

눈치에 둔한 그녀가 비로소 눈치를 알아챘다. 그래서 단호하게 자리에서 일어났다.

“저도 일이 있어요. 오늘 인천의 고모 댁에 가기로 했거든요!”

그런데 그 순간 그가 재빨리 문을 가로 막아 섰고, 자리를 뜨던 선배가 묘한 눈짓을 던지며 사라졌다. 그리고 한껏 싱글거리는 그의 곁에 그녀가 구겨진 얼굴로 어정쩡히 서 있었다.

“그동안 나한테 유감이 많았던 것을 압니다. 하지만 나란 놈이 남에게 폐 끼치는 걸 절대 못 참는 놈이라서, 이런 자리를 애써 준비했습니다. 일단 오늘은 제 뜻을 따라 주시고, 남은 유감은 그 후에 차차 풀어 드리겠습니다.”

그렇게 마음의 준비가 없는 채로 그들 둘만의 시간을 가지게 되었다.

그녀는 때때로 그 때의 일을 아련히 추억했다. 단 둘만 남았을 때 그는 뜻밖으로 평소의 그와 다른 서양 기사 같은 모습을 보였다. 극장을 가기 위해서 택시를 탔는데, 그가 그녀 쪽의 외투 깃을 올리고 말을 했다.

‘이 사람, 말을 할 때 침이 튀는 것을 주의하는구나!’

그녀는 그의 그런 뜻밖의 모습을 예절이 바르다고 여겼다. 훨씬 훗날, 그녀가 외투의 깃을 올리고 말을 한 이유를 그에게 물어보았을 때, 그가 껄껄 웃으며 자신에게 구취(口臭)가 있는 것 같아서 염려를 한 것이라고 말했다.

'구취를 염려한 것이나, 침이 튈 걸 염려한 것이나 그게 그거지!'

그녀는 그를 예절 있게 바라본 그 때의 느낌을 바꾸지 않았다. 그렇게 무뢰배처럼 바라보았던 자신의 눈길을 바꿔서 그를 새롭게 바라본 것이, 그와 피할 수 없이 엮이게 된 이유가 된 것을 그녀는 뒤늦게 깨닫고 후회처럼 되돌아보았다. 그들은 그렇게 운명적인 얽힘을 피하지 못했다. 어쨌든 그들의 첫 데이트가 그녀에게는 잊지 못할 경험을 하게 했다.

영화 관람을 마치고 신세계백화점의 양식부에서 먹은 햄버그스테이크는 그녀가 생전 처음 먹어 본 양식이었는데, 그 맛이 너무나 훌륭했다. 그리고 무교동의 분위기 있는 찻집에 들러서 차를 마셨는데, 그 경험도 처음인 그녀에게 차의 맛까지 색다르게 느끼게 했다. 그리고 귀갓길에 그가 그녀의 팔에 커다란 생과자상자를 안겨주었다.

"두 번째 데이트를 희망하는 남자면 이쯤은 기본이니까 사양하지 마십시오. 하지만 두 번째의 기회가 없더라도 오늘 하루로 만족하는 제 표현이기도 합니다. 그러니까 쓸쓸한 하숙방에서 김 선생님(그녀의 선배)과 즐거운 시간을 가지시며 제 마음을 기억해주길 바랍니다."

그랬던 그의 모든 행동이 억지로 꾸며서 보이듯이 느껴지지 않았고, 몸에 밴 듯이 자연스러웠다.

그리고 겨울방학이 되었다. 방학 동안 여교사가 일직(日直)을 담당했는데, 그 첫 번의 순서가 그녀에게 배당되었다. 집이 지방인 그녀에게 당직을 마치고 내려가라는 담당자의 배려였다.

그런데 당직하는 첫 날, 뜻밖에 그녀의 두 남동생이 학교로 찾아왔다. 서울구경을 하겠다고 올라왔는데, 당직에 묶인 그녀가 어쩌지 못하고 있을 때 그가 마침 학교에 들렀다. 그리고 누나의 형편을 안 큰 동생이 인천의 고모 댁으로 가자고 하는 말을 망내 동생이 듣지 않고 남아서 혼자 운동장에서 놀고 있었는데, 그런 그녀의 동생을 그가 이끌고 사라졌다.

그날 종일 막내 동생도 그도 나타나지 않아서 그녀의 걱정이 컸다. 그런데 퇴근 시간이 되어갈 때 그에게서 전화가 왔다.

"여기 우리가 회식을 했던 그 중국집인데, 내가 약속시간이 있어서 동생을 학교까지 데려가지 못하고 여기에 잠시 맡깁니다. 미안하지만 여기로 와서 동생을 데려 가세요. 전 바빠서 이만!"

그가 일방적으로 전화를 끊었다.

'역시 제멋대로인 건 어쩔 수 없나봐!'

그녀는 화가 났다. 하지만 도리 없이 동생이 기다린다는 중국집으로 달려가며, 곧 그의 계략에 당한 것을 알아챘다.

"누나!"

주인이 안내하는 방문을 열었을 때 동생이 펄쩍 뛰듯이 반기는 곁에 그가 싱글거리며 앉아있었다. 그리고 상에는 이미 요리들이 푸짐하게 차려 있었다.

"화났습니까? 이래야 달려올 것 같아서 본의 아니게 거짓말을 했습니다."

다음 날, 고모 댁에 들렀다가 온 큰동생이 그 이야기를 듣고는 서울 구경을 하겠다는 일정을 포기하고 막내를 데리고 먼저 집으로 내려갔다. 그리고 당직을 마친 그녀가 그날 저녁 기차로 뒤따라 내려갔는데, 집안이 발칵 뒤집혀 있었다.

"웬 놈이 네 동생에게 종일 서울 구경을 시켜주니? 너희끼리 진작 눈길을 주고받은 사이가 아니냐?"

남녀관계에 유독 완고한 부모님이 야단이었다.

지방대학에서 유아교육을 전공한 그녀의 언니가 어릴 때 살던 곳의 유치원에 부임을 했다. 그리고 가을 운동회를 끝마친 주말에 귀가하는 버스에 올랐는데, 그 차에 언니의 초등학교 동창(지금의 형부)이 먼저 타고 있었다가 같은 좌석에 함께 앉게 되었다고 했다. 그런데 언니를 배웅 나왔던 학부모가 같은 자리에 나란히 앉은 두 사람을 보고 놀리는 말을 했나 보았다.

"어머나! 두 분 참 잘 어울리세요. 서로 동창이시라더니, 많이 친하신가 봐요!"

언니가 억울하다는 듯이 그 말을 어머니께 했는데, 그 밤에 부모님이 밤을 새워서 그 문제를 의논했고, 다음 날에 단박 청년을 불러서 일방적으로 약혼을 하게 했다. 물론 언니에게 호감을 가지고 있던 청년이 그 기회를 놓치지 않고 붙잡은 것이다.

부모님이 똑같은 상황을 만들고 있었다. 절대로 그런 사이가 아니라고 말하는 그녀의 말을 들으려 하지 않으며, 여전히 일방적으로 그를 불러서 만나고, 또 방학 동안에 양쪽의 어머니들이 만났다.

그런데 그가 이상하게도 그녀 집의 그런 성급한 분위기에 장단을 맞춰서 약혼까지 일사천리로 진행했다.

'그건 정말 당신에겐 악연이었죠. 그때 그렇게 서둘지 않았으면 당신의 취향에 딱 맞을 안세영이 곧 나타날 거였고, 당신은 평범한 내가 아닌, 여러모로 당신과 격이 맞을 안세영을 택해서 멋지게 살고도 남았을 텐데….'

그녀가 다시 아쉬움을 품고 그때를 돌아보았다.

그와 안세영은 평범하지 않았다. 자기주장껏 세상을 살아가는 모습이 비슷했고, 평범한 것을 싫어하며 재치 있게 사는 것까지 두 사람이 닮았다.

그런 그들에 비해서 그녀는 지나치게 평범했다. 세상을 살아가는 재치는 찾아보기 힘들고, 오히려 미련하도록 규칙에 매인 융통성 없는 사람이었다. 그리고 용모 또한 특색 없이 평범했다.

그들은 그렇게 잘못 만난 부부였다. 어느 한 때, 새롭게 전환할 것 같았던 때도 있었지만, 그 절호의 기회를 그들은 살리지 못했다.

회복할 것 같았던 그 한때, 그는 두 사람이 첫 데이트를 할 때 보였던 모습을 다시 보였다. 결혼 후에는 결코 찾아볼 수 없었던 세세하고 친절한 모습이었다.

유난히 추위가 심했던 10년 전의 겨울에 그녀가 얼음길에서 넘어지며 고관절을 다쳐서 수술했는데, 그가 그녀의 간병을 혼자 도맡았다.

그녀를 간병하는 그의 모습은 뜻밖이었다. 일상에 보여 온 그의 모습과 다르게, 사이좋은 부부에게서도 찾아보기 힘들 만큼 그녀의 간병에 정성을 쏟았다. 그의 그런 모습을 지켜본 간호사들이 병원 내에 입소문을 퍼뜨릴 정도였다.

그는 날마다 물수건으로 그녀를 닦아주며 불편한 부위 부위를 마사지해주었고, 부실한 병원음식 대신 외부에서 맛깔스런 음식을 주문해서 먹이고, 환자를 침대에 누인 채로 머리를 감기는 방법을 간호사에게 배워서 그녀의 머리를 수시로 감겨주었다.

그리고 밤이면 야간근무를 하는 간호사를 배려해서 간식을 준비해서 대접하는 걸 잊지 않았고, 그만큼 담당의사에게는 더욱 특별히 마음을 표시했다.

그녀가 재활치료를 위해서 요양병원에 재입원을 했을 때는 그가 또다른 모습을 보여주었다.

그녀는 요양병원에 입원할 때 여전히 1인실을 택해서 입원했다. 그래서 그녀가 다친 이후로 집으로 가지 못하며 간병에 매인 그가 여전히 병실을 떠나지 못하고 그녀의 간병에 매어야 했다.

그녀는 요양병원에 환자 4명을 한 간병인이 맡아서 돌봐주는 병실이 있는 것을 알게 되며, 4인 병실로 옮기기를 떼썼다. 그런데 처음에 들은 척을 안 하던 그가 마침내 고집을 꺾고 4인 병실로 옮기게 했다. 그 바람에 그가 비로소 묶인 몸을 풀고 집으로 돌아가서 잠을 잘 수 있게 되었다.

하지만 그는 오전 10시면 어김없이 병실에 나타났다. 어디서 어떻게 준비를 하는지, 손에는 늘 환자들에게 나누어줄 따뜻한 간식거리를 들고 나타났다. 찐만두, 오뎅, 인절미, 군고구마, 붕어빵까지…

간식을 구경하기 힘들던 환자들의 얼굴이 단박 환해졌다. 무슨 까닭인지 병실에 자주 들르는 보호자들이 있는데도, 그들 모두 환자에게 줄 간식은 들고 오지 않는 병원의 분위기였다.

그녀가 이상히 여겨서 묻자, 그가 궁금증을 풀어주었다.

"환자들 모두가 연로하신 분들이라서, 병원 음식이 아닌 외부 음식을 병원 측에서 경계해서 그래. 그래서 환자들에게 줄 간식 비까지 병원비에 포함했지. 이 병원의 입원비가 다른 병원에 비해서 비싼 원인이 그거야!"

하지만 그녀는 남편의 설명에 의아했다. 1인 병실에 있을 때는 제법 훌륭한 간식이 나왔었다. 하지만 4인 병실로 옮기고는 간식을 받은 기억이 없었기 때문이다. 그가 또 의문을 풀어주었다.

"오전에 요구르트가 하나 나오잖아? 그게 간식이지."

"아! 그 요구르트?"

그제야 환자들이 그가 준비해오는 작은 간식에 환호하는 까닭을 알았다.

그가 준비하는 간식은 하루도 빠지지 않았다. 마치 병원의 규칙을 모르는 사람처럼 매일 메뉴를 바꿔 준비해 와서, 할머니들이 오늘의 간식이 무엇일까 궁금해 하며, 그가 나타나는 10시를 기다렸다.

"어머나! 오늘은 오뎅이네? 어떻게 이렇게 오뎅을 따뜻하게 준비했어요? 병실에서 이런 오뎅을 먹게 될지는 상상을 못했네!"

그렇게 오전 10시에 터지는 병실의 환호소리가 옆 병실에까지 들려서 옆방의 환자들이 관심을 가지고 기웃거렸다. 그는 이미 기웃거릴 옆 병실 환자의 몫까지 준비를 해두어서, 기웃거리는 환자를 반갑게 맞았다.

"오셨어요? 오신 김에 이것 하나 맛 좀 보세요!"

그는 4인 병실로 옮긴 첫 날부터 단박 병실의 보조간병인이 되었다. 오래 입원을 하고 있어서 병실의 터주 대감이 된 고씨 할머니를 빼고, 나머지 환자들이 하루에 한 번씩 물리치료실로 이동해서 물리치료를 받았는데, 그가 환자를 휠체어에 옮겨서 치료실까지 이동해주고, 치료가 끝난 환자를 받아서 병실로 모셔 왔다. 그가 없었다면 그 일을 모두 간병인 혼자서 했을 힘겨운 일이었다.

"제가 복이 많아요. 어떻게 이렇게 좋으신 보호자분을 만나서 도움까지 받는지… 너무 감사합니다."

간병인이 많이 고마워했다. 하지만 4인 병실에서 겪는 남모를 고충이 있었다.

밤에는 간병인이 휴식을 하게 된 규칙이 있어서, 환자들이 밤에 간병인의 도움을 요청할 수 없었다. 그래서 환자들이 겨울철의 이른 저녁을 먹은 후에는 곧바로 저녁 약까지 서둘러서 챙겨 먹고, 초저녁부터 기저귀 속에 속 기저귀를 덧대고 잠자리에 누웠다. 그리고 밤 내 움직이지 못하고 기저귀에 소변을 보는데, 치매를 앓는 추 할머니를 빼고, 모두 정신이 말짱한 환자들이 기저귀에 소변을 보는 일이 쉽지 않았다. 다음 날 첫 회진이 시작되는 새벽까지 소변을 참게 되어서, 저녁에 나오는 국은 일부러 먹지 않았고, 저녁에 먹는 약도 물대신 침으로 삼키며 긴 밤을 대비했다.

그런데 이상하게 밤중에 더 소변이 마려웠다. 참고 참다가 기어코 기저귀에 질금질금 소변을 흘리는데, 아침에는 침대보까지 적셔 놓기 일쑤였다. 그래서 많이 미안하고 부끄러워진 환자들이 시원하게 소변을 보는 일이 소원이 되었다.

하지만 병원생활을 통해서 행복이 어떤 것인지도 깨닫게 되었다. 고관절을 다친 이후 그녀는 좋아하는 목욕을 하지 못했는데, 남편이 매일 물수건으로 닦아주었다. 하지만 그녀 몸은 따뜻한 물로 목욕하는 것에 목이 말랐다.

다행히 요양병원에는 환자들이 이용하는 샤워 실이 따로 있어서, 입원한 첫날에 그녀는 큰딸을 불러서 샤워를 했다. 오랜만에 샤워를 한 상쾌함은 지금까지 경험해보지 못한, 그 어떤 것에도 비교가 되지 않는 최대의 행복이었다. 그렇게 단순한 것에 행복이 있는 것을 그때 처음 경험했다.

그는 병실의 스타가 되었다. 하기야 젊을 때도 그의 깨끗한 용모가 주변 사람들의 눈길을 받긴 했었다. 하지만 그녀는 깔끔해 보이는 그의 용모를 인정하면서도, 이상하게 미남이라고 느끼지를 못했다. 외모에 자신감을 품는 그의 오만함이 눈에 거슬렸고, 또 감당이 안 될 정도의 강한 성격만 그녀 눈길에 띄어서 그의 용모에는 별달리 관심이 닿지 않았었다.

그런데 갓 일흔 살을 넘겨서 주름살이 깊이 팬 그의 용모가 처음으로 그녀 눈길에 닿았다. 그 어디에도 강한 성격이 엿보이지 않는 깨끗하고 멋스러운 풍모였다. 오히려 초로(初老)의 인상 좋은 노인으로 보였는데, 그녀의 느낌은 초로가 아닌, 50살 정도일 때 보았던 모습 같았다. 난생 처음 자신이 잘 생긴 사람과 결혼을 한 우쭐한 기분에 빠졌다. 고씨 할머니가 특별히 그를 마음에 들어 했다.

"어떻게 저리 멋지고 착한 사내가 세상에 있었누? 내 평생 저런 사내를 본 적이 없어!"

94세의 할머니가 입에서 침이 마르도록 그를 칭찬했다. 그리고 치매를 앓으며 허리까지 다쳐서, 몸을 침대에 묶고 지내는 옛 영사관의 미망인 추 할머니도 정신이 흐릿한 눈길을 종일 그에게 꽂고 그의 움직임에 따라서 눈길을 움직였다.

4인 병실의 좋은 점이 한 가지 있었다. 간병인이 1주에 한 번씩 환자들을 돌아가며 몸을 씻어 주었다. 요일별로 나누어서 변기에 앉혀서 씻기는데 너무나 간편하고 좋았다.

그녀가 처음으로 몸을 닦은 날, 그가 단박 알아채고 봉투에 적은 금액을 담아서 간병인에게 사례했다. 그랬더니 간병인이 그녀만을 별도로 1주에 한 번을 더 닦아주기 시작했고, 그때마다 그도 잊지 않고 사례를 했다.

그녀는 다른 환자들에게 미안했다. 그런데 다른 환자들이 오히려 그녀에게 괜찮다는 눈짓을 해 주었다.

병실은 가끔 소란했다. 고씨 할머니가 마음에 들지 않는 간병인을 트집 잡아서 벌이는 소란이었다.

그녀는 처음에 고씨 할머니에게 치매기가 있다고 생각했다. 할머니는 하루에도 몇 차례씩 주변을 힐끔거려 살피며 허리에 묶은 전대(錢臺)를 풀어서 돈을 헤아렸다. 그런데 자신이 잠이 든 사이에 간병인이 돈을 훔쳐 갔다고 고함을 쳤다.

그런데 이상하게도 간병인이 고씨 할머니의 억지 말에 응대하지 않았다. 그 대신 혼자서 중얼거렸다.

"오늘은 어째 약을 훔쳐갔다고는 하지 않네. 할매의 저 심술을 어찌 말려!"

'심술?'

그녀가 할머니의 치매기를 의심하긴 했었다. 하지만 아리송한 것이 고씨 할머니의 자손 자랑이 거의 똑같은 말로 되풀이 되었다. 토씨 하나 달라지지 않는 점이 할머니의 총기(聰氣) 같았는데, 할머니가 고생하며 길러낸 자손이 증 손주를 포함해서 의사가 7명이나 된다고 했다.

그리고 약사이었던 딸은 병원장 부인이기도 했다. 그렇게 대단하게 가문을 이룬 두뇌가 어쩌면 할머니의 명석함이 유전으로 내려진 듯 느껴졌다.

그래도 고씨 할머니는 외롭고 슬픈 사람이었다. 명절 때, 요양병원에 방문자들이 많아지며, 병원 둘레에 고급 승용차가 빽빽하게 들어섰다.

더러는 환자를 집으로 모셔가는 풍경도 보이는데, 장기간 입원을 하고 있는 고씨 할머니는 아들네가 병원 가까이에서 사는데도, 아들네에 가는 걸 소원하는 할머니가 한 번도 가보지 못했다고 했다.

"저 할머니, 목청이 크고 자랑도 많지만, 외롭고 슬픈 사람이어요. 그래서 날로 심술만 늘어가죠. 몇 년 전에 이 병실을 연변사람이 간병을 맡았었는데, 그때 그 간병인이 환자들의 약을 빼돌렸나 봐요. 그 때문에 할머니가 지금도 자기가 방금 먹은 약도 까맣게 잊고, 훔쳐간 약을 내놓으라고 호통을 쳐요. 그래서 늘 그러는 노인이려니 하는 거죠. 청소를 하면 바닥을 미끄럽게 해 놓았다고 짜증이고, 휠체어에 태워서 옥상산책을 시켜드리면 옥상에 바람이 분다, 아니 분다 짜증이니, 그 변덕을 어떻게 받아주겠어요? 그런데 저 할머니, 요즘 갑자기 순해졌어요. 아저씨가 마음에 들어서 잘 보이고 싶은가 봐요."

간병인의 말을 들으니, 순해 보이지 않는 간병인도 나름의 사명을 가지고 일하는 것을 알 수 있었다. 간병인이 정신이 흐린 추 할머니에게 유난히 친절했다.

"저 분 저렇게 누워있어도 깨끗하게 사신 흔적이 엿보여요. 잘 산다고 자랑하는 고씨 할머니와는 사람 됨됨이가 달라요. 품격이 완전히 다르죠."

정말 추 할머니에게서는 어딘지 모르게 고운 정취가 흘렀다. 묶여서 지내는 상태를 잘 견디며 투정을 하지 않았다. 하지만 약물투여 때문인지 유난히 설사를 자주했다. 그런데 쉴 틈 없이 기저귀를 바꿔주는 간병인이 짜증 한번을 내지 않았다.

삼성회사의 부장이라는 추 할머니의 아들이 1주에 한 번씩 정기적으로 병실에 들렀다. 그리고 미스코리아 같이 멋지게 생긴 딸도 오빠와 번

갈아서 병원에 들러서 추 할머니의 약 시중을 들었다. 그런데 아들은 어머니와 나누는 이야기가 없이, 몇 분쯤 말없이 지켜보다가 몸을 돌려서 돌아갔다. 그리고 간병인의 소지품 밑에 하얀 봉투 하나를 살짝 놓아두었다.

어느 날, 언제나 정장차림이던 추 할머니의 아들이 갑자기 심플한 잠바차림으로 나타났다. 추 할머니 딸이 말하길 오빠가 회사를 그만 두고 사업을 차렸다고 했다.

그런데 얼마 안 가서 추 할머니의 아들과 딸의 발걸음이 뜸해지기 시작하더니 곧 얼굴이 보이지 않았다. 그리고 딸이 마지막으로 들렀을 때 그녀에게 한 말이 있었다. 마치 정신이 없는 어머니가 자신의 말을 듣기 바라는 것처럼 어머니를 힐끗거려 바라보며 말했다.

"아버지가 갑자기 돌아가셨을 때 우린 한 참 공부하는 중이었어요. 하지만 공부를 계속할 방법이 없어서, 제가 하던 공부를 포기하고 일을 하며 오빠의 공부를 도왔죠. 그랬는데 자기의 부주의로 사기를 당한 오빠가 저한테 어머니의 병원비를 감당하라고 하네요. 재산이 다 바닥난 것도 아닌데, 이게 무슨 경우래요?"

그렇게 병원비 문제로 갈등하던 그들이 드디어 둘 다 발길을 끊었다.

그런데 추 할머니를 대하는 간병인의 태도가 갑자기 달라졌다. 할머니의 기저귀를 바꿔주면서 볼기를 철썩 철썩 때리고, 언사가 짜증기로 바뀌었다.

그때부터 추 할머니의 눈길이 출입문에 박혔다. 그리고 호소하는 것 같은 처량한 눈길을 그에게 자꾸 보냈다. 마음이 아픈 그가 간병인이 외면하는 짬짬에 할머니의 식사와 약시중을 거들었다.

그리고 추 할머니의 병세가 갑자기 나빠졌다. 잘하던 식사를 하지 못하며, 약도 목에 넘기지 못해서 입안에 남아 있기 일쑤였다.

그 무렵에 고씨 할머니가 자신이 간식을 내겠다고 병실 식구들에게 선포했다.

"내사 만날 얻어먹는 게 미안했지라우. 그래서 딸한테 간식을 멋지게 한 번 내게 해달라고 말한 지가 오랜데, 고년이 내 말을 콧등으로 듣고, 들어줄 기미가 영 없더라고. 내사 즈들(저희들)을 어찌 키우고 가리켰는데, 죽을 날 가까운 할매로 여기고 무시를 했어. 그래서 아예 즈들 집으로 퇴원을 하겠다고 떼썼지. 내사 그 때메 요즘 맘이 나빴어라우. 그런데 고년이 갑자기 내 부탁을 들어준다고 하네. 내일이야. 병원장씩이나 해 먹는 즈들의 준비가 뭘지… 기대해 보라우!"

그래서 다음 날 아침에 그가 간식을 준비 안 한 빈손으로 병실에 나타났다.

"오늘 병원장 댁에서 간식을 주신다고 해서, 일부러 뱃속을 딩 비우고 왔습니다."

그가 배를 툭툭 치며 농담을 해서 할머니들이 까르르 웃었다.

그런데 병원장 사모님이 쉽게 나타나지 않았다. 할머니들이 점심으로 나온 밥을 먹는 시늉만 해서 물렸기에 배고픈 할머니들의 배에서 꾸르륵 소리가 났다.

그런데 오후 2시가 지나서, 기다리는 병원장 부인은 보이지 않고 갑자기 평소에 얼굴을 보이지 않던 간호실장이 병실에 들렀다.

"이 병실에서 사식(私食)이 오간다고요? 보호자가 병실의 규칙을 위반하면 곤란하죠. 그래서 보호자 한 분이 환자분을 옮기겠다는 요청이 있어서 들렀습니다. 누구신지 앞으로 조심해 주시면 좋겠습니다."

간호실장이 싸늘한 표정으로 한 마디 던지며 병실을 휘이~ 둘러보고 나갔다. 그러자 환자들이 단박 고씨 할머니를 쳐다보았다.

"이년이!"

화가 난 고씨 할머니가 몸을 일으키려고 하자, 간병인이 재빨리 휠체어를 침대에 대어서 할머니를 태웠다.

"나가자구!"

간병인이 할머니를 옥상에 모시고 갔는데, 내내 표정이 울적한 할머니가 간병인 보고 먼저 내려가라고 해서, 그대로 내려 왔다고 했다. 그 말을 들은 그가 옥상으로 올라가서, 잠시 후에 할머니를 모시고 내려왔다. 일이 겹쳐서 터졌다.

그녀의 맞은편 침대에 황씨 할머니가 있었다. 중풍으로 쓰러져서 오른쪽이 마비된 할머니는 그녀보다 보름쯤 앞서 병실에 들어온 환자였다. 병이 나기 전까지 아래층의 남자 병동에서 중풍으로 쓰러진 아들을 간병하고 있었는데, 자신이 마저 중풍으로 쓰러지며 여자 병동인 위층에 입원을 했다고 했다.

황씨 할머니는 일찍 혼자되어서 동대문에서 옷 장사를 하며 아들 하나를 어렵게 키웠다고 했다. 그런데 그 아들이 결혼에 실패하며 평생 술로 살았고, 그 아들에게서 얻은 손자를 할머니가 키웠는데, 장성한 손자가 서울시내버스의 운전기사로 일하고 있었다.

황 할머니의 덩치 큰 손자가 병실에 자주 들렀다. 그런데 들르는 목적이 할머니의 병 위문이 아닌, 돈을 얻으려는 발걸음이었다.

"내가 일찍 혼자되었고, 며느리가 손자를 낳자마자 아기를 버리고 도망을 가서, 아들이 내내 술독에 빠져서 혼자 아프게 살았죠. 그런데 이제 또 손자 놈이 아이 하나를 낳고 이혼을 하겠다고 하네요. 매번 얼마의 돈을 손에 쥐어주며 달래 왔는데, 이번엔 큰돈을 바라는지… 주는 돈을 마다면서 울상이네요."

황 할머니의 말에 간병인이 펄쩍 뛰었다.

"매번 돈이 목적이던데, 그 눈치를 이제야 아세요? 재네들 이혼하겠다는 것 다 쇼예요. 정말 이혼을 할 맘이면 왜 할머니한테 사정해요? 그동안도 손에 돈을 쥐어주면 번번이 잠잠해지지 않았어요? 제가 본 것만도 벌써 세 번째예요. 이혼을 겁내는 할머니의 마음을 잘 알고 돈을 뜯어내려는 작전이 뻔~ 하죠."

그녀가 보기에도 할머니의 손자가 수상쩍었다. 우직하게 큰 덩치로 다른 환자들을 흘끔거려 바라보는 눈빛이 선해 보이지 않았고, 끈질기게 할머니를 조르는 분위기도 석연치 않았다.

이제는 그녀 혼자서 보행기로 걸음연습을 할 만큼 회복이 된 때였다. 그런데 황 할머니 앞에서 눈물까지 글썽이며 이혼의 위기를 말하는 그 손자가 보기 싫어진 그녀가 자리를 피해서 보행기를 끌고 복도로 나와서 걸음연습을 시작했다. 그때 황 할머니의 손자 내외가 그녀의 곁을 스쳐갔다. 기분이 좋은지 서로 엉덩이를 부딪쳐 미는 장난을 하면서 엘리베이터로 향해 갔다.

'할머니가 기어코 당했나보네!'

남의 일에 괜히 괘씸함이 앞섰다. 그래서 못마땅한 눈길로 엘리베이터를 타는 그들 부부를 문이 닫힐 때까지 흘기는 눈으로 바라보았다.

바로 그날, 황 할머니의 아들 사건이 터졌다. 그녀가 물리치료를 받는 시간에 황 할머니의 아들도 치료실에 나타났다. 그런데 환자복을 입은 아들의 엉덩이에 똥물이 누렇게 배어 있었다.

"이것, 무슨 냄새야?"

치료사가 단박 할머니 아들의 실수를 알아챘고, 물리 치료실이 단박 소란해졌다. 그런데도 정신이 흐릿한 할머니의 아들은 아무 것도 모르는 눈치였다.

그 일로 아들 병실의 간병인이 단박 경질되고, 아들 병실에 새 간병인이 배정되었는데, 황 할머니에게 급한 연락이 왔다. 환자를 닦으려고 세제 용품을 찾는데 찾을 수가 없으니, 빨리 새로 준비를 해서 보내라는 전갈이었다.

"이상하네? 아들 병실에서 쓰던 것을 내가 가져오고, 아들에게는 새 것으로 준비해서 놓아두었는데 없다니?"

황 할머니가 의아해하며 자신이 쓰던 것으로 우선 내려 보내려고 했다. 그런데 아들 병실에서 곧바로 다시 연락이 왔다. 아들 것이 새 것인 채로 옷장 안에 있었다고 했다.

병실규칙이 세제는 꼭 본인 것으로 사용하도록 했다. 그런데 아들 병실에서는 환자들을 자주 닦아주지 않았고, 할머니의 아들을 닦아주는 일은 할머니가 위층으로 옮긴 뒤, 두 달 내내 본 일이 없다는 이야기였다.

그녀는 여러 모로 간병인의 속성 같은 것을 알게 되며 마음이 상했다. 나름으로 사명감을 가진 듯이 보였던 그들 병실의 간병인조차 추 할머니를 대하는 일로 속셈이 확연히 드러났다. 결국 그녀를 자주 닦아주는 친절 또한 순수하지 않은 것이 분명했다. 그래서 더 이상 간병인의 손길에 자신의 몸을 맡길 마음이 사라졌다.

어쨌든 그녀가 보행기를 이용해서 움직일 수 있게 된 때라서, 그들은 핑곗김에 퇴원을 하기로 결단했다.

그녀의 갑작스런 퇴원 소식에 할머니들이 슬퍼했다. 어찌나 서운해 하는지 퇴원 수속을 마치고 돌아서는 발걸음이 많이 무거웠다.

그렇게 퇴원을 했지만, 그녀는 아직 걷는 게 불편했다. 그런 그녀에게 그가 말했다.

"집에서 며칠 더 걷는 연습을 해서 우리 함께 보행기를 끌고 나가 산책하자. 편한 길에선 보행기를 내려놓고 혼자 걸어보기도 하고… 내가 옆에서 도와줄게."

'이 사람, 정말 내가 알던 내 남편이야? 남들이 보는 병원에서만 친절한 줄 알았는데, 집에서까지 변함이 없네. 웬일이지?'

그녀의 부상(負傷)이 그들 부부에게 뜻밖의 기회를 준 듯싶었다. 웃음기를 보이지 않던 그가 병원에서 보인 상냥한 미소를 집에서까지 여전히 보여 주었다.

그녀 가슴이 부풀었다. 고관절을 다친 것이 전화위복이 되어서, 그들 삶에 서광(瑞光)이 비친다고 느꼈다.

3

그녀가 퇴원하고 일주일이 되던 날에 그가 갑자기 쓰러졌다. 숨을 편히 쉬지 못하며 몸을 이리저리 뒤틀다가 쓰러지고, 쓰러진 몸을 일으켜서 뒹굴다가 다시 방바닥에 쓰러졌다.

"왜요? 왜 그러는데요?"

딸이 마침 쉬고 있는 때라서 그를 급히 병원으로 이송했다. 그의 병이 심 혈관질환이라고 했다. 혈관 여러 곳이 막혔고, 심장기능도 많이 약해서 인공심장으로 바꾸고, 혈관을 확장하는 시술을 해야 한다고 했다.

그는 병원에서 혼자 있겠다고 고집했다. 그래서 그녀가 어쩔 수 없이 그를 혼자 병원에 두고 집으로 돌아왔다. 그리고 다음 날, 서둘러서 병실에 들렀는데, 그녀를 바라보는 그의 눈빛이 싸늘했다. 그리고 옆 침대의 환자가 그녀를 관심 있게 바라보며, 회진하시는 의사의 말을 들었다면서 그녀에게 의미 있는 듯한 말을 했다.

"그동안 환자분께서 신경 쓰시는 일이 많았나 봅니다. 이젠 가족 분들이 마음을 편히 갖도록 보살펴 드리셔야겠어요. 이 분도 혹 나처럼 사업에 실패를 하시지 않았나 싶은데, 이 병이 가족의 위로가 치료약인 것 같아요!"

그녀는 옆 침대 환자의 말과 표정이 어쩐지 꺼림칙했다. 뭔지, 그녀를 질책하는 느낌을 풍겨서 어떻게 대답을 해야 할지 망설였다. 그러다가 말 하신 분의 말 대접으로 입을 떼었다.

"이 분도 사업실패로 마음 편한 날이 없었죠. 게다가 제가 고관절을 다치고 병원생활을 해서 며칠 전에 퇴원을 했어요. 제 간병을 혼자 맡아 해서 고생이 많았는데, 곧바로 이렇게…"

그런데 그가 갑자기 쨍한 목소리로 그녀의 말을 가로 막았다.

"쓸데없는 소리 그만 하고 집으로 돌아 가. 앞으로 나한테 무슨 일이 생겨도, 병원에 다시 올 생각은 하지 말고!"

그러고 몸을 팩 돌려서 등을 보이며 누웠다.

그녀는 병원에 혼자 있겠다는 그의 고집에 등이 떠밀려서, 병원 일정에 따라다니는 것을 포기하고 집으로 돌아와서 혼자 애를 태웠다. 그런데 오후 늦게 그가 갑자기 집으로 돌아왔다.

"병원의 일정에 있을 사람이 웬일이에요?"

그녀가 놀라서 묻는데, 그가 대뜸 고함을 쳤다.

"뭐가 알고 싶은데? 하긴 네게는 기쁜 소식일 거다. 내 병이 손쓰기에 이미 늦어서 약물로 치료를 해야 한다더라. 왜? 내가 살날이 얼마 남지 않아서 기쁘냐?"

그 이후, 그는 수술도 시술도 하기 어렵다는 자신의 병증에 낙심해서 이전보다 더 광포했다. 날마다 그녀의 숨통을 새롭게 옥죄며 집안 분위기를 싸늘하게 얼렸다.

"우린 처음부터 부부가 아니었어. 그러니까 타인으로 갈라서는 게 새로울 게 없잖아? 억지로 한 상에서 함께 밥을 먹을 필요 없이, 너는 내게, 나는 네게 관심을 끊고 살자. 서로 거리를 두고서 각자의 삶을 살자고!"

그는 무서운 사람이었다. 그렇게 선포를 한 이후, 그녀가 준비하는 밥상에 앉지 않았고, 그녀를 피해서 늘 눈길을 다른 데에 두었다. TV에 눈길을 꽂고, 넋 놓아 창밖만 바라보기도 했다.

"우리가 왜 이래야 하죠? 설령 나 때문에 병을 얻은 것이라고 해도, 이렇게 사는 것이 서로에게 무슨 도움이죠? 이젠 내가 당신 시중을 들어드릴게요. 제발 나를 좀 봐 주세요!"

그녀가 애걸을 해도, 그는 표정 하나 바꾸지 않고 싸늘하게 그녀를 밀쳐냈다.

"꼭 내 입으로 말해야 알겠니? 제발 얼마만이라도 네 얼굴을 내 앞에서 치워주라. 그게 날 돕는 길인 걸 모르겠니? 짧게라도 떨어져서 서로 어떻게 해야 할지 궁리를 해보자고."

그렇게 한 달여를 견뎠지만, 그녀는 더 이상 견디기 어렵다고 느껴서 집을 떠나기로 마음을 굳혔다.

하지만 그때 그렇게 떠나서는 안 되었던 걸 그녀는 이제야 깨닫는다. 감성을 가진 사람으로 견디기가 제아무리 힘들었을 지라도, 이미 치료의 길을 놓친 그의 절망을 어찌 그리 둔하게 눈치 채지 못했는지…

그가 뱉는 폭언을 걸러서 듣기커녕 오히려 감정에 고스란히 아픔으로 담았다. 그랬던 그녀의 어둠이 둘이 함께 헤쳐 나갈 수 있는 모든 길을 놓쳤다고 생각되었다.

그때 그녀는 친정언니에게 도움을 청했다. 충남의 어떤 시골에 언니와 가깝게 교류를 해오는 목사 부부가 운영하는 공부방이 있었는데, 언니 내외가 가끔 그곳까지 봉사하러 다니고 있었던 걸 알아서, 그곳에 자신을 소개해 달라고 졸랐다.

"저 사람 마음이 언제 풀릴지 알 수가 없어. 하지만 최소 6개월 정도라도 떨어져 있다 보면, 저 사람 생각이 바뀔 수도 있잖아? 그럴 동안만이라도 그곳에 있게 해 줘. 서울에서 쌓은 내 경력이 설마 공짜로 밥 먹겠어? 열심히 공부방의 일을 돕고, 교회에서 봉사도 할 거야. 그러다보면, 내 마음의 상처도 어느 정도 치유가 될 것 같고, 오히려 어영부영한 내 믿음도 발전시킬지 몰라!"

그녀는 상처가 회복되지 않아서 아직 절뚝거리는 몸이었다. 하지만 풋풋한 시골에서 아이들을 정성껏 가르치며 마음의 상처를 치료하는 그림을 마음에 그렸다. 그래서 언니에게 간절히 부탁했다.

'일단 그렇게 시골에서 보내는 것이 좋을 것 같아. 내 평생 처음으로 봉사를 하는 경험을 하고, 미진했던 믿음도 뜨겁게 가꾸며, 순박한 시골 기운으로 더럽혀진 마음도 깨끗이 씻어낼 거야. 그리고 날마다 뜨겁게 기도할 거야. 그럼 1거에 5득을 하는 셈이지. 그리고 적당한 때에 집으로 돌아가서 그를 따뜻이 보살펴줘야지. 그까짓 병이 문제야? 죽은 자도 능히 살리시는 신께 모든 걸 맡길 거야!'

그녀는 그렇게 꿈을 꾸었다. 하지만 고작 열흘 후에 그녀는 다시 집으로 돌아와야 했다.

때 묻지 않은 시골교회를 상상했던 그녀의 눈앞에 닥친 상황은 너무나 뜻밖이었다.

공부방을 운영하는 사모(師母)는 사모다운 분위기보다 여류사업가 같았다. 총 인원이 9명뿐인 교인 중 젊은 사람은 공부방을 돕는 선생님 한 분뿐이고, 나머지 8명은 모두 80세를 넘겨서 90세가 되어가는 할머니들이었다. 그래서 주일이면 사모 혼자 식사를 준비해서 시중을 들어왔다.

할머니들이 그녀를 반겼다. 갓 70세를 넘긴 그녀를 한참 젊은 새댁으로 느꼈는지, 그동안 아쉬웠던 부분을 그녀를 통해서 채우려고 이것 저것을 마구 부탁했다.

"몸이 불편해 보이긴 해도 아직 한참 젊으니까 사모 대신에 우리들 식사를 준비해 주고, 평소에도 쓸쓸하고 할 일 없는 우리 늙은이들을 불러서 친구 노릇도 해 줘. 어디 딴 데 갈 생각 말고 오래 이곳에서 우리와 함께 지내자고!"

할머니들이 천군만마를 만난 듯 했다.

사모가 교회의 실세(實勢)였다. 교회의 제반 사항이 사모의 힘으로 유지 되어서, 목사는 오히려 아내의 눈치를 살피기에 전전긍긍하는 풀 죽은 모습이었다.

사모가 운영하는 공부방이 잘 되었다. 그래서 다른 곳에 새로 공부방 하나를 개설하는 중이어서, 사모가 이런저런 서류준비로 자리를 비우고, 그녀에게 새로 개설하는 곳의 모든 것을 맡겼다.

새로 개설하는 공부방은 시설 보수가 한창이었는데, 이미 17명의 아이들을 모집해 두었다. 그래서 그녀가 학교의 오전 수업을 마치고 모여드는 아이들의 점심을 준비해서 먹였다. 그리고 청소와 설거지… 또 2층에 새로 구비하고 있는 탁구실과 도서실의 인테리어 공사의 뒤처리까지… 그녀가 해야 할 일이 태산이었다.

그녀는 걷거나 움직이는 일에 불편이 컸다. 하지만 수도시설이 없는 2층에서 진행되는 공사의 뒤처리를 하기 위해서 셀 수 없이 계단을 오르내려야 했다. 톱밥을 쓸어내고, 깔개를 깔지 않고 작업한 수성페인트 자국을 닦아내고, 오래 비워두었던 공간의 창틀에 쌓인 먼지와 죽은 벌레들의 시체까지… 해도 해도 일을 한 티가 나지 않는 강행이었다.

그런데 아이들이 아직 공사 중인 곳에서 쌓아 놓은 책들을 뒤적여서 어지럽히고, 마무리가 안 된 탁구장에서 탁구를 치며 시끌벅적했다.

"얘들아, 학교 숙제 없니? 선생님이 도와줄 테니, 숙제 먼저 해라."

그녀가 직장에 다니던 때의 분위기를 띄웠다. 그래도 사설시설인 점을 감안해서 친절을 가득 담아서 말하는 걸 잊지 않았다.

"할머니가 무슨 선생님이야? 우리 엄마가 그런 말한 적이 없거든. 괜히 우리 일 상관 말고 할머니 할 일이나 해!"

새로 모여진 아이들의 대장격인 6학년 목사의 딸이 톡 쏘아서 싸늘하게 말했다.

"너, 목사님의 딸 맞지? 난 엄마를 도와주려고 온 선생님이야. 물론 할머니지. 그래도 네가 날 도와주면 엄마가 무척 기뻐하실 거야."

"웃겨! 언니가 다닌 어린이집 원장선생님이 할머니를 억지로 맡긴 것을 나도 알아. 우리 엄마가 눈에 안 보인다고, 다리병신 주제에 간섭이네. 치!"

아이의 말에 아이들이 까르륵 웃으며 대걸레질 중인 그녀를 발길로 툭툭 차며 훼방했다.

그녀는 난감에 빠져서 말없이 몸을 돌려서 계단을 내려 왔다. 마침 목사님이 2층으로 올라오다가 의아한 눈길로 그녀를 쳐다보았다.

"2층 청소가 끝났습니까? 페인트 자국이 몇 번 닦는 정도로는 안 될 겁니다. 내일까지는 그 자국을 말끔히 지워 주세요!"

……!

그녀는 대꾸 없이 계단을 내려 와서 화장실에서 대걸레를 빨아서 모퉁이에 세워놓았다.

그녀는 이 무슨 꼴인가 싶었다. 편하게 살아본 일이 없다지만, 뜻하지 않게 밀어 닥친 노동은 그녀 삶에서 처음으로 겪어보는 육신의 고역(苦役)이었다.

그런데 정작 참고 견디기 어려운 문제는 따로 있었다. 언니가 그녀를 어떤 상황으로 소개를 했는지, 사모의 태도가 놀라웠다. 그녀를 억지로 떠맡은 연고 없는 장애자로 여기는 표정이었다. 그래서 쓸모없는 장애자를 적은 쓸모로라도 써 먹기 위해서 훈련을 시키듯이, 거리낌 없이 힘겨운 일을 그녀 앞에 던져 놓았다.

시골의 공부방이 아이들의 공부를 돕는 곳이 아니었다. 농촌에서 달리 맡길 데가 없는 아이들을 부모 대신 잠시 발을 묶어서 관리하는 의미뿐이듯 했다.

그녀가 학교에서 활동하던 대로 아이들을 이끌려고 하자, 아이들의 반발이 상상 이상이었다.

“다리병신 할머니는 필요 없다고 말했잖아! 담임선생님도 공부하라는 말을 하지 않는데, 왜 자꾸 공부하라고 성화야?”

‘이럴 수가!’

통제가 불가능한 상황 앞에서 아동교육 40년 경험의 노련함은 간판도 뭐도 되지 못하는 쓸모없는 것이었다. 순박할 줄 알았던 시골 아이들의 당돌함은 서울 아이들에게서 보이는 당돌함을 훨씬 뛰어 넘는 안하무인이었다.

목사님의 딸은 도시형의 깔끔한 용모였다. 갸름하게 생긴 예쁜 얼굴이고 옷차림도 다른 아이들에 비해서 깔끔했다. 눈빛 또한 초롱초롱해서 서울에서 흔히 보는 모범생의 분위기를 지녔다.

그런데 아이는 용모와 배경에 맞지 않게 거칠고 막무가내였다. 사모의 당당함을 닮은 듯해도, 뭔지 상처를 지닌 분위기였다.

그녀는 두루 놀랍고 슬펐다. 시골 교회에서의 꿈을 한껏 품었던 그녀가 믿음까지 가꾸어 보겠다고 벼른 생각과 달리 간직해온 믿음까지 사정없이 흔들렸다. 서울에서 다져온 자신의 능력을 시골에서 마음껏 발휘하는 ‘봉사’라는 단어는 진작 탁류에 휩쓸려서 사라진지 오래였다.

아이들의 점심 한 끼가 푸짐했다. 교회 사모의 양심인지, 정부에서 주는 돈으로 고가(高價)의 식자재(예: 값비싼 토종닭, 생선 등)로 구입을 해서 차리는 상이 훌륭했다. 그리고 영수증을 챙겨서 서류를 갖추며, 방방 뛰는 아이들의 발길을 묶기 위해서 놀잇감을 던져주고 있었다.

하루 일정을 끝내면 그녀의 뼈마디가 바스스 부서져서 내려앉는 것 같았다. 그래도 달리 어째 볼 길 없이 지친 몸을 끌고 숙소에 이르면, 휑하도록 크고 적막한 숙소가 그녀를 소름끼치게 했다. 두려움이 온몸을 휘감아서 숨죽이는 밤 내 잠들지 못하고 소리 죽여서 흐느꼈다.

'주님, 제게 길을 보여주옵소서!'

그래도 어찌어찌 설 잠 속에서 밤을 보내고 새벽종 소리로 잠을 깨면, 또 다시 새 하루의 시작이었다.

그렇게 열흘이 되던 아침, 그녀는 평소대로 새벽예배 후의 짧은 틈을 이용해서 성경을 읽었다. 30년 이상 지속하는 성경읽기였다. 그날 시작이 시편 107편이었다.

> 저희가 근심 중에 여호와께 부르짖으매 그 고통 속에서 구원하시되, 흑암과 사망의 그늘에서 인도하여 내시고 그 얽은 줄을 끊으셨도다. …그가 놋문을 깨뜨리시며 쇠빗장을 꺾으셨음이로다.

그녀는 읽은 말씀에 깜짝 놀랐다. 그녀를 깨우시는 음성으로 느꼈다. 그래서 그 아침, 그녀는 망설임 없이 아직 풀어놓지도 않은 짐을 챙겨서 사택의 문을 두드렸다.

"왜요? 집으로 가시게요?"

목사가 그녀가 들고 있는 짐을 보며 물었다. 그녀가 고개를 끄덕이자, 읍내로 나가는 첫차가 방금 지나갔다면서, 아침식사를 한 후에 자신이 읍내까지 데려다 주겠다고 했다. 그러는 동안 사모는 무표정한 얼굴로 말없이 옆에 서 있었다.

그녀는 그렇게 집으로 돌아왔다. 이젠 그가 어떤 표정으로 또 어떤 거친 말로 대하든, 또 자신을 대하는 그의 태도에 어떤 반문도 노여움도 품지 않겠다는 다짐을 하고 돌아온 귀가였다.

하지만 그는 돌아온 그녀에게 눈길도 주지 않았다. 왜 돌아왔느냐 묻지 않았고, 날카롭게 소리도 치지 않았다. 다만 일상이던 짜증을 내지 않으며, 갑자기 말을 잃은 사람으로 변해 있었다.

그래도 그녀가 차려 놓는 식탁에 앉아서 말없이 밥을 먹고, 내내 못마땅해 한 그녀의 성경읽기와 기도하는 모습에도 싫다는 내색을 따로 보이지 않았다. 그는 열흘 사이에 모든 생각과 의사까지 버린 듯한 텅 빈 얼굴이 되었다.

그는 그때 분명히 눈앞에 다가온 죽음만 보고 있었던 듯한데, 일상에 늘 해오던 집안일을 변함없이 해내고, 챙겨먹기가 더 힘이 들 것 같은 많은 양의 약을 정확하게 시간을 맞춰서 챙겨 먹었다. 그렇게 먹는 그 많은 양의 약이 오히려 그의 몸을 상하게 할 것 같았다.

그는 집 밖으로 나가는 일도 멈췄다. 어쩌다 외출을 할 때도 굽이진 길을 피해서, 멀리 돌게 되는 평평한 길로 걸었다. 그리고 간간이 호흡을 돕는 약을 입 안에 뿌렸다.

그녀는 아이들이 그녀에게 던졌던 말을 잊지 못했다.

"엄마는 언제나 아빠 위주였어. 우리들의 아쉬운 문제는 뒷전이고, 수없이 실패하는 아빠의 사업자금은 묻지도 따지지도 않고 온 힘을 다해서 마련해주었어. 그런데 우리들의 운동화가 낡아서, 비 오는 날에 물이 스며도 그걸 쉽게 바꾸어준 일이 없지!"

그렇게 온 힘 다해서 달리는 길 끝에 무슨 굉장한 것이 기다리고 있는 것처럼 그녀는 남편의 일에만 진력을 쏟았다. 아이들의 한숨까지 그렇게 지우며 달린 걸음인데, 그가 문득 죽은 사람 같은 모습으로 집안 가득 어둔 그림자를 드리우는 망부석으로 서 있었다. 그렇게 그때 이미 그녀 삶이 끝자락에 이르고 있었는데, 그녀는 그것조차 알아채지 못했다.

그녀는 터지는 한숨으로 얼굴에 분칠했다. 그가 흘리는 어둔 그림자에 젖어서 망자(亡子) 같은 창백함이 되고 있는데도, 그것도 깨닫지 못했다.

'난 무엇을 향해서 그리 숨 가삐 달렸지? 그렇게 달려서 붙잡을 것이 세상에 있기는 했나? 눈앞의 일들에 정신없이 매달렸지만, 그것 모두가 허상을 쫓은 거인 걸 몰랐어. 그에게 기대를 걸기보다 내 자신의 한계를 시험하듯이 살았지. 아이들조차 둘러볼 틈 없이 달렸지만, 내게는 받을 복이 전혀 없었어. 진작 그걸 느끼면서도, 어쩌면 신께서 참고 견디는 자에게 작은 선물이라도 주실 것 같은 믿음으로 기다렸어!'

하지만 그랬던 때도 그녀 마음 한쪽에 달리 품어지는 마음이 있었다. 자신이 품는 그 작은 소망이 분수를 모르는 행동이 되어서, 오히려 더 아프게 땅바닥에 굴러질 것 같은 두려움을 버리지 못했다. 자신의 삶이 어느 날 문득 아주 평범해지고, 그 이상의 평안까지 누리는… 그런 꿈을 자신이 꾼다면… 그러길 바라는 그 마음이 저주를 불러올 것 같은 두려움이었다.

그녀는 자신을 향해서 질기도록 다가드는 저주를 느꼈다. 이미 자신에게는 일어설 기력 한 톨이 없듯이 느끼는데, 그 육신에 저주가 내뿜는 녹이 대신 점령해 들어서, 벌써 죽은 자가 풍기듯 한 악취가 몸에서 난다고 느꼈다.

그런데도 그녀는 여전히 삶의 미련을 버리지 못했다. 어디로 향할지 방향을 찾지 못하고 허우적거렸다. 그리고 괜히 어딘가에서 자신을 기다려 있을 것 같은 구원의 손길을 찾아서 허공을 자꾸 바라보았다.

귓가에는 그녀를 조롱하는 소리가 자욱했다.

'바보야. 그런 바람이 저주 받은 자신을 인식 못하는 어리석음이야. 아직도 그 허상을 내려놓지 못하니?'

그녀는 가슴팍을 때리는 소란한 소리에 돌이질 쳤다.

'이 소리는 제 소망을 지우려는 사탄의 소리죠? 전 하나님을 믿어요. 신께서는 진작부터 이 모든 상황을 살피시며, 저 사람의 등 뒤에 비추고 있는 빛을 보라고 말씀하실 거예요. 주여, 연약한 저를 붙잡아주소서!'

그녀는 자신을 부축해서 일으키는 일에 스스로 지치며 타는 듯한 갈증에 쫓겼다. 기력이 바닥나서 정신이 가물가물 흐려지는데도, 그녀는 손아귀에 붙잡고 있는 삶의 미련을 놓지 못했다.

그리고 그녀는 그것이 자신의 체질(體質)이라고 외쳤다. 어차피 피하지 못 할 길이라면, 그 길을 끝까지 달려서 끝을 보겠다고 고집을 부렸다.

그녀는 자신의 이야기를 어느 누구에게도 털어 놓지 못했다.

'이런 나를 누가 알 수 있는데? 훗날에 자식들이 내 견딤을 알아줄 날이 있으면 그뿐으로 족하겠지!'

그녀가 택할 수 있는 마지막 방법인 퇴직을 결심할 때, 그녀는 너무나 외로웠다. 어찌 그리 주변에 마음 열어서 의논해볼 사람 하나가 없는지… 광활한 천지 속에 그녀 혼자서 찬바람을 맞고 있듯이 느꼈다.

퇴직하기가 너무 무서운데…

누적으로 쌓인 빚더미가 눈앞에서 시위하고…

이제는 동원해볼 어떤 방법도 없는 극한 속…

그런데 그때 그녀 가슴팍을 내리치는 소리가 있었다. 이젠 그에게만 매달리던 소극적인 태도를 버리고, 자신이 직접 뛰어보라는 외침이었다.

'그래. 일단 퇴직을 하고 빚부터 가리고 생각하자. 손에 작겠지만 얼마의 돈이 남아서 쥐어지면, 작은 규모의 칼국수집이라도 차려서 저 사람과 힘 모아서 뛰어보는 거야!'

그렇게 막다름 앞에서 그녀는 혼자 퇴직을 결단했다.

그런데 그 결단이 그들의 끝을 앞당기는 듯 했다. 겨우 겉모양을 유지하던 그들 관계를 단숨에 뒤집어서 당장 헤어지게 될 것 같은 상황으로 떠밀었다.

그가 그녀의 퇴직에 분노해서 평생 처음으로 몇 날씩 귀가를 하지 않았다. 그리고 몇 날만에 집으로 돌아오고도 그녀의 얼굴을 대하려 하지 않았다. 빚을 정리하고 남은 얼마의 잔액이 생산을 멈춘 채로 수개월 생활비로 부서져나가는데도, 그는 그 돈에 한 치의 관심도 내보이지 않았다. 살 길을 같이 찾자는 그녀의 사정에도 강하게 외면을 했다.

"언니, 도와줘. 이럴 때 내가 어째야 해?"

그녀의 비명에 그녀의 언니가 말했다.

"아직도 홀로 서기가 그렇게 겁나니? 이젠 너 혼자서라도 서 볼 길을 찾아보아야 되지 않겠니?"

그러면서 말했다.

"어차피 네게 익숙한 길로 모색해야 할 거야. 어린이 집 운영도 관(官)의 간섭으로 네가 적응하기에는 힘이 들 거니까, 이 기회에 제부(弟夫) 교회의 이름으로 선교원을 열어서, 네가 쌓은 경험을 관의 간섭 없이 자유롭게 펼쳐보는 것이 어떻겠니?"

언니의 그 권고를 따라서 그녀가 선교원이란 이름으로 유아교육에 뛰어들었다. 그때가 IMF 사태가 터지기 2년 전이었다.

관의 간섭을 받지 않고 마음껏 펼치는 선교원 교육효과가 의외로 눈부셨다. 비로소 수십 년 유치원을 운영하며 관의 간섭에 지쳐서, 관의 간섭이 없는 어린이교육에 목마름을 품었던 언니의 뜻을 알 수가 있었다.

그녀는 어느 한 부분에서 뛰어나본 일이 없다. 하지만 스스로 팔방미인으로 자부할 만큼 다방면의 소질을 가지고 있었다. 그 소질을 바탕으로 초등학교에서 쌓은 경험을 살려서 활동을 편 것이 기대 이상의 놀라운 성과를 보였다.

나이가 들어가면서부터 저학년만을 전문처럼 맡게 되었는데, 그녀는 예능과목의 수업을 나름의 방법으로 지도했다.

미술과 수업은 언제나 주제에 대한 동기부여를 충실히 하고, 활동에 들어가면 달리 지도를 하지 않았다. 마치 아이들의 활동에 관심이 없는 것처럼 창밖에 눈길을 던져서 혼자 콧노래를 부르듯이 작게 흥얼거려서 아이들의 귀에 살짝살짝 들리게 했다. 물론 언제부턴가 저학년을 주로 맡게 되며 몸에 익혀진 저학년 전문 수업이었다.

내 그림에 내 마음 담겨요
심술쟁이 그림에는 심술이 가득하고
착한 사람 그림에는 고운 마음 담겨요
색칠은 곱고 예쁘게 차근차근…

흥얼거리는 노래는 가사가 일정하지 않고, 곡조도 리듬도 때마다 달랐다. 잘 안된 점을 굳이 지적하지 않고, 잘 된 점도 눈길에 미소를 담아서 끄덕여 주는 응원만 보이며, 슬근슬근 궤간을 돌아서 아이들의 활동을 지켜보았다.

음악 수업은 교본 위주로 가르치지만, 가르칠 단원의 노래를 두세 번 미리 들려주어서 익히게 했다. 그리고 노래 부르며 몸짓으로 표현을 했다. 제법 표현에 익숙해지면 놀이를 하듯이 책상을 가운데로 모아서 무대를 만들고, 누구든지 무대에 자유롭게 올라서 몸으로 마음껏 표현하게 했다. 남은 아이들은 무대 둘레로 돌면서 무대에 오른 아이의 몸짓을 따라서 하게 했는데, 그런 수업에 익숙해진 아이들이 무대에 오르는 걸 좋아했고, 몸짓도 날로 창의적으로 표현하며 음악을 즐겼다.

체육 수업은 사람들의 시선을 싫어하는 그녀가 대부분 교실에서 활동 내용을 미리 주지시켜서 팀별로 다른 활동을 하게 했다. 대개 4개의 팀으로 활동시키고, 호루라기 신호로 활동을 순환시켰다. 그리고 팀의 협동 모습을 평가해서, 차등 있게 준비한 간식을 앞 선 팀으로 먼저 선택하게 했다. 어린 2학년도 질서를 잘 지키며 협동을 중히 여겼다.

물론 주로 저학년을 주로 담임한 그녀의 수업방법이 동료들에게 환영을 받지 못했다. 유난 떤다는 질시를 받기가 일수였다.

하지만 자유로운 선교원 운영이 그녀를 신명나게 했다. 물고기가 물을 만난 듯이 느끼며, 그녀는 자신이 그 사명을 위해서 태어나고 오래전부터 이미 준비되어 왔듯이 느꼈다.

하지만 선교원 운영이 쉽지 않았다. 아이들 모집이 뜻대로 되지 않아서 적은 인원을 통합해서 활동하는 시간을 많이 가지게 되었다.

그런데 통합해서 하는 수업이 의외의 성과를 올렸다. 네 살부터 일곱 살까지 활동을 함께 해서, 나이 어린 아가들이 언니들을 모방하게 되어서, 제 나이 수준을 일찍 뛰어 넘게 되었다.

그녀는 선교원의 인테리어작업을 할 때 통합 활동을 할 것을 미리 꿈꿨다. 그래서 특별히 큰 방을 준비해서 거기에 작은 무대를 만들었고, 통합수업 때마다 아이들이 무대 위에 자유롭게 오르게 했다.

그런데 아이들이 무대에 오르길 좋아했다. 어떤 때는 적은 인원 모두가 무대에 올라서 북적이고, 오히려 무대 아래의 홀이 텅 비었다. 아이들은 북적이는 무대에서 몸 움직임이 자유롭지 못해도 무대에 오른 기분에 흠뻑 빠져서 뛰었다.

그녀는 손쉽게 한글을 지도할 목표로 한글의 구조를 몸짓으로 했다. 몸을 기둥으로 보고 팔과 검지 장지로 표현을 하는데, 팔을 밖으로 뻗어서 검지를 펴면 'ㅏ' 검지와 장지 둘을 뻗으면 'ㅑ'. 팔을 몸 안으로 접으며 검지를 뻗으면 'ㅓ' 검지 장지 둘 뻗으면 'ㅕ'. 턱 밑으로 검지를 올리면 'ㅗ' … 팔과 검지 장지로 표현하며 둥실둥실 춤을 춰 글자 노래를 합창했다.

그리고 이어서 기억(ㄱ), ㄱ, ㄱ으로 말을 만들자 하면서, 팔과 검지, 장지로 글자를 표현하며 입으로 가, 갸, 거 겨… 노래하고, 니은(ㄴ), ㄴ, ㄴ으로 말을 만들자 하면서 나, 냐, 너, 녀… 기억(ㄱ) 받침 놀이하자 각, 갹, 걱, 격… 학, 햑, 헉… 놀이처럼 몸짓으로 글자를 익힌 아이들이 쉽게 한글을 깨우쳤다.

또 기초적인 덧·뺄셈을 구구단처럼 만들어서 노래했다.

이(2) 빨 두 개 사(4) 자 이빨. 2, 2, 4 (2+2=4)

오(5) 빠 사(4) 자 구(9) 멍에 빠졌다. 5, 4, 9 (5+4=9)

이(2) 런 칠(7) 칠 맞게 구(9) 멍에 왜 빠져. 2, 7, 9 (2+2=9)

사(4) 자 사(4) 사납게 팔(8) 딱 크르릉. 4, 4, 8 (4+4=8)

수셈을 노래와 춤처럼 즐겼다. 6살 반부터 익힌 수셈 놀이로, 아이들이 어느새 초등학교 1, 2학년 수준의 셈을 척척 해내고, 7살 어린이는 구구셈공부를 하겠다고 성화를 했다.

그녀가 더 집중해서 지도하는 것이 있었다. 하루의 첫 시간을 통합 활동으로 했는데, 칠판에 색분필로 배경 그림을 그려서 8연 정도의 짧은 동시를 날마다 새롭게 제시했다. 암송을 목표하지 않는 낭독을 하게 하고, 그 내용에 맞게 몸으로 표현해서 두세 번 반복하면, 아이들이 어느새 시를 암송하고, 여가(餘暇)의 놀이시간에 동시를 노래처럼 암송하며 놀았다. 이해력과 암기력이 늘며 아이들 정서가 시적으로 자리 잡혔다.

12월에는 재롱잔치를 열었다. 그런데 그녀의 선교원 운영에 관심을 보이지 않던 남편이 선교원의 중요 행사마다 어김없이 나타나서 이것저것을 보살폈다. 특히 재롱잔치에는 원감 역할을 하는 딸과 미리 의논을 했는지, 그가 아이들의 출연복을 준비해 주었다.

2시간 정도 걸리는 발표시간동안 인원수 적은 아이들이 몇 번이나 출연복을 갈아입으며 여러 번 무대 위에 올라서 잔치를 찬란하고 풍성하게 할 수 있었다.

아이들이 놀랍도록 쑥쑥 자랐다. 그녀의 생각은 인간의 성장이 나이별의 한계가 있을 것 같았는데, 그것이 그녀의 잘 못 알았던 선입견임을 여실히 깨달았다. 아이들의 자람이 개인 별로 자라는 차이가 있었지만, 아이들은 고무찰흙 같았다. 만지는 어른의 손길대로 모양을 이루고, 부어주는 대로 한계 모르게 받아들이며 눈부시게 자랐다.

문득 영재를 놀랍게 키워내는 북한의 유치원교육이 생각났다. 그들의 교육방법이 그녀가 경험한 것과 같을 것 같았다.

어느 학부모는 큰딸을 유치원에 보내고, 4살짜리 작은 딸을 그녀의 선교원에 맡겼었다. 그런데 큰딸이 유치원을 졸업하자, 그 부모가 큰딸의 취학을 일부러 미루고 그녀의 선교원에 1년을 더 맡긴 사례가 생겼다.

하지만 IMF의 바람이 몰아쳤다. 가난한 공단지역이던 그곳 어린이들이 너나없이 국가가 지원하는 곳으로 몰려갔다. 그래서 어려운 형편 중에 거금을 들여서 인테리어 공사를 하고 출발한 그녀의 선교원이 자리도 잡기 전에 한순간에 아이들을 잃고 썰렁하게 비었다.

그래도 4년을 더 버텼다. 그리고 마침내 접기로 결심을 했을 때는 원아(院兒)가 고작 16명이었다. 그녀는 결국 거액의 빚을 진 채로 선교원의 문을 닫아야 했다.

그녀는 자신과 16명의 아이들을 위해서 아름다운 추억을 만들고 싶었다. 그래서 같은 아파트 단지에 있는 어린이집 원장에게 함께 운동회를 열자는 건의를 했다.

"아무래도 이번을 마지막으로 선교원을 닫으려고요. 그래서 제 추억도 남길 겸, 아이들에게 멋진 운동회를 경험시켜주고 싶어요. 우리 인원이 열여섯뿐이라서 우리 혼자서 분위기를 띄우기가 힘들 것 같아서, 운동회의 경비를 제가 감당하고, 마을의 축제가 될 수 있도록 어린이집의 아이들과 학부모를 동원해서 운동회를 함께 하는 것이 어떤지… 원장선생님의 협조를 부탁드리고 싶습니다."

그녀가 어렵게 부탁을 했는데, 어린이집 원장이 흔쾌히 허락하며 경비를 반분하자고 했다.

그리고 준비에 들어갔다. 어린이집 어린이 75명 대 선교원 어린이 16명의 불균형이 그녀의 마음에 신경 쓰였다. 그래서 두 팀의 특색이 될 단체무용을 훌라후프를 사용한 무용으로 꾸미기로 했다. 평소에 이미 훌라후프 운동을 지도해 왔기에, 간격을 넓게 띄우는 데 주력을 해서 적은 인원이 풍성하게 보일 수 있게 마음을 썼다.

그리고 초등학교 운동장을 빌려서 전문가에게 진행을 맡긴 운동회를 열었다. 어린이집의 단체무용이 간격을 띄우지 못하고 75명이 올망졸망 붙은 표현이 되어서 보기에 답답했다. 그리고 선교원의 단체무용은 간격을 넓게 띄운 표현이어서, 16명이 하는데도 활동 감이 보이고, 규모도 작게 보이지 않았다. 애써 가르친 보람이 컸다.

그리고 진행 전문가가 준비한 각종 대결이 축제의 분위기를 뜨겁게 했다. 각 팀 원장과 원감의 춤 대결, 아버지 어머니 대표들의 줄다리기, 마지막 하이라이트로 선발한 두 팀 대표들이 벌인 릴레이는 학교운동장을 떠들썩하게 하고도 아파트 단지 가득 함성을 울렸다.

'기대보다 멋졌어! 경비도 나누어 감당해서 조촐했고, 오히려 하기를 망설였으면 후회할 뻔 했어!'

그렇게 6년하고 반 학기를 보낸 선교원 운영을 마무리했다. 초등학교에서 느끼던 보람과 비교가 되지 않는… 그녀 평생 가장 보람이 있었던 아름다운 추억으로 남았다.

이제 그들이 삶의 석양에 이르렀다. 더는 어떤 것으로도 뛰어볼 기회가 없고, 또 동원할 자금은 물론이고, 손발의 기력까지 다 바닥에 이르렀다. 그래도 그녀는 뜻대로 되지 않은 일을 아파하지 않고 모두 신께서 이끄신 일로 받아들였다.

하지만 그녀는 노곤한 시간 속에서 가슴팍을 할퀴는 삶의 아픔을 지우지 못했다.

그와의 회복을 꿈꾸며 기다렸던 마음…

기다림에 지쳐서 기어코 쓰러졌던 때에 보았던 환상…

보인 환상에 다시 기대를 걸고 또 한 번 회복을 기다리다가 포기하고 절망했던 마음까지…

이제 그녀는 그 모든 것을 마음에서 지웠다. 그냥 자신을 없음 같은 존재로 여기며 잔해(殘骸)처럼 자괴감이 된 흔적은 쓰레기처럼 담 밖 멀리로 던졌다.

하지만 그녀는 그런 모양으로 주저앉은 자신이 아팠다. 그런 삶의 끝자락에 서러움이 복받쳤다. 물속의 그림자처럼 얼비쳐서 파고드는 마음의 어둠을 스스로 외면해서 눈길 밖으로 밀어내기에 바빴다.

그가 덮쳐드는 죽음의 그림자로 허덕이고 있을 그때, 그녀는 겨우 그따위의 어둠 속에 있었다. 너무나 잔인하도록 무디지 않았나? 죽음으로도 대신할 수 없는 악(惡)이었다.

자신을 초라하게 여겨서 슬퍼하고…

그가 생명의 마지막 불길을 태우고 있는 순간인데도, 그 사람에 절망해서 인성을 갖추지 못한 사람으로 단정하고…

신께선 어찌 구경꾼으로만 계시느냐 원망하고…

그리고 그리고…

그녀는 갈가리 찢기는 가슴팍의 아픔을 쉿소리로 고래고래 외쳤다. 사람이 지을 수 있는 가장 불쌍한 표정을 얼굴에 그려서, 신의 눈길이 자신에게 내려지길 기다리고 기다렸다.

'제가 알지 못하는 인간 삶의 또 다른 의미가 있는 건가요?'

'이렇게 달린 이 길의 끝에서 무엇이 저를 기다리죠?'

그녀는 답이 없는 자신의 부르짖음에 지쳐서 마침내 쓰러졌다. 그리고 숨 쉬기를 스스로 거부해서, 머문 자리에 스올(Sheol: 저승, 황천, 무덤, 지옥)을 파고 몸을 박았다. 빛살이 스밀 것 같은 틈을 다 꽝꽝 닫고, 사는 것이 죽는 것보다 잔인하다고 외쳤다.

그때 그녀는 스올 깊이 곤두박질 쳤다. 끝없이 떨어지는 아찔한 전율이 살갗에 불을 붙이는데, 그때 문득 몸을 거스르는 한 줄기 바람결이 그녀 몸을 받아서 빙그르르 빙그르르 몇 바퀴 돌리며, 눈 속 시야를 환하게 열었다. 그리고 아득히 잊어서 기억에도 없는 장면을 펼쳐 그의 음성을 산울림처럼 우렁우렁 울렸다.

'당신이 산후패혈증으로 목숨이 경각이었을 때, 내가 5분만 늦췄어도 당신은 죽은 목숨이었어. 너, 그 사실을 잊으면 안 된다!'

한바퀴,

'당신이 위험할 때, 난 잠을 쫓아내려고 치과에 들러서 약간 불편했던 어금니를 뺐어. 진통제도 거절하고 위험하다는 당신을 지키고 있는데, 의사 선생님이 위기를 넘겼다는 소리에, 침대에 기대어서 깜빡 잠이 들었지. 그때 이빨 뺀 곳에 막아둔 솜이 절로 빠지며 흘린 피가 침대를 흥건히 적시어서, 자칫 내가 위험 했던 거, 너도 기억하지?'

또 한 바퀴,

'네 인상이 독특했어. 마치 때 묻지 않은 영혼을 지닌 것처럼 보였어. 내겐 너무나 낯선 그 분위기가 나를 사로잡았지. 무엇보다 짓궂게 구는 나를 잘 참아주는 모습에 더 망설일 것 없게 당신을 선택하기로 내 마음이 굳어졌었어. 모두들 네 언니가 예쁘다고 말하지만, 내 눈에는 네가 지닌 분위기가 좋았어!'

한 바퀴 더,

낡은 필름을 돌리듯이 한 장면 씩 바꾸는 속에서 울리는 그의 목소리에, 그녀가 화면을 부수듯이 몸을 일으켰다.

'왜 이 장면을 보이시죠? 이 소리는 다시 일어나라는 뜻인가요?'

그녀는 자신도 모르게 눈빛을 반짝 세웠다. 그 순간 그녀는 그럴 만큼 자신에게 삶의 미련이 남아 있었나 싶은 어이없는 마음에 실소(失笑)했다. 그를 전혀 모른다고 느끼는 그녀가 자신을 더욱 알 수가 없는 걸 깨달았다.

"미친 것, 그렇게도 네 맘을 몰라? 하룻밤 쯤 그를 혼자 놔두면 어떻다고, 기를 쓰고 외박 한 번을 못하며, 집으로 달려가기가 바쁜 너인데, 뭐? 너희가 만나서는 안 되었던 악연이라고? 제부에게 물으면 어쩌면 똑같은 대답을 할지 모르지만, 그가 처가식구에게 쏟는 남다른 관심이 뭐 같니? 난 그 사람만큼 처가식구를 챙기는 사람을 본 적도 들은 적도 없어. 무슨 연유인지 너희는 좋아하는 마음을 거꾸로 표현하는 병에 걸려서 사는 것 같아. 병은 분명한 병이지만!"

그랬던 언니의 말이 문득 생각났다. 정말 언니의 말처럼 자신이 그에게 목을 매고 있는지 모르겠고, 그 또한 자신에게서 몸을 돌리지 못하는 것이 그녀에게 목을 매었나 싶기도 했다. 그래서 그녀는 다시 생각에 빠졌다.

'쫓겨나듯이 집을 떠났던 그때, 난 다시 돌아오기 힘들 것 같은 마음을 품었지. 저가 나를 부를 리 없고, 나 또한 수렁을 벗어나듯이 느껴서, 여건이 허락되면 집으로 되돌아올 마음이 없었어. 그리고 그 시골에서 그럴 듯한 어떤 길이 보였으면, 지친 몸을 거기에 못 박았을지도 몰라. 그런데 그때 그럴 수 있었으면, 오늘 같은 마지막을 맞았을까? 그가 그때 다른 길을 찾을 수 있었으면, 그 상황은 어떤 모양일까?'

만약이 만약일 뿐인 것을 알고 있는데도, 그녀는 그 만약에 자꾸 마음이 묶였다. 그런데 그의 영정 속 눈길이 갑자기 빛을 쏘듯 하며, 그녀를 향한 원망을 담은 듯했다.

발병을 했던 10년 전 그 때에 그는 이미 혼자서 죽음을 맞을 계획을 세웠던 게 분명했다. 병원을 정기적으로 다니며, 아무도 뒤따라오지 못하게 가로막아서 혼자 다녀오고, 또 진료를 받아서 약을 타오면서 받아오는 약이 점점 더 많아지던 10년 동안, 그는 어떤 마음을 품고 그 긴 시간을 견뎠는지…

그녀는 사람들이 눈 안에 또 다른 시야를 품고 있다고 믿었다. 어릴 때 눈 속 시야로 오색의 무늬가 흐르는 것을 보았고, 한참 어둡게 사는 동안은 눈 속 시야를 전혀 느끼지 못했지만, 자신의 죽음을 본다고 느끼는 순간에 그 눈 속 시야가 다시 열렸다. 그리고 그 시야로 어릴 때 보던 것과는 다르게 은은한 빛깔의 무늬가 흐르는 걸 보았고, 어릴 때는 보지 못한 무지개가 흐름의 끝자락에 물안개를 한층 깔고 떠서 금빛으로 빛나고 있었다.

그녀는 그런 눈 속의 정경이 바라보는 사람의 영혼 상태일 것 같았다. 그렇다면 그도 사는 동안 눈 속 시야를 본 적 있을까? 그리고 보았다면 어떤 상태를 보았고, 어떤 판단을 했을까 새삼스럽게 궁금했다.

그녀가 죽었다고 느끼면서 본 찬란한 무지개는 어쩌면 그녀에게 아직 이르러지지 않은 어떤 아름다움의 약속처럼 느꼈었다. 그리고 어릴 때에 본 알록달록한 흐름과 달리 흐르는 무늬가 은은했는데, 그것이 더 깊이 있는 느낌이었다.

눈 속 장면으로 또 다른 것도 보았다. 그 장면으로 사는 동안 결코 알 수 가 없던 남편의 마음을 안 것 같아서, 그녀의 죽었던 마음이 되살아나서, 또 다시 남편이 돌이켜질 날이 있을 거로 믿게 되었다. 그래서 기다리기를 포기한 마음을 추슬러서 한 번을 더 기다릴 수 있었다. 가슴팍 깊이 슬픔이 흘러도 눈 속 시야로 본 소망의 장면이 자꾸 눈에 어른거렸다.

죽었다고 느끼던 때에, 눈앞을 짙은 안개가 가린 것 같은 공간 속에서 남편이 그녀의 왼손을 어루만지며 말했다.

'미안해. 내 성질을 나도 어쩌지 못했지. 그래서 기어코 당신이 쓰러지게 했어. 용서를 빌기엔 시간을 놓치고 말았지만, 그래도 당신한테 용서를 빌고 싶어. 나를 용서해 줘! 너무 미안해!'

그 소리에 의식이 없는 것 같던 그녀가 몸을 뒤틀었다. 그의 돌이킴을 애타게 기다리다가 기어코 쓰러진 때인데, 전혀 알 수가 없던 남편의 마음을 확실히 안 것 같은 믿음이 되어서, 가물가물 죽음에 다가가던 그녀 의식이 따스한 햇살에 깨이듯이 눈을 떴다.

깨어난 그녀는 귀에 들린 남편의 음성을 굳게 붙잡았다. 거기에 소망을 대롱대롱 매달았다.

하지만 그녀는 새롭게 시작하지 못했다. 아무것도 달라진 것 없는 깜깜한 현실 속에 보이는 것은 한 줄기 빛살도 없이 여전히 처참한 모습으로 던져 있는 자신일 뿐이었다. 그래서 그녀는 깨어난 것을 저주했다.

'난 그렇게 감은 눈을 뜨지 못했어. 눈앞에 다시 보이는 내 아픈 모습에 절망하고, 깊이 감추고 있는 저 사람의 아픔을 보지 못했어!'

다시 나타난 눈 속 정경은 그렇게 그녀에게 아무런 힘을 발휘 못하고 스러졌다. 하지만 그녀는 눈 속 시야로 본 환상을 붙들고 있었다. 거기에 분명 어떤 의미가 있을 것으로 생각했다.

그래도 그녀는 울에 갇힌 다람쥐 한 마리 꼴이었다. 붙박이 된 돌쩌귀에 묶여서 끝없이 가쁜 숨을 쉬며 바퀴를 돌리는 힘겨운 다람쥐였다.

그가 떠나지 않았다면… 아니, 떠났어도 떠날 때 보인 상황이 달랐으면, 자신은 자신의 둔함과 악을 깨달을 수 있었을까? 아니면 떠난 그를 여전히 냉혹한 눈길로 바라보며 그의 죽음까지도 가혹하게 평하며 모욕하지는 않았을까?

하지만 그는 그녀의 둔감으로도 더 이상 감추어지지 못하게 그녀의 악과 둔함을 드러내었다. 결코 부인할 수 없고 피할 수도 없는 우매 앞에서 그녀가 할 수 있는 일은 아무 것도 없었다. 다만 그 자리에서 단박 지옥으로 떨어지고 싶은 소원처럼 죽어지면… 그나마 당장의 부끄러움을 피할 수 있었을지…

하지만 그녀는 그런 생각을 털어버렸다. 끝없이 되씹어서 되풀이 되는 생각에 쫓기기보다, 차라리 암담한 현실을 활활 태워서 없앨 갈망을 품었다.

그녀는 하늘을 향해서 눈길을 올려 거기에 있을 그를 바라보며 외쳤다.

'내가 이 모습으로라도 살아야 할까요?'

그녀의 입에서 한숨이 비명처럼 뱉어졌다. 그런데 그때 갑자기 그의 목소리가 귀에 들렸다.

…'왜 그리 슬퍼해? 나란 놈이 늘 그렇게 당신을 아프게 하며 살아왔잖아! 하지만 우리가 정말 실패를 했는지 모를 일이야. 사람의 삶이 포도를 으깨듯 한 고통을 겪어서 포도주를 얻는 것이라고 했어. 난 물론 살았을 때는 그 말을 수긍 못했지. 그런데 이제는 그 말의 옳음을 알아. 그리고 날 위해서 평생 으깨어진 당신을 알지. 그런데 당신은 날 몰랐어. 날 위해서 으깨어지는 당신 때문에 내 마음이 늘 조급했어. 언제고 한 방으로 끝 발 나게 당신 고생을 갚을 꿈을 꾸었지. 그런데 어이없게도 내 삶이 그 모양대로 끝나는 거였어, 갚고 싶은 마음이 뜨거워도, 그것조차 내게 주어지지 않았어. 그럴 주제가 못되었던 거야. 그런데 그 걸 모르고 난 열불 나게 헛발질을 했어. 난 이런 삶이 너무 억울했어. 그리 하시는 신의 손길을 부술 수 있으면 마구 부수고 싶었어. 그런데 내가 다행히 막나가는 망나니는 아니었어. 도리 없이 아픈 끝자락을 받아들였지. 그리고 그뿐일지라도 내 삶의 마지막만큼은 부끄러움이 되고 싶지가 않았어. 당신의 수고를 다 채워 줄 길 없어도, 당신을 위로 해줄 마지막 방법이 있으면 그걸 찾아서, 작게라도 선물로 남기고 싶었어.'…

그녀는 처음에 귀에 들리는 소리가 자신의 마음에서 솟는 소리로 여겼다. 그런데 어느새 그녀의 생각을 훌쩍 뛰어넘는 소리로 울려서 그녀는 깜짝 놀랐다.

'저 사람이 정말 그렇게까지 나를 품어왔나?'

그녀는 오래전부터, 실패한 것 같은 자신들의 삶이 땅에서 바라보는 느낌일 뿐이기를 소원했다. 오만으로 모난 모서리를 서로 부딪쳐서 비명 지르며 살지만, 그들이 서로를 배반하지 않는 견딤을 품었다고 믿기에, 그런 삶으로 분정 받았더라도 다른 시각으로는 평가가 다를 수 있는 것으로 믿고 싶었다.

그런데 그가 그녀 마음에 깊이 감춘 그런 소망을 진작 알았던 것일까? 어떻게 그녀의 생각처럼 울려지는지 신비했다.

하지만 그녀는 그 소리를 참으로 듣지 않았다. 오래 꿈 꾸어온 자신의 생각이 간절함이 되어서 일으킨 착각으로 판단했다.

"삶의 진정한 의미를 인간이 어찌 알겠어요? 사람들 말이 육신을 벗으면 알게 될 거라지만, 그 누구도 죽은 후를 본 일이 없는데, 그 말의 옳음을 누가 증명하죠? 그래도 저는 그 답이 성서(聖書)에 있다고 믿어요. '창세로부터 그가 만드신 만물에 눈에 보이지 않는 그의 영원하신 능력과 신성(神性)이 분명히 보여 알게 되나니…(롬 1:20)'의 말씀은, 사람이 만물을 세세히 살피며 생각을 모으면, 그 속에서 답을 찾게 된다는 뜻으로 받아들입니다. 결국 신의 뜻을 찾아서 깊이 묵상하는 자가 답을 찾고 알게 된다는 뜻이겠죠. 그래서 이 기회에 아프게 떠난 그의 일을 살펴보려고 합니다. 그 사람 나름으로 옳음을 찾았다고 믿기에, 그가 감추고 견딘 고통이 그의 의(義)가 되어서 하늘나라로 갔겠기에, 이제 저에게도 그가 찾은 길을 찾도록 도와주시길 빕니다!"

그 어떤 것으로도 그와 함께 하지 못했고, 그의 곁에서 작은 역할도 감당해 주지 못 한 것이 그녀의 마음을 찢었다. 그래서 그가 택하고 견딘 마지막만큼은 그에게 더 없는 아름다움이기를 그녀는 소원했다.

'저는 평생 어둡게 눈을 감아서, 그에게 숨겨 있는 어떤 선(善)도 온유도 찾아내지를 못했었습니다. 오히려 그에게보다 제게 선이 있다는 착각을 품어서 그를 비판하며 살았어요. 그런데 한순간에 그를 선(善)으로, 저를 악(惡)으로 뒤집어서 나타내 보이신 이 상황이 의미가 없겠습니까? 결국 땅에서 느끼는 사람의 감성이 참이 아니라는 뜻이며, 신께서 감추어두신 뜻을 쉽게 찾지는 못하겠지만, 뜨겁게 찾는 자에게는 기어코 활짝 열어서 보여 주실 것을 믿습니다. 그래서 소원합니다. 그가 깊이 감춰서 10년이나 혼자 견딘 고통이 그가 땅에서 수고를 다한 아름다움이기를 소망합니다. 이제 저에게 그의 뒤를 따라야 할 임무를 주셨으니, 그 뜻 순종하도록 저를 인도해주소서!'

그녀는 너덜너덜 찢겨서 피를 흘리는 가슴팍을 두 손으로 움켜쥐었다. 무슨 생각을 어떻게 하든, 그를 아프게 떠나게 한 죗값을 치룰 수없는 참담함에 빠져서, 이제 남은 삶을 그가 견뎌서 이룬 향기를 잊지 않을 마음만 다짐, 다짐했다.

큰딸은 장례를 치르는 동안 내내 표정이 어두웠다. 그런데 장례 날 아침에 더욱 깜깜히 변해서 그녀와 눈길 마주치기를 피했다. 그런 딸을 피해서 그녀가 사위에게 장례일정을 물었다. 그런데 곁에 있던 딸이 그녀의 말을 가로 막고 싸늘하게 한 마디 던졌다.

"왜? 엄마가 앞장서고 싶어? 그냥 우리에게 맡기고 뒤따라 주면 안 돼?"

……!

그녀가 할 말을 잃었다. 진작 염려하던 대로, 딸이 아빠의 죽음에 대해서 그녀에게 유감을 품은 듯이 느꼈다. 하긴 그녀의 생각에도 그토록 둔감했던 자신이 자식들로부터 원망을 받는 것이 천 번 마땅하다고 생각했다.

하지만 그녀는 아프게 후벼드는 생각을 털어버렸다. 딸이 아빠의 갑작스런 죽음에 무어라고 말로는 표현이 안 될… 슬픔보다 더 짙은 마음의 고통을 품은 때문이라고 여겼다. 아빠 곁에서 열하루 동안 그 고통을 낱낱 지켜본 아픔이 얼마나 크겠는가 생각했다.

남편의 큰딸 사랑은 유난했다. 자신을 판박이처럼 닮은 딸을 그는 자신의 분신이듯이 여겨왔다. 어려서부터 모든 면에서 남다르던 딸이 그의 위로고 자랑이었다.

그런 큰딸이 입시를 앞 둔 20살에 갑자기 죽음의 고비를 넘겼다. 뇌종양의 선고를 받았는데, 오직 죽는 길만 있을 뿐, 살 가능은 1%도 되지 않는다는 선고였다.

딸의 조짐은 고2의 2학기부터 보였다. 모든 면에서 부족함이 없던 딸이 고2의 2학기에 들어서서 갑자기 성적이 떨어지기 시작했다. 의대(醫大) 진학을 목표로 이과(理科)반을 배정 받아서 매진을 하는 때에, 그녀의 눈길에 자꾸 딸이 꾸벅꾸벅 조는 게 보였다.

"너 요새 엄마에게 숨기는 것 있니? 생전 조는 모습을 보이지 않던 애가 조는 모습을 보이고도, 받아오는 성적이 의대를 지원이나 할 수 있겠니? 엄마에게 말 못하는 일이 있으면 솔직하게 말해!"

그녀 또한 남편 못지않게 큰딸을 믿었다. 천사가 나타나서 백합꽃을 준 태몽(胎夢)을 꾸고 낳은 딸은 어릴 때부터 특별했다. 사는 게 힘이 들던 그녀에게 그 딸이 살아가는 힘이었고, 긍지며 자랑이었다.

아무 것도 한 뜻이 되지 못하던 그들 부부도 큰딸의 문제에선 늘 뜻이 일치했다. 함께 화통하게 웃는 일도 큰딸이 들고 오는 성적표를 받은 날의 풍경이었다.

그런 딸의 갑작스런 변화가 그들에게 여간 실망이 아니었다. 조는 모습을 자주 보여서 그녀가 질책하면, 딸이 시침을 뚝 떼고 눈길을 곧추세워서 대들었다. 그런 모습은 지금까지 상상을 해보지 못한 일이었다.

그래서 그녀가 다그쳤다. 그런데 딸의 반응이 더욱 가관이었다. 상냥하고 온순하던 얼굴에 노여움을 가득 담아서 대들었다.

"성적 때문이면 그것만 야단쳐. 왜 졸지도 않았는데, 자꾸 졸았다고 하는 건데?"

조는 모습을 분명하게 본 그녀에게 아이의 반응이 뜻밖이고도, 그러는 딸의 눈길에 증오가 이글거렸다.

"너야말로 갑자기 왜 이러니? 앞으로 졸지 않겠다고 말하면 될 일을 시침 떼고 거짓말까지 해?"

그런데 그녀에게 되돌아온 아이의 답이 더 엉뚱했다.

"제가 조는 걸 엄마가 보았어요? 엄마야말로 정말 왜 이러세요?"

정색으로 말하는 딸의 표정에 그녀는 잠시 할 말을 잃었다가, 그래도 한마디를 해야 한다고 생각하며 말을 내쏘았다.

"네가 제 정신이 아니구나? 혹시 네 안에 사탄이 든 거 아니니?"

그런 그녀의 말에 딸이 격하게 소리를 쳤다.

"맞아, 나 사탄이야. 엄마가 너무너무 미워. 엄마야말로 딸을 사탄이 되게 하는 엄마 사탄이야!"

……!

그때는 정말 딸을 이해를 못했었다. 하지만 딸이 뇌종양을 앓는 선고를 받으며, 그녀는 비로소 그 상황이 그 때문이었던 것을 깨달았다. 돌이켜보면 그때가 딸의 병이 한창 진행되던 때여서, 딸은 분명히 졸았건만, 병증으로 자신이 졸았던 자체를 의식을 못 한 듯싶었다.

딸의 성적은 계속 떨어졌다. 그래도 그들 부부는 딸의 떨어지는 성적을 일시적 상황으로 믿으며 가톨릭 의대를 지원하던 마음을 포기하고, 재수를 한 다음해에 교대(教大)를 지원했다가 또 떨어졌다.

그런 상황에서 딸이 믿기 힘든 말을 했다.

"시험지를 폈을 때 눈이 뿌옇게 흐려지며 글자가 안 보였어. 한참 눈을 감았다가 뜨면 잠시 글자가 보였지만, 금방 눈이 뿌예졌어. 엄마, 이거 무슨 일이야?"

첫 번 수능시험을 치르고 온 날 딸이 한 말이었다. 그런데 두 번째의 시험을 치르고 온 날에 같은 말을 또 했다. 거짓말을 할 아이가 아닌 것을 알아도, 정말 그런 경우가 있을 수 있는가 의심을 했다. 어쩌면 딸이 시험에 실패해서 그런 거짓말을 했을 것으로 생각했지만, 그래도 그럴 리 없는 딸을 잘 알기에 자꾸 고개를 갸웃거렸다.

그 무렵, 딸의 오른쪽 눈두덩이 눈에 띌 만큼 불룩했다. 혹시 '바세도시'란 병을 앓는가 싶은 의심을 했지만, 그보다 시험 준비가 급해서, 딸의 상태를 어정쩡히 넘기고 있었다.

하지만 아이가 두 번이나 같은 말을 하며 시험에도 실패를 하자, 그 기회에 의심이 되는 '바세도시'병을 검사해보기로 했다.

집에서 가까운 민중병원(지금의 건대 병원)으로 갔다. 의사가 두 손을 힘주어서 펴 보라며 주의 깊게 살피더니, 사람 생김에 눈두덩이 불룩할 수도 있는 거니까 너무 염려 말고 6개월 후에 다시 들르라고 했다.

아이는 이전 같은 모습을 회복 못하며, 그럭저럭 3수를 하고 있었다. 그리고 6개월이 지날 때 민중병원에 다시 들렀다.

“내과 문제는 아닌 것 같으니까, 안과병원으로 가보시지요.”

그래서 서울대병원의 안과 진료를 신청해서 진료를 받고, CT 촬영을 예약했다. 촬영 날자가 한 달 후였다.

한 달을 기다려서 CT 촬영을 하고, 다시 안과에 들러서 결과를 보는 날을 또 한 달 후로 예약했다.

“진료 받기가 이렇게 힘들면, 급한 병은 어쩌지?”

그녀는 아이 상태를 크게 염려하지 않았다. 그래서 CT 촬영을 하고 다시 한 달이 걸리는 병원 절차에 짜증을 품고도, 홀가분한 마음으로 병원을 나섰다. 그리고 아이의 기분도 살려 줄 겸, 가까운 동대문시장에 들렀다.

모처럼 아이들의 옷을 한 가지씩 사들고 집으로 돌아온 시각이 오후 4시 무렵이었다.

“엄마!”

그녀의 귀가를 목이 빠지게 기다린 아이들이 집에 들어서는 그녀에게 겁에 질린 표정으로 달려들었다.

“서울대병원에서 3번이나 전화 왔어. 내일 당장 병원에 들르래.”

“웬일이지?”

순간, 나쁜 예감이 들어서 가슴이 덜컥 내려앉았다. 그리고 온몸이 부들부들 떨리는데, 큰딸이 등 뒤에서 그 말을 다 들었다.

“예약부터 오래 걸리는 병원이 별일이네. 하지만 큰일은 아닐 거야!”

그녀가 아무렇지 않은 듯이 말을 했지만, 식구들 모두 얼굴이 하얗게 질렸다. 오직 본인인 큰딸만 평온한 얼굴로 새로 사 온 옷을 동생들에게 입히며 방글거렸다.

다음 날이 토요일이었다. 예약된 11시를 맞춰서 안과 외래실에 들렀는데, 의사가 딸을 밖으로 내보내며, 그녀를 외래실 안의 또 다른 공간으로 안내했다.

"따님 병이 뇌종양입니다. 여태껏 증상을 느끼지 못한 것이 의외지만, 상태가 위중합니다. 어서 신경외과 외래로 가보세요."

"네?"

그녀는 주저앉아지는 몸을 가까스로 가누며 눈물을 왈칵 쏟았다.

"따님이 밖에 있는데, 환자가 알고 충격을 받으면 지금이라도 어떤 사태가 벌어질지 모릅니다. 그러니까 마음을 가라앉히시고 진료가 마감되는 12시가 되기 전에 서둘러서 신경외과로 가세요."

하지만 눈물을 진정시키는 일이 쉽지 않았다. 그래도 딸이 충격을 받으면 위험에 빠질 수 있다는 의사의 말에 그녀는 애 써 마음을 가다듬고, 밖에서 기다리는 딸 곁으로 갔다.

딸이 해맑은 눈길로 그녀를 바라보았다. 하지만 무슨 일이냐고 묻지 않았다.

"신경외과! 신경외과 외래실이 어디지?"

그녀는 허둥거렸다. 마감시간 12시가 코앞이라는 생각에 쫓겨서, 지켜보는 딸을 살펴볼 겨를 없이 거미줄처럼 엉킨 병원 통로를 헤매었다. 그리고 가까스로 신경외과외래를 찾았을 때, 간호사가 막 외래 진료실 문을 닫다가 그녀를 바라보았다.

"혹시 강윤혜 환자분이세요?"

간호사가 가쁜 숨을 쉬는 그녀에게 묻자, 그녀는 고개를 돌이질치며 뒤에 있을 딸을 손가락으로 가리켰다. 그런데 딸이 멀찍이 떨어져서 서 있었다.

"저 분이 환자세요? 그런데 오늘은 진료가 이미 끝났습니다. 월요일 10시로 예약을 해드릴 테니, 월요일에 다시 오세요."

간호사가 문을 철컥 닫았다.

그녀는 어찌 해야 할지를 몰라서 문밖의 긴 의자에 털썩 앉았다. 그때 딸이 다가와서 그녀의 어깨에 손을 얹었다.

"엄마, 난 아무 것도 걱정 안 해. 우선 아빠가 궁금해 하실 테니까, 아빠에게 전화부터 하자."

"맞아. 아빠한테 전화부터 해야지!"

그녀는 공중전화복스를 찾았다. 하지만 어디에 있는지 도무지 알 수가 없었다.

"아까 출입문 왼쪽 코너에 있는 것 같았어."

딸의 말로 출입문 왼쪽 코너에 있는 전화박스를 찾아서 남편에게 전화를 걸었다. 전화 속에서 그의 음성이 울렸다.

"어때? 의사 선생님이 뭐래?"

"뇌종양이래…"

그녀가 말을 잇지 못하고 울음을 터뜨렸다.

"그 자리에 가만히 있어. 내가 금방 갈게!"

그녀가 주저앉으며 떨어뜨린 전화기 속에서 그의 목소리가 혼자 울렸다. 하지만 그녀는 주저앉은 채로 엉엉 울었다. 사람들이 펑펑 울고 있는 그녀를 말없이 바라보았다.

그녀는 그 순간 곁에 있을 딸을 의식 못했다. 딸이 어떤 마음일지 미처 마음을 쓰지 못했다. 얼마나 그렇게 울고 있었는지, 딸이 그녀를 부축해서 일으킬 때에야 비로소 딸이 곁에 있는 것을 의식했다.

"엄마, 아빠가 오셨어. 저기…"

딸이 가리키는 출입구 쪽에 그가 미처 여미지도 못한 코트자락을 펄럭이며 달려오고 있었다. 그가 그들을 먼저 발견하고 곁으로 달려왔다.

"의사를 맞나보긴 했어?"

"신경외과로 가라고 했는데, 이미 12시를 넘겨서 월요일에 다시 오라고 했어."

그녀 대신 딸이 설명했다. 그제야 그가 정신을 차린 듯이 딸을 품에 안으며 말했다.

"우리 딸, 네가 우리보다 침착하구나!"

그들이 복도의 텅 빈 의자에 앉아서 가쁜 숨을 진정시킬 때, 딸은 또 조금 떨어진 곳의 의자에 따로 앉았다.

"재 봐. 자신의 일보다 우리를 더 마음 써서 일부러 다른 의자에 앉았어. 저런 아이를 당신이 좋아하는 하나님이 설마 버리시겠어? 우선 위중하다니까, 우석병원에 근무하는 당신친구의 남편에게 연락을 해보자. 우선 그 분과 의논을 해보자고!"

그가 오니까 단박 해결의 길이 찾아졌다. 그 자리에서 그녀의 친구에게 전화를 걸고… 곧바로 친구의 남편에게 연결이 되어서 우석병원으로 달려갔다.

우석병원은 서울대학병원과 달리 일의 진행이 일사천리였다. 친구 남편의 안내로 촬영실에 들러서 단박 CT 촬영을 하고, 신경외과 외래실 복도에서 기다리라는 말을 따라서 토요일의 진료가 끝난 텅 빈 병원의 긴 복도를 지나 신경외과 외래실의 앞에 이르렀다.

그가 그녀와 딸에게 그곳 의자에서 기다리라며 진료실 문을 두드렸다. 그러자 곧 문이 열려서 간호사가 보이고, 그만을 진료실로 불렀다.

그녀는 복도에서 느긋이 기다릴 수가 없었다. 그래서 딸에게 기다리라는 말을 남기고, 곧장 그를 뒤따라서 진료실로 들어갔다. 그가 그녀를 밖으로 밀어내려고 하자, 언제 어디로 들어와 있었는지, 진료실에 먼저 와 있던 친구의 남편이 그를 막았다.

"그냥 함께 들으시죠."

의사가 필름을 불빛에 밝혀 걸어 놓고 설명했다.

"이런 경우가 아주 드뭅니다. 종양이 이렇게 크기까지는 본인이 느끼는 게 있었을 텐데, 본인이 그걸 말하지 않은 것도, 또 부모님이 전혀 모르셨다는 것도 이해가 되지 않습니다만…"

그 말에 그녀가 수능시험을 치를 때 딸이 겪은 이상한 상황을 말했다.

"그뿐만이 아니었을 겁니다. 하지만 지금은 1초 후도 예측이 되지 않는 위급한 상황입니다. 이미 수술을 하기도 시간을 놓친 것 같으니까, 부모님 마음이 아프시겠지만, 취할 수 있는 마지막 방법으로 따님을 일단 병원에 입원시켜서 상황을 지켜보시죠. 이 말씀은 병원 측 입장을 떠나서 박 박사님(친구 남편)의 입장으로 권하는 겁니다."

의사가 설명을 하는 동안 친구남편의 얼굴이 울긋불긋 제 얼굴빛이 아니었다. 긴장으로 어깨에 잔뜩 힘을 주고, 싸늘한 날씨 속에서 땀을 비 오듯이 흘리며 서 있었다. 그런 친구의 남편을 바라보는 그녀 마음에 표현하기 어려운 뜨거운 감정이 울컥 치밀었다.

'저 분은 무엇 때문에 저리 긴장하고 아파하지?'

친구 남편의 그런 마음 씀이 너무 고마워서 가슴팍에 눈물이 찼다. 남편이 오히려 더 차가워 보일 만큼 침착했다. 밖에서는 딸이 기다리고 있었다. 그런데 설명을 다 들은 남편이 갑자기 결연한 표정으로 몸을 일으켜서 의사선생님과 친구남편에게 인사를 하고 자리를 떴다. 그리고 딸이 기다리고 있던 복도로 나왔는데, 딸이 해맑은 눈길로 말없이 그들을 바라보았다.

택시를 타고 집으로 돌아오는 동안 그는 아무 말도 하지 않았다. 그리고 집 앞에 이르자, 그녀와 딸을 내려주고 곧장 택시를 돌려서 어딘가로 갔다.

"꼼짝 말고 집에 있어. 내가 다 알아서 할 테니까, 다른 염려 하지 말고…"

그는 딸에게 어떤 말도 하지 않고. 달리 눈짓 하나도 던지지 않았다. 그는 그렇게 자신을 믿고 있을 딸을 의심하지 않았다. 그렇기에 섣부른 말을 던지지 않으며, '아빠가 알아서 하마!'의 분위기만 강하게 보였다.

무엇을 어떻게 무슨 방법을 동원했는지, 그는 그 늦은 오후에 기어코 딸을 서울대병원에 입원시켰다. 딸을 담당할 의사의 이름을 모르고, 의사도 딸의 얼굴을 보지 못 한 채로 딸이 입원부터 했다.

병실에서 딸의 모습이 여전했다. 자신의 병명이나 상태를 묻지 않으며, 이미 모든 걸 알고 있는 듯한 고요한 모습이었다.

딸이 입원한 6인 병실에 환자들이 처참한 상태로 누워있었다. 지켜주는 보호자 없이 간호사의 체크만 받는 환자가 있고, 보호자가 환자보다 더 낙심을 해서 환자를 돌볼 마음조차 없이 버려둔 위중한 환자가 있고, 또 수술을 받았는데도 수술 후유증으로 정상 모습을 회복 못한 딸을 시골 어딘가의 기도원으로 보내려고 궁리를 하는 환자의 아버지도 있었다.

딸은 입원을 한 그 저녁부터 환자들을 돌보기 시작했다. 가래 때문에 호흡이 힘든 일곱 살짜리 환자의 입 속에서 가래를 긁어내어주며 기저귀를 바꿔 주고, 또 한참 공부하는 도중에 쓰러진 동갑네 환자가 서서 흘리는 대변도 치워주며 옷을 갈아입혔다. 그런 중에도 딸은 표정 한 번 변하지 않고 눈물도 흘리지 않았다.

두 시누이가 병원을 다녀간 오후, 그가 갑자기 그녀를 복도로 불러내었다.

"당신, 각오를 단단히 해. 누나 생각은 윤혜를 무리해서 수술시키지 말고, 어디 시설 좋은 기도원을 선택해서 그곳에 맡기자고 해."

그녀는 말없이 남편의 얼굴을 바라보았다. 그가 어떻게 목숨처럼 여겨온 딸을 그렇게 할 생각을 할 수 있는가 의심했지만 무어라고 말을 하지 않았다. 섣불리 반대하면 그의 성격에 진심과 다른 방향으로 반발을 할 수가 있다는 생각을 한 때문이다.

남편은 이틀 동안 내내 그녀의 대답을 촉구했다. 하지만 그녀가 끝내 묵묵 하자 그녀의 속마음을 알아채고, 스스로 수술하는 쪽으로 생각을 바꿨다.

그렇게 결정을 하자 딸을 담당한 젊은 의사선생님이 그녀를 찾았다.

"환자의 상태가 어떤지 이미 알고 계시면서 왜 수술받기를 원하시죠? 병원 측 욕심은 특이사례를 연구하려는 목적이 있는 거지만, 따님은 수술하면 수술대에서 100% 죽어나옵니다. 그냥 이대로 수술을 하지 않으면 며칠… 아니, 어쩌면 한 달 이상도 고운 모습대로 더 살 수도 있는 일이니까 어머님이 선택을 잘하셔야죠. 제 양심으로 이대로 수술을 진행하는 걸 차마 지켜볼 수가 없어서, 교수님의 꾸중을 각오하고 드리는 말씀입니다."

그녀는 젊은 의사선생님의 상기된 얼굴에서 의료진의 협의사항까지 알리는 결연한 의지를 엿볼 수 있었다. 그런 젊은 선생님의 마음 씀에 그녀의 가슴이 뭉클했다. 하지만 그녀의 마음은 확고했다.

"말씀해 주시는 선생님의 마음이 너무 감사해요. 하지만 저흰 수술 하려는 마음이 확고해요. 부모로써…"

"잠깐, 제가 궁금한 걸 참지 못하는 성격이라서 여쭙니다. 바깥어른께 먼저 말씀을 드렸는데, 수술은 어머니가 원하시는 거라고 하셨어요. 혹시 따님이 어머니의 친 딸이 아니세요?"

선생님의 표정에 의분(義憤)을 뛰어 넘는 분노가 엿보였다. 눈에 눈물을 담고 무례할 정도로 그녀를 노려보았다.

그녀는 대꾸할 말이 없었다. 다만 얼굴이 붉게 변해서 몸까지 부들부들 떠는 선생님이 너무 안쓰러워서 말없이 선생님의 팔을 손으로 쓰다듬었다.

"알겠습니다. 제가 할 수 있는 게 여기까지였으니까 알아서 하십쇼!"

그 말을 던지며 의사가 몸을 팩 돌려서 자리를 떠났다.

병원에서 수술 일정을 알려 왔다. 저녁 7시에 딸의 머리를 깎고, 다음날 아침 7시에 수술실로 들어가서 대략 13시간 동안 커다란 종양의 반을 잘라낸 후에, 한 달 간의 회복을 거쳐서 다시 같은 과정의 두 번째 수술을 하게 될 거라고 했다.

"최선을 다 하는 일이지만, 첫 번 수술 중에서도 어떤 일이 벌어질지 예측을 못합니다. 그럼에도 부모님께서 후회가 없도록 수술을 하시겠다는 뜻을 따라서 결과를 하늘에 맡기고 단행합니다. 본인과 부모님 또 우리 의료진 모두 마음을 모아서 해봅시다!"

일정이 발표되었는데도 딸의 표정에 작은 변화도 없이 여전히 환자들을 돌봤다. 저녁 7시에 이발사가 병실에 들러서 딸의 머리를 깎았는데, 그녀 혼자 하염없이 눈물을 흘렸다.

머리를 깎고 싹싹 밀기까지 한 딸의 얼굴이 그림 같이 예뻤다. 그런 딸을 바라보는 병실의 보호자들이 안타까움을 가득 품고 예쁘다는 감탄을 계속하는데, 그 소문이 간호사실에까지 퍼졌다. 그래서 머리를 깎고도 예쁘다는 딸의 모습을 구경하려고 다른 병동의 간호사들까지 병실을 기웃거렸다.

그녀가 그에게 그 밤만큼은 자신이 딸 곁을 지키고 싶다고 말했다. 그때까지 그가 그녀에게 기회를 주지 않고, 그 혼자서 밤을 지켜왔기 때문이다.

"왜 유난을 떨어? 평소와 달라지는 분위기를 아이가 어떻게 느낄지 몰라서 그래?"

그의 거절에 그녀는 도리 없이 쫓겨서 집으로 돌아왔다. 생각해보니 집에서 걱정을 하고 있을 아이들의 곁에 함께 있으며 조용히 기도를 하게 된 것도 오히려 다행이라고 여겼다.

다음날, 드디어 딸의 수술이 시작되었다. 그녀와 여동생이 보호자 대기실에서 잔뜩 긴장을 하고 수술상황판을 지켜보았다. 수술실의 복도에는 아침부터 친지들이 모여들어서 웅성거렸는데, 이상하게도 남편의 모습이 보이지 않았다.

"형부 성격 뻔하지. 윤혜가 형부한테 어떤 딸이야? 어디선가 형부 나름으로 뜨겁게 기도를 하고 있을 거야!"

여동생의 말에 그녀가 고개를 끄덕였다.

어느 날 새벽에 알지 못하는 목사님이 병실에 들러서 딸에게 기도를 해주었는데, 기도를 끝내고 나가시는 목사님의 뒤를 그가 쫓아가서 감사헌금을 드렸다고 했다. 그랬던 그가 웅성거리는 사람들에 섞여서 어영

부영 서있겠는가? 그는 언제나 자신의 생각이 분명한 사람이었다. 대기실에서 지켜보는 수술상황판이 자꾸 바뀌었다. '수술 중'이 '회복 중'으로 바뀌고, 그러는 도중에 더러 보호자를 수술실로 부르기도 했다.

"보호자를 수술실로 부르는 일이 뭘까? 혹 수술 도중에 응급상황이 벌어져서 부르는 걸까?"

그녀가 긴장해서 묻자, 여동생이 다른 생각은 하지 말고 기도만 드리자고 했다. 그래서 그들은 수술 도중에 보호자를 부르는 일만큼은 없게 해달라고 간절히 기도했다. 그런데… 강윤혜의 보호자를 부르는 방송이 울렸다.

"어떡해, 언니…"

여동생이 사색(死色)이 되어서 외치는데, 그녀는 순간 동생의 말도 의식 못하며 머릿속이 하얘졌다. 그리고 자신도 모르게 몸을 일으켜서 가로 막힌 유리벽을 돌아서 수술실로 향하는데, 허공을 딛는 것처럼 발의 감각이 없었다.

"윤혜가 갔어. 며칠만이라도 더 살 수 있었는데, 어미가 그 길을 외면해서 죽었어!"

그녀가 혈색 잃은 얼굴로 수술실에 들어서는데, 집도하신 한 박사님이 땀에 젖은 수술모를 벗으며 그녀를 맞았다.

"저놈은 정말 대단합니다. 글쎄 종양이 얇은 보자기에 싸여서 얌전히 있었어요. 두 번 수술이 필요 없이 단번에 몽땅 제거했습니다. 너무 뜻밖이어서 집도한 저조차 설명을 어떻게 드려야 할지 모르겠습니다. 아무튼 대단한 저놈이 누리는 복입니다. 보호자님께 축하드립니다!"

그녀는 한 박사님의 흥분된 목소리를 알아듣지 못했다. 뭐라고 하는지… 그냥 멍청한 표정으로 움직이는 한 박사님의 입술만 바라보았다.

"따님이 이제 죽지 않을 거란 제 말을 믿지 못하시는 거죠? 사실 저도 믿어지지 않습니다. 수술이 종양을 싸고 있는 얇은 막에 박힌 혈관을 조심조심 들어내고 자르는 일이었습니다. 이젠 따님이 죽을 염려가 없습니다. 완벽히 살아났습니다!"

"우리 딸이 정말 죽지 않는다는 말씀이세요?"

그녀가 두 손으로 얼굴을 감싸고 주저앉아서 울음을 으앙~ 터뜨렸다. 그 순간 유리벽을 통해서 그녀를 지켜보던 수십 명의 친지들이 딸이 죽은 줄로 알고서 한꺼번에 신음소리를 뱉었는데, 그 소리가 유리벽 안에까지 크게 울렸다.

그녀가 그 소리에 놀라서 복도로 뛰어나갔다.

"우리 윤혜가 살았대요. 커다란 종양을 단 번에 제거해서 이젠 죽지않는대요!"

그녀의 말에 친지들이 함성을 올렸다.

"그 말 정말입니까? 이거 경사 아닙니까? 와~ 대단한 일입니다. 정말 다행입니다!"

어디에 있다가 달려왔는지, 그가 웅성거리는 사람들을 비집고 나타나서 그녀의 팔을 와락 붙잡았다.

"나 지금 한 박사님을 만나볼 건데, 가지고 있는 돈을 다 써도 뭐라고 안 할 거지?"

그가 친지들에게 눈길도 주지 않으며 황급히 다시 사라졌다. 그녀 혼자 축하하는 친지들에게 둘러싸였다.

그래도 한참동안 수술실 상황판에 딸이 '수술 중'으로 나타나 있었다. 한 박사님이 수술실에서 나온 뒤에도 3시간이나 더 '수술 중'으로 표시되어 있는 건, 수술 후의 뒤처리를 하는데 걸린 시간이라고 했다.

딸은 회복실을 거치지 않고 곧장 입원실로 돌아왔다. 집도하신 박사님의 설명을 그가 흥분된 목소리로 전했다.

"머리를 딱 열었는데, 눈알까지 밀어내도록 자란 커다란 종양이 얇은 막에 싸여 있었대. 그래서 아이에게 별 증상이 나타나지 않았던 것 같다고 하셨어. 그리고 수술이 얇은 막에 박힌 혈관을 낱낱이 살려서 종양을 막 채로 들어내는 일이어서 의외로 간단했고, 단 한 번으로 깨끗이 제거할 수 있었대!"

남편의 설명을 들으며, 기적을 실감하는 가족들 가슴팍이 구름 위에 붕붕 떠 있었다. 그러는 동안 아이가 고통 때문에 손과 발이 오므라들고 온몸이 경련을 했는데도, 그걸 뒤늦게 발견했다.

누워있는 딸의 침대 머리맡을 두 시누이가 좌우로 나누어서 지키고, 그와 그녀는 딸의 발치로 밀려나서 좌우로 나누어 앉았다. 그런데 시누이들이 딸에게 진통제를 투여하는 걸 사생결단을 하듯이 가로막았다.

"이게 무슨 경우예요? 하다못해 맹장수술을 하더라도 진통제를 맞고 고통을 견디는 건데, 이 환자분이 한 수술이 보통 수술입니까? 이 고통은 예수님이라도 참기 힘든 고통입니다. 그런데 이렇게 진통제 투여를 막으면, 환자분이 그 고통 때문에 숨질 수도 있는 걸 모르세요? 그땐 어떻게 하시려고 이러세요?"

막무가내로 가로막는 두 시누이의 기세를 간호사들이 이겨내지 못해서 의사까지 동원했지만, 무슨 까닭인지 시누이들이 진통제 투여를 절대 못 한다고 온몸으로 가로막았다. 누구도 그런 두 시누이의 기세를 꺾지 못했다.

그녀가 보기에 그에게 문제가 있다고 여겼다. 딸이 곧 숨이 넘어갈 것 같건만, 그는 자기 의견이 없는 사람처럼 시누이들이 하는 것을 묵묵히 지켜보기만 했다. 그녀에게는 숨소리 한 번을 크게 내지 못하게 하는 그가 무슨 연유인지, 아주 오래 전부터 자신의 혈육에 관한 문제는 아예 자신의 의사가 없는 것처럼 입을 다물고 따르기만 했다.

그녀가 애가 타서 응원을 바라는 눈길을 보내도, 그는 일부러 그녀의 눈길을 모르는 척 피했다.

참다못해서 그녀가 시누이에게 매달렸다.

"왜 이러시는데요? 윤혜가 죽기를 바라시는 거예요?"

울부짖는 그녀의 말에 큰 시누이가 어이없다는 표정을 지었다.

"누군 이 짓이 즐거워서 하는 줄 알아? 다 내 동생을 위하고 네 딸을 위해서 하는 짓이야. 뭘 모르면 잠자코 입 다물어! 네 딸을 봐라. 아까보다 훨씬 나아지는 것 같지 않니? 엄마인 네가 지켜보기 힘든 건 잠시야. 나도 들은 소리가 있어서 이러는 거야. 수술이 잘 끝난 사람이 상처의 고통 때문에 죽을 수 있다는 소리는 여기에서 첨 듣는다. 다 생각이 있어서 하는 거라는 생각을 왜 못하니?"

곁에서 몸으로 몸싸움을 보태던 작은 시누이도 한 마디를 했다.

"뇌수술을 받은 사람한테 들은 말인데, 수술 후에 맞는 진통제가 회복을 더디게도 하지만, 뇌 속의 신경을 괴사시키는 것 같다고 했어. 그래서 수술 받은 사람이 정상인으로 회복하기가 어려운 거래. 그렇더라도 오빠나 올케가 딸의 고통을 참고 보기가 힘들 것 같아서, 우리가 악역을 맡은 거야. 우리도 지난밤부터 잠 한 숨을 못자고 새벽 일찍 달려왔어. 정말 이 짓을 하고 싶어서 하겠어? 우리도 통금이 풀리면 집으로 돌아갈 생각이었으니까, 우리가 가고 난 뒤에는 마음대로 해. 우린 이 밤까지만 지키기로 했어!"

그녀는 평소에도 시누이들에게 자신의 의사를 표현 못하며 살아왔었다. 그래서 도리 없이 시누이들이 약속한 통금이 해제될 오전 4시를 가슴 졸이며 기다렸다.

드디어 새벽 4시가 되었다. 그런데 4시가 되면 집으로 돌아가겠다고 약속한 시누이들이 돌아갈 기색이 전혀 없이 딸의 머리맡을 여전히 지켰다.

30분을 더 기다리던 그녀가 드디어 참지 못하고 병실을 뛰쳐나갔다. 2월의 싸늘한 날씨로 닫아 둔 비상구의 문을 열고 밖으로 나와서 마구 몸부림을 쳤다.

"하나님, 저 사람은 저들의 횡포에 언제나 이 모양이었습니다. 딸이 죽음 같은 고통을 겪는데, 진통제 한 대도 제 뜻대로 맞히지 못하는 이런 바보가 무슨 어미입니까? 벌겋게 눈을 뜨고 쳐다보기만 하는 저 사람은 아빠도 아닙니다. 차라리 이 자리에서 저를 죽여주셔요. 이 바보는 살 가치가 없습니다!"

울부짖는 소리가 혹여 병실에까지 들릴까봐 소리를 애써 죽였는데, 나중에는 그런저런 생각도 다 버리고 몸부림치며 통곡했다. 자신을 저주하고 남편을 욕하다가 다시 딸을 살려달라고 하나님께 매달렸다.

얼마나 그렇게 있었는지… 울다가 쉬어진 목소리가 목 밑에서 꺼르륵거렸다. 그래서 끽 끽 꺼르륵… 하염없이 눈물만 흘렸다.

그러다가 문득 머리에 스치는 생각이 있었다.

'저들은 도대체 무엇 때문에 밤을 꼬박 새우며 이런 방법으로까지 딸을 지키는 거지?'

딸의 머리맡을 시누이들에게 빼앗기고, 고통으로 빳빳이 오므려진 딸의 발을 주무를 때, 간간이 딸의 머리맡을 지키는 시누이들을 보았었다. 딸의 어깨와 팔, 또 손을 주무르는 시누이들의 표정이 목숨을 건 듯이 보였다. 붉게 상기된 얼굴에서 땀이 흘러서 연신 손등으로 씻어내고 있었다.

'내 뜻하고 다르지만, 저들도 나름으로 조카를 사랑하는 마음이고, 동생을 돕는 마음이 분명해!'

순간 그런 마음이 들며, 증오로 뜨겁게 끓던 그녀 마음이 스르르 가라앉았다. 그리고 밤새 의사와 간호사와 몸싸움까지 한 그녀들이 식사를 하지 못한 것이 생각났다. 그녀 또한 이틀 동안 밥을 먹지 못한 것이 생각나며, 갑자기 시장기가 밀려들었다.

'고모들이 허기져서 어지럽겠네. 가서 음료수라도 권해야겠어!'

그녀는 돌이켜진 자신의 마음에 놀랐다. 증오로 들끓던 마음이 어떻게 그리 순식간에 바뀌었는지, 자신의 마음 같지가 않았다.

병실에 들어서니, 두 시누이가 돌아갈 옷차림으로 앉아 있다가 그녀를 보자, 기다린 듯이 몸을 일으켰다.

"윤혜 엄마, 우리 이제 갈 거다. 윤혜 봐라. 아까부터 아주 편안히 잠들었다. 우리도 많이 겁이 났었는데, 다행히 고비를 넘긴 것 같아. 이제는 너희가 알아서 하는 일이지만, 기왕 애써 고생한 김에 진통제는 몇 번 더 참아줘 봐라. 소문일지라도 위험은 피해야 되잖니?"

시누이들이 그렇게 그들에게 딸을 맡기고 떠났는데, 딸은 언제 그렇게 고통을 겪었는지 의심될 만큼, 굳은 몸을 편히 펴서 경련도 없이 오래도록 잠을 잤다. 그리고 의료진도 진통제를 투여하라는 말을 하지 않았다.

딸은 그렇게 대단한 수술을 하고도 진통제 한 대를 맞지 않고 회복을 했다.

물론 수술의 후유증이 있었다. 퇴원을 한 후, 한동안 사물이 두 세 개로 겹쳐 보였고, 차츰 두 개로 보이다가 여섯 달쯤이 지나고부터 사물을 제대로 보았다.

그렇게 회복되기까지 딸은 병원을 가는 일 외에 외출을 하지 않으며 집에서 쉬었다. 그리고 여름을 보낸 9월에 다시 입시를 준비하려고 종합학원에 등록을 했다.

딸의 수술을 앞두었을 때 그녀는 끊임없이 기도를 했다. 직장에 출근을 해서 업무를 보는 틈 틈에… 또 병원에서 딸의 곁에 있을 때도… 집에서 이런저런 일을 할 때도… 아니, 버스 속에 있을 때도… 오직 딸을 위해서 기도했다.

처음엔 딸을 살려달라는 기도를 했다. 하지만 살 가능이 전혀 없다는 말을 듣고부터 부모로써 마지막 해 볼 수 있는 길로 이끌어 달라고 기도했다.

"따님의 수술은 수술대에서 생을 마치는 게 100%가 아닌, 200% 확실합니다. 기적적으로 생명을 건진다면, 오히려 그것이 따님에게나 부모님께 불행한 일이 되겠죠. 식물인간이나 회복이 불가한 불구자로 사는 삶이 죽음보다 낫다고 할 수 있을까요?"

수술을 고집하는 그녀에게 계모냐고 분노하던 젊은 의사가 마지막으로 던진 말이었다.

"아뇨. 우리 딸은 살면 깨끗이 살고, 죽으면 깨끗이 죽을 아이예요. 어릴 때부터 감히 내 딸로 여기기 어려울 만큼 하나님의 딸이 분명했어요. 저 아이를 키운 어미의 확신이죠. 그래서 부모로써 해볼 일을 포기할 수가 없어요. 그러니까 선생님도 너무 마음 아파하지 마세요!"

그렇게 딸이 살기를 바라는 욕심을 버렸으면서도, 그녀 마음의 한 편에 기적이 일 것 같은 생각이 남아 있었다.

'윤혜가 살아났을 때를 생각해서 어떤 일을 하게해야 할지를 미리 생각해 두어야 해. 의사(醫師)를 시키겠다고 한 것이 하나님의 뜻이 아니었어. 그럼 신학(神學)을 하게해서 평생 하나님의 일을 하게 해?'

그녀의 생각이 거기에서 꽝 닫혔다. 사모(師母)도 전도사(傳道師)도 그녀 마음에 도리질이 앞섰다. 그 일이 딸에게 어울리지 않게 느껴지고도, 딸의 삶을 그런 고정적인 틀에 묶는 것이 소름이 돋도록 싫었다.

그래서 택한 것이 음대(音大)의 성악(聲樂)과에 보내는 길이었다. 어렵게 얻은 생명으로 평생 하나님을 찬양하며 사는 삶이 좋을 것 같았다. 그래서 살려주시면 그 방향으로 살게 하겠다고 약속드렸다.

10월이 다 지나갈 때 비로소 그녀는 음대교수 한 분을 소개 받아서 딸을 맡겼다. 입시를 두 달여 앞 둔 때에 시작한 성악 공부가 딸에게 무리가 될 수 있어서, 지도교수에게 특별히 그 점을 유념해서 지도해주시길 부탁했다.

그런데 수능시험의 결과가 먼저 나왔다. 1년 가까이 쉬었던 딸의 성적이 뜻밖에 우수했다.

"아이를 꼭 음대에 보내야 해?"

남편이 고득점을 얻은 딸의 성적에 미련을 품고, 단박 생각을 바꾸자고 제안했다. 하지만 그녀는 고개를 가로저었다.

"안돼요. 하나님께 미리 약속을 드린 일이어요. 어떻게 살린 생명인데, 전 같은 욕심을 다시 부리겠어요? 그런 모험은 이제 못해요."

"당신 말대로 하나님이 살려주셨더라도, 꼭 성악을 하라고 하신 것이 아닐 수도 있잖아? 아이의 성적이 이렇게 나온 것은 갈 수 있는 다른 길로 가라는 뜻일지도 모르지."

남편의 말이 그래도 그녀는 의지를 굽히지 않았다. 남편도 딸을 기도원에 맡기자고 했던 아찔한 일을 기억하고, 그녀의 뜻을 억지로 꺾지 않았다. 다만, 늦게 시작한 딸의 실기실력이 약해서, 학력고사 성적반영의 비율이 높은 숙명여대를 택했다.

딸이 입학원서를 쓰려고 졸업한 학교에 들렀다. 그런데 학교에서 성적이 좋은 아이를 숙명여대에 보낼 수 없다면서 원서에 직인을 찍어 주지 않았다. 그래서 딸이 원서를 쓰지 못하고 돌아오자 그가 득달같이 학교로 달려갔다.

"누군 서울대가 싫어서 숙대로 지원합니까? 다 그럴만한 사정이 있을 거란 생각을 왜 안 하십니까?"

목청 큰 그의 고함에 교무실 분위기가 단박 싸늘해지고, 학교장이 놀라 뛰어나와서 사과하며 딸의 원서에 직인을 찍어주었다. 그리고 뒤늦게 성악공부를 시작한 딸이 숙명여대에 무사히 합격을 했다.

대학에 들어간 딸의 실기 점수가 C+에서 시작했다. 그리고 시간이 갈수록 실기 실력이 늘면서 4년 내내 성적 장학금을 받았다.

딸은 재학 중에 교직과목도 이수했다. 그래서 졸업을 한 후에 교사채용시험에 응시해서 고등학교의 음악선생이 되었다.

위험한 고비를 넘긴 딸은 그 이후에 건강에 별 문제가 없었다. 그런데도 결혼이야기가 구체화 될 때마다 딸이 자신의 병력을 상대방에게 털어놓으며 거절을 했다. 그래서 어느덧 30 중반을 훌쩍 넘긴 노처녀가 되었다.

그리고 서른일곱 살이 된 때에 또 동료 교사의 적극적인 권유를 거절

못 하고 맞선을 보았다. 그런데 딸이 그 자리에서 또 자신의 병력을 털어놓았다. 그런데 신랑감이 의외로 그게 무슨 문제냐는 반응을 보였다.

"그게 언젯적 이야기죠? 스무 살에 겪었고 무사히 살아난 17년 전의 이야기 아닙니까? 혹 자녀를 갖지 못 할 것 같은 염려라면, 전 원래 그 문제에 매달리지 않는 사람입니다. 다만 저희 부모님이 염려를 하실 수 있으니까 굳이 밝히지 말고, 우리끼리 먼저 만나보는 것이 어떤지요?"

딸이 그 말을 전해주자 그녀의 눈이 반짝했다. 그동안 좋은 혼처자리도 딸의 고백으로 다 놓쳐 와서 은근히 애가 타던 그녀였다. 그런데 외국에서 7년을 유학한 사윗감의 사고의식이 뜻밖이어서, 딸에게 좋은 기회가 온 듯이 여겼다.

다행히 신랑 쪽에서 결혼을 서둘렀다. 어느 날 갑자기 아직 망설이고 있는 딸을 자기 집으로 이끌어서, 1,000여 평의 너른 터에 고풍(古風)스럽게 자리를 잡은 집을 딸에게 보여주며 가족을 소개했다.

딸은 고풍이 흐르는 그 집 분위기에 단박 마음이 끌렸다. 그리고 이미 마흔 살이 된 신랑자리의 서두름으로 그 이상의 다른 상황을 고려해볼 틈을 갖지 못한 채로 결혼이 추진되었다.

사위는 성격이 온화하고 정직한 사람이었다. 전공한 분야의 온갖 자격증을 고루 갖추어서 생계에 문제가 있을 것으로는 여겨지지 않았다.

그동안 사위는 대학교수를 목표해 왔는데, 번번이 후배의 추월에 밀려서 기회를 놓치고, 규모가 작은 회사의 상무로 근무하고 있었다. 그런데 딸이 결혼하고 9년이 되던 해, 갑자기 사위가 사표를 내었다는 소식이 들렸다.

"회사의 형편이 많이 힘든데, 자신의 임금이 너무 고액이어서 마음에 걸렸었나봐. 그래서 사장에게 자신의 임금으로 젊은 인력 몇을 더 구해서 쓰는 게 어떻겠느냐는 건의를 했더니, 뜻밖에도 사장의 반응이 애매 했나 봐. 그래서 그 자리에서 물러나기를 결심했대. 마음에 다소 서운함이 있었지만, 어려운 회사를 위해서는 용단을 내리는 게 도리로 생각하고 결단을 했대."

딸은 딸답게 그 상황을 받아들이고, 그때부터 가정의 생계를 도맡아서 꾸려왔다.

그 무렵에 그녀가 딸과 부딪쳤다. 그녀에게 벌였던 사업의 뒤처리가 아직 남아 있었고, 눈앞에 닥친 생계도 대책이 없어서, 그녀는 시골로 들어가서 살 궁리를 열심히 했다. 시골에 쓸모없이 버려져 있는 300여 평의 땅이 있어서 그 땅을 일구며 살 궁리였다.

하지만 서울에서 태어나 6·25동란까지 서울에서 버틴 남편이 시골 쪽에는 눈길조차 주지 않았다. 그래서 그가 신뢰하는 큰딸의 힘을 빌려서 설득을 해 볼 궁리를 하며 딸이 방학을 하는 날을 기다려 왔다.

그리고 딸이 방학을 하고 어느 정도 휴식을 했을 것으로 느낀 시간에 그녀는 딸을 집으로 불렀다.

그런데 딸이 그녀의 부름을 모르는 척 며칠을 뭉개고, 드디어 방학이 끝나는 날 오후까지도 나타나지 않았다. 그러자 그녀는 화가 머리끝까지 올랐다.

딸의 집은 그녀 집과 걸어서 15분쯤 걸리는 거리에 있었다. 하지만 그녀는 평소에 딸의 집에 자주 들리지 못했다. 그녀가 바삐 살 때는 바빠서 들리기가 어려웠고, 그녀가 하던 일을 그만 두었을 때는 사위도 직장을 그만 둔 때여서, 딸집에 들리는 일이 망설여졌었다.

그런데 그날 오후 그녀는 딸네 집으로 달려갔다.

딸이 쉬고 있었는지 자리에 누워 있었는데, 갑자기 들른 그녀를 누운 자세로 말갛게 쳐다보기만 했다.

"왜 나를 부르는데? 엄마문제면 이젠 엄마가 처리하셔. 내게 무슨 힘이 있다고 나를 불러?"

상냥하고 온유하던 딸의 반응이 뜻밖이었다. 그래서 그녀가 할 말을 잃고 어이없는 표정으로 서 있는데, 사위가 그녀를 소파로 안내했다.

"저 사람이 요즘 좀 우울해요. 하실 말씀이 있으시면 제게 하시죠."

"걔가 왜 우울한데? 내가 얼굴을 보자고 해서 불편하대? 그런데 지금은 내가 불편해졌어. 의논할 일이 있어서 방학에 잠깐 들리라고 한 건데, 방학을 다 보내도록 코앞의 어미 집에 들르는 일이 그렇게 힘이 들어? 내가 살려달라고 매달릴까봐서 그런대?"

그녀는 딸이 들으라고 일부러 목소리를 높였다. 마음 같아선 어릴 때처럼 등짝이라도 한 대 때려주고 싶었다. 그런데 딸이 방에서 푸시시한 얼굴로 나오며 한 마디 했다.

"지금 나를 한 대 때려주고 싶지? 그럼 한 번 때려보시지. 원래 엄마 주특기가 때리는 것 아냐? 그런데 어쩌지? 난 이제 엄마가 무섭지 않아. 어릴 때는 엄마가 우리를 버리고 도망 갈까봐서 늘 겁이 나고 조마조마 했어. 그래서 엄마를 기쁘게 하려고 온통 엄마에게 마음을 쏟았지. 그런데 지금은 그딴 일에 관심 없어. 엄마는 죽을 수 있던 나를 엄마의 고집으로 살려낸 생색을 내고 싶은지 모르지만, 난 그때나 이때나 사는 일에 흥미가 없어. 엄마도 예전에 몇 번이나 죽고 싶다며 우리를 위협했었잖아? 그런데 이제 엄마한테 묻고 싶어. 그렇게 힘든 삶을 왜 굳이 살아야 하는데? 힘이 들면 짐을 벗는 것도 지혜이지 않아? 난 지금 엄마 일로 고민할 힘없어!"

딸이 갑자기 눈물을 펑펑 흘렸다.

'저 아이가 왜 저러지? 그동안 사위가 쉬고 있어서 많이 힘겨웠나?'

사위가 쉬고 있는지 3년이 되고 있었다. 물론 그녀가 딸이 평안할 거로 생각한 것은 아니다. 그녀 또한 수 십 년을 겪은 일이지 않은가? 그때 그녀의 소원이 오직 남편이 재기해서 남들만큼 버젓이 살고 싶었다.

하지만 딸은 비슷한 상황인데도 자신들과 모습이 달랐다. 그들대로의 계획이 있는지 사위가 재기를 서두르지 않는 눈치고, 딸 또한 그녀처럼 형편을 초월하는 무리를 동원해서까지 방법을 찾는 궁리를 하지 않았다. 두 내외가 묵묵히 때를 기다리는 듯 했다.

사위가 갖춘 전문분야의 자격이면 무엇이든 시작을 할 수 있을 텐데, 애써 서둘지 않는 모습은 그녀가 겪은 것과는 차원이 다른 일종의 그들의 여유고 자신감 같았다. 그래서 지켜보는 그녀 마음이 크게 불안하지 않았다.

딸은 부드러워 보이는 외형과 달리 내면에 강한 면을 지니고 있었다. 힘겨운 일을 내색하지 않으며, 오히려 얼굴에 미소를 잃지 않는 묵직함을 지녔다.

자랄 때도 그녀가 미처 챙기지 못하는 집안일을 챙기며 동생들을 보살펴 주었고, 한 풀 기가 꺾여서 집에 들어서는 남편도 딸이 그녀대신 반갑게 맞았다.

"내가 너 때문에 산다."

그가 습관처럼 입에 달고 산 말이다. 그만큼 큰딸은 모든 면에서 믿음직했다. 여섯 살 때에 엄마가 퇴근할 시간을 짐작해서 동생들을 미리 씻겨놓고 기다린 일은 그 어릴 때에 이미 그렇게 특별했던 이야기의 하나다.

큰딸에 비해서 둘째 딸은 성격이 활발하고 자기주장이 뚜렷했다. 그래서 집안이 어려운 때인데도 대학을 졸업한 후에 유학 가는 것을 포기하지 않고 외국에 나가서, 그곳에서 오래 살고 있다.

그 둘째 딸이 귀국을 했을 때 그녀에게 들려준 말이 있다.

"언니는 어릴 때부터도 특별했어. 나보다 고작 겨우 두 살 위인데도 늘 엄마 같았고, 무엇이든지 털어놓고 의논할 수 있는 친구이기도 했어. 또 우리들의 선생님이었지. 공부며 지켜야할 질서까지 모두 언니가 가르쳐주었어. 난 어릴 때부터 언니가 신비했어. 어떻게 그렇게 어른스러운지, 도무지 이해가 되지 않았어. 게다가 착하고 예쁘며, 공부까지 으뜸인, 그런 언니가 내게 자랑이고 긍지였어."

50살을 넘겨서인지, 그녀와 말 트기를 껄끄럽게 여겨오던 딸이 속마음을 스스럼없이 털어놓았다.

둘째딸의 말로 그녀는 미처 자신이 알지 못하며 놓쳐서 산 부족했던 시간들을 비로소 돌아보았다. 그렇게 많은 부분을 큰딸이 대신 채워준 사실도 뒤늦게 알았다. 하지만 그녀는 큰딸과 부딪친 일을 마음에서 쉽게 지우지 못했다.

딸은 이전의 모습을 회복한 듯 했지만, 그래도 그들 모녀는 어딘지 모르게 이전과 달랐다. 하지만 그녀는 마음에 드리워 있는 그림자를 지우려고 했다. 어차피 한 덩어리로 엉켜서 살 때의 일이고, 성인이 되어서도 딸이 그때의 일을 이해 못하는 것 또한 그들이 짐 진 아픔인 걸 어쩌겠는가 생각했다. 그런 자위(自慰)로 그녀는 자신도 어릴 때 받은 상처를 평생 지우지 못하고 가슴에 안고 살아온 것을 되짚어서 기억했다.

'자신이 아플 때는 몸으로 낳은 자식까지도 돌아보지 못하는 것이 사람의 본성인가 봐. 내 어머니가 내 고통을 돌아보지 못했고, 나 또한 내 아픔에 묶여서 아이들이 품는 아픔을 돌아보지 못했어. 설혹 눈에 보였더라도, 그때 아이들의 마음을 돌아볼 여력이 내게 없었지. 아니, 어른이든 아이든 함께 그렇게 뒹굴어서 살게 된 그 순간의 삶이라고 생각했어. 그런데 이제 생각하니까, 그건 내 횡포였어. 자신이 겪은 아픔을 고스란히 대물리며, 어릴 때에 낱낱 상처로 꽂히던 경험을 되돌아보지 못했어!'

그녀는 뒤늦게 어머니를 그대로 닮은 자신을 깨달았다. 그 어둠을 가슴에 품고도 느끼지 못하며 고스란히 대를 물리고 있는… 가슴 속에 패인 함정을 눈을 감고 보지 않았다.

그녀는 자신을 꽤 괜찮은 사람으로 스스로 믿었다. 가족을 위해서 견디는 고통이 포화상태의 버거움으로 느껴도, 자신이 잘 견디며 감당한다고… 스스로 기특하게 여겨 왔다.

그랬기에 지난 시간을 부끄러워하지 않았다. 시간을 되돌려서 그때로 되돌아가도, 그 때 취했던 방법보다 더 낫게 취할 방법이 자신에겐 없다고 여기기에 그때로써는 그것이 최선이었다고 굳게 믿었다.

하지만 어미인 사람이… 아니 어미였기에 자식의 일만큼은 감각이 닿지 않는 상황도 본성을 뛰어넘어서 느낄 수 있어야 했지 않은가? 어릴 때는 표현할 길이 없었던 상처를 경험했음에도, 어미가 되어서 똑같은 오류를 범하며, 그 한계를 넘어설 최선을 외면했었다. 이제와 그 무책임을 무엇으로 변명 하겠는가 싶었다.

그녀는 물론 뒤늦게 알게 된 자신의 어둠이 마음 아팠다. 하지만 그 시기에는 그 이상의 길이 있었을 것 같은 마음도 그때의 상황을 다 흘려서 넘긴 오늘 품어지는 감정이라고 생각했다. 친정어머니가 삶을 다하는 순간까지 그녀와의 관계를 몰라서 풀지 못했을까? 그녀 역시 그 모양새로 굳어진 딸과의 관계를 이제 와서 풀 가망은 전혀 없다고 여겼다.

그런데 딸은 그녀에게 소나기처럼 퍼부었던 일 자체를 잊은 것처럼 여전히 바라는 바 이상으로 친정을 보살폈다. 아들이 말했다.

"큰누나는 형편이 많이 어려울 텐데 어떻게 이렇게 마음을 쓰지? 내 형편이 누나보다 나을 텐데도 난 이렇게 마음 쓰기가 힘들어. 이건 형편과 관계없는 누나 마음이 펼치는 요술인가 봐!"

아들의 말에 그녀는 오히려 딸이 친정의 짐을 내려놓지 못하는 걸 새롭게 느낄 뿐이었다. 누가 요구하는 일이 아니어도 딸이 사는 동안은 스스로 벗지 못할 짐일 듯싶었다.

문득 친정어머니가 그녀 남편에게 유독 사랑을 쏟았던 일이 생각났다. 이상하게 두 사람은 처음부터 죽이 잘 맞았다. 이쯤에서 되돌아보아서 느끼는 점은, 어쩌면 그녀의 어머니가 그녀에게 품고도 풀지 못하고 있는 감정의 아픔을 그녀 남편에게 보상하듯이 쏟은 것이 아닐까 싶었다.

그런데 그녀는 어머니가 찾았던 방법조차 써먹지 못했다. 마음이 순수한 친정어머니는 그를 첫눈에 마음에 들어 했고, 남편 또한 그녀 어머니에게서 느껴지는 양반의 풍모 같은 분위기를 흡족하게 여기며, 두 사람의 호흡이 제격처럼 척척 들어맞았던 것 같다.

그런데 그녀는 딸의 상처를 너무 뒤늦게 알았다. 그녀가 취해볼 방법들이 죽은 것처럼 끝나 있던 때에 알게 된 상황에서, 그녀가 딸의 상처를 어루만져줄 방법이 달리 없었다. 사위와의 관계 또한 각각의 상황으로 10년이 굳어져 있어서, 친정어머니와 그녀 남편의 관계처럼 새롭게 해

볼 방법이 남아있지 않았다. 큰딸과의 풀길은 깜깜하기만 했다.

딸은 집에 들러도 그녀와 눈길을 마주치지 않으며 건성으로 맴돌았다. 남편과만 몇 마디를 나누고 돌아가는 어색함이 방법 없이 지속되었다.

물론 그녀는 그 상황을 투정하지 않았다. 그냥 방법 없이 대물림이 되는 그 상황을 체념했다.

4

그동안 그들 가정의 가장(家長) 역할을 셋째 딸이 해왔다. 그 짐을 진 때문인지 셋째의 어투가 늘 쌀쌀하고 단호했다.

"내 성격이 원래부터 이랬어? 나도 큰언니 못지않게… 아니 그 이상으로 가슴이 따뜻한 사람이야. 그런데 왜 이렇게 변했겠어? 나도 살기가 만만치 않은데, 집에 들어서면 맨 날 엄마 아빠의 찌그러진 얼굴만 보니까 그렇지. 제발 엄마 아빠의 웃는 얼굴을 보면서 살자!"

그래온 셋째가 장례를 치르는 동안 언니의 어두운 표정을 느껴서인지, 그녀에게 던지는 말이 평소보다 따뜻하고, 계속 그녀의 곁에서 맴돌았다.

드디어 장례 날, 아침부터 서두른 장례를 모두 마쳤을 때, 해가 중천에 있었다.

그녀는 남편의 유골을 묻은 묘지를 새삼 휘~ 둘러보았다. 자기 몫으로 반 평도 차지하지 못한 수많은 망자(亡子)의 묘소들이 명패 앞에 조화를 꽂아서 사방이 울긋불긋 꽃동산을 이루었다.

남편은 평소에 유교사상을 버리지 못하고 조상의 산소를 마음 써서 정성껏 돌봐왔었다.

“이런 절차는 내가 살아있는 동안에 하는 일이야. 아들에게는 이 일을 넘겨주지 않을 거니까, 내가 죽으면 땅에 흔적을 남기지 말고 뼛가루를 강물에 뿌리도록 해!”

기독교인인 그녀를 매섭게 단속하며 조상 섬기는 일을 지켜온 그가 자신의 죽은 후의 일은 그렇게 유언했다. 그래서 그의 고향에 그가 앞 서 최근에 준비를 한 가족묘지(납골당)를 피하고, 기념할 최소한의 방법을 선택한 그의 마지막 자리였다.

둘러보는 눈길에 닿는 그 곳 풍경이 낯설고 서글펐다. 기념하는 의미뿐이라지만, 삥 둘러선 산자락을 계단으로 만들어서 유골을 묻은 풍경이 산소 같지가 않고, 짧게 진행한 장례의 절차까지 마음이 아팠다.

‘당신 유골을 여기에 묻었으니 자주 들리게 되겠지만, 당신이 여기에 계시지 않고 하늘나라에 계신 것을 알아요. 물론 흔적을 남기지 말라는 유언을 남겼지만, 이렇게 초라하게 묻힌 것을 당신이 내려다본다면 많이 서운할 것 같아서 마음에 걸리네요!’

발길을 돌리며 그녀는 너무 허망하고 슬퍼서 몇 번이고 뒤돌아보며 눈물을 흘렸다.

“장모님, 너무 서운해 하지 마세요. 이곳이 그리 멀지 않으니까 들르시고 싶으실 때는 언제라도 말씀 하시고 우리와 함께 들리도록 하세요.”

사위가 그녀를 위로했다.

남편 묘소에 꽂은 꽃은 조화(造花)매장에서 남편의 특성을 닮은 것 같은 남색에 가까운 진보라의 장미를 중심으로 두고 둘레에 잘잘한 흰색

꽃으로 둘렀다. 뒤돌아보는 눈길에 그 꽃이 울긋불긋하지 않고 청초하게 돋보였다.

묘소에서 돌아오는 길에 음식점에 들러서 점심을 간단하게 먹었다. 그녀는 된장으로 끓인 올갱이국을 택해서 목에 넘겼지만 목에 넘어가지 않았다. 그래서 먹는 시늉으로 국물만 몇 숟가락 넘겨서 점심을 때웠다. 오는 도중에 안산이 집인 동서네 식구와 헤어지고, 남은 가족이 병원에 다시 들러서 남자들이 빌려 입은 상복을 반환했다. 그리고 그 자리에서 아들네와 큰딸 네가 각각 찢어져서 돌아가고, 그녀와 셋째만 달랑 남아서 집으로 돌아왔다.

집으로 들어설 때, 남편이 머물던 빈자리가 썰렁한 찬바람을 가슴에 안겼다. 그런데 피곤에 지친 셋째가 집으로 들어서며 말을 던졌다.

"엄마, 저녁을 어떻게 할까? 엄마가 먹겠다면 내가 차릴게."

저녁을 포기하자는 뜻이 다분히 느껴지는 말이었다.

그녀는 몇 끼째 밥을 제대로 먹지 못해서 탈진해 있었다. 그래도 딱히 저녁을 먹을 마음이 아니었는데, 그래도 자신의 상황이 전혀 배려되지 않는 딸의 말이 서운했다. 그래서 대답을 하지 않고 말없이 상복을 벗어서 가방 속에 개어 넣는데, 딸도 상복을 벗어서 넣으며 말했다.

"엄마도 저녁 생각 없지? 대충 씻고서 잠부터 자야겠어!"

딸이 먼저 씻고 제 방으로 사라진 대청에서 그녀는 씻을 생각도 잊은 채 혼자 하염없이 창밖만 바라보았다. 6m 도로를 낀 창밖 공원의 나무들이 아직 싹이 트지 않은 앙상한 나뭇가지를 바람에 흔들고 있었다.

'이 집은 나 혼자 남아 있을 때를 위해서 저가 준비한 것 같아. 게으른 내가 걷지 않아도 신선한 바람이 집 안 가득 채워지지. 그런데 저 공

원이 이제 막 천국에 도착했을 그를 생각나게 하네. 그곳은 얼마나 아름다울까?'

앙상한 나무들이 새싹을 틔우려는지, 가지에 막 연초록을 두르는 초록 기운이 싱그러웠다.

하지만 그가 떠나고 바라보는 마음이, 오히려 싹이 돋는 연둣빛 기운이 냉혹하게 보이고, 만상(晩霜)의 허무를 느끼게 했다.

4년 7개월 전에 그녀가 또 한 번 그의 곁을 떠났었다. 10년 전에 집을 떠나던 때와 달랐지만, 적어도 그가 곁에 없는 공간에서 숨을 편하게 쉬고 싶은 바람을 마음에 품고, 잠시 귀국했다가 돌아가는 둘째 딸을 따라서 독일로 갔었다.

생각해보면 그가 특별히 잘못하는 일은 없다. 스스로 성격이라고 말하는… 뜬금없이 윽박지르는 소리를 날벼락처럼 질러서, 그때마다 심장이 덜컥 내려앉고 손발이 힘을 잃어 한참을 회복 못하는 일이… 수십 년을 겪는데도 도무지 적응이 되지 않는 것이 그녀의 당면한 문제였다. 그리고 그런 일을 겪을 때마다 너무 초라한 자신에게 노여움이 새롭게 치솟는 일의 되풀이였다.

까닭 모르게 갑자기 고함을 치는 그의 표현은 자신도 어쩌지 못하는 성격이라고 그가 말했다. 하지만 그녀가 보기에는 통제가 안 되는 그의 우울증 같았다.

그는 정수기를 들여놓고 편히 살자는 가족들의 의견을 들은 척 하지 않고, 1주에 두 번 정도를 식구들이 마실 음료를 커다란 들통 가득히 끓여왔다. 그가 가끔 나가는 외출은 집 근처의 마트에서 구하기 힘든 볶은

보리와 옥수수, 또 몸에 좋다는 각종 약재와 건삼, 그리고 마른 대추를 값 싸게 구입하려고 경동시장에 나가는 걸음이었다. 그리고 그녀가 건강차라고 이름을 붙인 그 차를 무려 30년 이상을 지속해서 끓여왔다.

그렇게 음료를 끓이는 날은 그가 막 끓인 물을 냉장고에 넣지 않고 딸 몫으로 한 컵 싱크대 위에 놓아두었다. 딸 또한 새로 끓인 그대로 마시기를 원하는 아빠 마음을 알고, 잊지 않고 따뜻할 때에 마셔주었다.

그런데 둘째가 귀국해서 부산했던 때에, 셋째가 자신 몫의 물을 마시지 않고 싱크대 위에 그냥 놓아두었다.

"여보, 둘째는 마셨는데, 셋째는 물 마시는 걸 잊었나 봐요. 제가 이 물을 마시고 컵을 치워도 되죠?"

부엌을 좁게 느끼는 그녀가 싱크대 위에 컵 하나라도 놓여 있는 걸 싫어해서 그 컵을 치울 마음으로 그에게 말했다. 물론 딸 몫인 걸 잘 알아서 선뜻 마시지 못하며 그의 허락을 받으려고 한 것이다.

"셋째 물을 왜 네가 마셔?"

그가 벽력같이 소리치는 바람에 그녀가 또 깜짝 놀랐다.

'난 시원한 물이 더 좋던데, 왜 굳이 냉장고에 넣지 않은 물을 먹이려는 건지… 저 마음조차 알 수가 없어!'

고함소리에 잔뜩 졸아 든 마음이 몇 초 동안은 노여움도 품지 못했다. 그러다가 화가 났다. 참으려고 해도 도무지 참아지지 않도록 분노가 치밀었다.

"저 물이 뭔데 내가 먹으면 안 돼? 이 집에서 내 존재가 고작 그뿐인 이유가 뭐야?"

자주 터지지 않아도, 한 번 터지면 곧장 미련퉁이가 되는 그녀의 본성이 기어코 또 터졌다. 눈물을 철철 흘리며 목청을 높였다.

3일 후면 둘째가 떠나는 날인데도, 그녀의 터져버린 분노는 쉽게 가라앉지 않고, 그 참에 딸을 따라서 독일로 가겠다고 고집을 부렸다.

"그게 아빠의 목청이고 아빠의 성격이잖아. 그 물을 셋째 거로 생각해서 한순간에 그렇게 표현하신 걸 거야. 엄마를 차별해서 안 된다고 한 것이 아닌 것을 엄마도 알잖아! 그러니까 엄마가 맘 풀어. 그래야 내가 마음 편히 떠나지!"

둘째딸이 설득을 해도 그녀 마음이 풀릴 기미가 없자, 딸이 도리 없이 급하게 항공권을 알아보았다.

"엄마 마음이 그러면 같이 가자. 하지만 독일에 가서 내가 하는 일에 절대로 마음 쓰지 않는다고 약속해. 산다는 게 어디서나 별반 다를 게 없어. 엄마가 그 사실을 잊지 않기 바래!"

그렇게 딸을 따라서 떠나기로 결정을 했다.

독일로 가기 위해서 공항을 향해 갈 때, 그녀는 내내 눈물을 철철 흘렸다. 운전석 옆 자리에 앉은 그가 뒷자리에 앉은 그녀와 딸을 몇 번이나 힐끗거리며 뒤돌아보았다.

그녀는 함께 가는 것을 극구 말리는 딸의 말을 듣지 않고, 막무가내로 따라 나선 자신을 초라하게 느꼈다. 70 중반을 넘긴 나이에서도 고작 그럴 뿐인 자신의 삶이 너무 서글프고 불쌍했다.

눈물을 닦으라고 딸이 휴지를 주었다. 그래서 흐르는 눈물을 휴지로 닦는데 감당이 안 되자, 마침내 딸이 가방 속에서 손수건을 꺼내주어서 그걸로 닦았다. 1시간 이상 달리는 동안 흘린 눈물이 손수건을 흥건히 적셔도 눈물이 멈추지 않았다.

그가 자꾸 뒤돌아보자 딸이 말했다.

"아빠, 엄마가 석 달 휴가를 받아서 간다고 여기시고 염려마세요. 주말이면 가까운 도시를 돌아보면서 맛있는 것도 고루 사드릴게요."

그녀는 혼자 남아 있을 그를 염려하지 않았다. 어쩌면 그 자신에게도 휴식시간이 될 것으로 생각했기 때문이다.

공항에 여유롭게 도착을 해서 일부러 커피를 사서 느릿느릿 마시며 시간을 보냈다. 그러는 동안 그녀와 그가 서로의 얼굴에 눈길을 보내지 않았다. 딸 혼자서 애써 수다를 떨었다.

드디어 탑승수속을 밟을 시간이 되자, 딸이 아빠와 헤어지는 포옹을 나누었다. 그리고 출국장의 줄 끝에 섰는데, 그가 갑자기 그녀의 곁으로 다가와서 호주머니 속에 무언가를 넣어주었다. 그녀가 싸늘하게 뿌리쳤지만, 그가 재빨리 줄 뒤로 물러섰고, 그녀는 당겨지는 줄을 뒤따르며 두 사람의 거리가 멀어졌다.

대학을 졸업하고 1년 동안 교직에 머물다가 유학을 떠난 딸이 독일에서 사는 시간이 30년을 더 넘겨서 한국에서 살았던 시간보다 길어지고 있었다. 그동안 한국의 유명회사 계열에서 현지 채용 인으로 근무를 해왔는데. 1년 전쯤에 갑자기 회사를 그만 두고 개인 사업을 시작한다고 했다.

'왜지? 회계업무를 보면서 회사 내에서 떠오르는 쌈닭이라는 별명을 얻었다고 하더니, 그런 성격이 근무하는데 어려움이 되었나?'

그녀는 진작부터 딸이 불안했다. 회계업무를 융통성 있게 하는 것이 문제가 될 수도 있겠지만, 오히려 지나치게 깐깐할 것 같은 딸의 강직성이 염려가 되었다.

"엄만 별 걱정을 다 하네. 내 나이 50을 넘겼는데, 그 정도로 꽉 막힌 사람은 아니지. 하지만 언제까지 봉급자로 살아야 할지는 늘 고민 거리였어. 50살을 넘긴 이 나이는 회사생활을 하기엔 막바지야. 그래서 새롭게 출발을 할 기회를 잡은 것뿐이야."

해외에서 사는 딸의 형편을 눈으로 확인해 볼 길이 없으니까, 딸의 말을 그대로 믿는 수밖에 도리가 없었다.

'맞아. 벌써 50살을 넘겼는데, 자기 일을 자기가 알아서 하겠지!'

그렇게 마음을 달래 왔다. 그런데 갑자기 딸집에 들러서 눈으로 보는 딸의 형편이 생각했던 바와 상당히 달랐다. 독일어가 서툰 교민들의 회계업무를 돕는 목표로 시작한 사업이, 현실로 부딪쳐진 상황이 언어가 통하지 않는 사람들의 심부름을 해 주는 정도인 것 같이 보였다.

그녀는 예상을 못 한 딸의 실상(實狀)에 가슴이 무너졌다. 자신만큼 힘겹게 사는 사람이 없을 것으로 여겨온 그녀가, 딸의 어려운 형편을 바라보자 아이의 힘든 삶이 언제부터였을지 알 수가 없는 것에, 갑자기 깊게 눈 감아서 산 것 같은 아픈 마음이 되었다.

'이럴 수가… 내가 정말 어미이긴 했나? 아이의 형편도 알지 못하며, 내 마음이 아프다고 떼를 써서 따라온 꼴이라니… 내 나라에서 겪는 내 아픔이 만리타국에서 겪는 아이의 아픔에 비교나 되겠어? 내가 철이 없었어. 하지만 이 타국에서 내가 무엇으로 아이를 돕지?'

마음이 바질바질 타들어도 외국 땅에서 그녀가 할 수 있는 일은 아무것도 없었다. 그냥 넘기 어려운 태산이 불가(不可)라는 빨간 신호를 높이 띄우며 눈앞을 가로막듯이 느꼈다.

그래도 딸 앞에서 염려하는 표정을 짓지 않으려고 애쓰는데, 딸이 먼저 눈치를 챘다.

"도와줄 친지 하나가 없는 타국에서 벌인 일이야. 시작한지 8개월이 되어가지만, 아직 명함도 마련 못하고 있었어. 그리고 이번에 한국에 들어가서 겨우 준비했거든. 그래서 엄마가 따라오는 것을 말렸지. 하지만 기왕 따라와서 들통이 나고 보니까, 오히려 다행 같아. 엄마가 하나님께 빡세게 기도를 해줄 테니, 내가 그 힘을 받아서 잘 풀릴 것 같아. 그러니까 엄마가 빡세게 응원을 해줘야 해!"

딸은 회사를 다닐 때 지켜온 귀국의 횟수를 변함없이 지키려고 애를 쓴 것 같았다. 그만큼 귀국하는 일조차 힘이 들었을 아이의 형편을 어미가 눈치를 채지 못하고 따라붙은 것이다. 게다가 비행기의 평 좌석을 구하지 못해서 급히 비즈니스 석을 구해서까지 날아왔으니, 어려운 딸의 손이 털털 비었을 것이 뻔했다.

그녀는 남편이 호주머니에 찔러준 유로를 딸에게 건네주었다. 딸이 사양하지 않고 그것을 받았다.

"고마워 엄마. 엄마가 돌아갈 때에 꼭 챙겨서 드릴게."

'오~ 주님~'

그녀는 하나님 앞에 납작 엎드렸다. 마른 빵조차 사 먹기가 힘들어 보이는 딸의 형편에 그녀의 가슴이 타들었다.

'이를 어쩌지?'

아이 형편을 짐작해도 아는 체를 할 수 없는 그녀는 공연히 쓸데없는 말을 주절대며 분위기를 얼버무렸다. 하지만 그녀의 두 눈이 겁에 질려서 허둥거렸다.

빵과 커피로 아침 식사를 마치면 딸은 곧장 컴퓨터 앞에 앉았다. 무언가를 열심히 살피고 컴퓨터 키를 두드렸다. 그래서 그녀는 그 시간에 산책을 핑계 대며 집을 나섰다.

딸이 사는 마을은 이미 눈에 익었다. 몇 걸음을 걸으면 주택가를 벗어나 물살이 센 마인 강의 지류가 나타나고, 강가로 잘 가꾸어진 산책길이 초원을 곁에 품으며 길게 뻗어 있다. 그리고 그 길의 서쪽 끝에 프랑크푸르트의 시가지가 아스라이 보이고, 그 방향으로 40여 분을 걸으면 백조와 물오리가 노니는 아름다운 호수에 이른다.

그녀는 날마다 호수를 향해서 가며, 걷는 동안 사도신경을 암송했다. 풍경에 눈길을 주지 않고 암송을 계속하면, 그 말씀이 입술에 담겨서 가슴에 이르듯이 느꼈다.

> 이것으로 네 손의 기호와 네 미간의 표로 삼고 여호와의 율법으로 네 입에 있게 하라. (출애 13:9)

그녀는 그 말씀을 나름으로 풀어서 믿음으로 품었다. 입에 익숙한 사도신경과 주기도문을 계속 암송하면, 율법으로 네 입에 있게 하라 하신 말씀이 실행된다는 생각이었다.

마음이 다급해진 그녀는 할 수 있는 한 긴 시간동안 기도하기를 원했다. 먹는 것도 잠자는 것도 포기해서 24시간뿐만 아니라, 48시간… 아니, 그 이상의 480시간이라도 계속 엎드려서 기도하고 싶었다.

'이 상황에서 제가 할 수 있는 일이 기도뿐인데, 이 죄인의 능력이 원하는 만큼 길게 기도드리는 일이 힘이 듭니다. 그래서 출애굽기 13장의 말씀을 붙잡고 사도신경과 주기도문을 되풀이 암송하겠습니다. 원하는 시간 동안 그 말씀을 입에 있게 해서 부족한 제 기도를 채우려 합니다. 삭막한 타국에서 수십 년을 혼자 몸부림쳐 살아온 이 아이를 불쌍히 여기사, 부족한 제 기도를 참 기도로 받아 주사, 아이의 꽉 막힌 일을 열어 주소서.'

딸에게 몇 번을 들렸다지만, 아이의 형편을 제대로 알지 못 한 것은 아이가 그때마다 보이고 싶은 것을 보여준 때문인 듯 했다. 그리고 뒤늦게 아이의 실상을 명확히 알지 못했던 어미의 무지(無知)를 깨닫는 마음이 도무지 자신의 그런 둔감을 용서할 수 없었다.

'주님, 적어도 아이가 일용할 양식만이라도 걱정 없게 해주소서. 1년 전에 시작을 했다는 사업이 아직 출발도 못한 것 같은 이 모습을 아버지의 전능하심으로 보살펴 주소서.'

날마다 똑같이 되풀이하는 기도였다. 그 기도를 누군가가 곁에서 녹음을 해서 다시 들려주면, 순서는 물론이고 낱말 하나 바뀌지 않을 것 같은 기도였다. 그런데 그런 기도를 1시간쯤 드리면, 입에서 침이 마르고, 더 이상 이을 다음 말이 떠오르지 않아서 기도가 막히고 기력도 바닥이 났다. 그녀는 자신의 영력(靈力)에 절망했다.

'쉬지 않고 기도를 해도 부족한데, 어미라는 사람이 고작 이뿐으로 기도가 막히다니… 주여, 더 길게 기도드릴 수 있는 힘을 주소서!'

그때 출애굽기 13장의 말씀이 떠올랐다.

'내 기도 능력이 매일 똑같은 말로 되풀이 하는 정도일 뿐, 되풀이 하지 않는 기도를 길게 기도할 능력이 못 돼. 먼저 소원하는 바를 기도드리고, 이어서 소원을 마음에 담아서 사도신경과 주님께서 가르쳐 주신 기도를 계속 암송을 하면, 원하는 만큼 긴 시간 기도드리게 되지 않을까? 매일 똑같은 말로 되풀이 하는 기도의 부끄러움을 내려놓고, 사도신경과 주님 가르치신 기도를 율법으로 여겨서 계속 그 율법을 입술에 담는 기도도 괜찮지 않을까?'

문득 떠오른 생각이 옳은지 그른지를 분별하기에 앞서 마음을 다해 긴 시간 막히지 않고 기도드릴 수 있다는 생각에 그녀는 손뼉을 쳤다. 그리고 단박 그 방법으로 기도드리기 시작했는데, 같은 말로 매일 되풀이하는 기도보다 마음의 갈등이 사라지고 마음에 위로가 넘쳤다. 소원을 먼저 기도드리고 그 마음을 바탕에 깔고, 입에 익숙한 말씀을 되풀이 암송하니까, 지치지도 막히지도 않으며, 소원하는 바가 하늘에 닿는 것 같은 평안을 느꼈다.

아침기도를 새벽 6시에 일어나서 시작했다. 먼저 소원하는 기도를 30분가량 드리고, 이어서 사도신경과 주기도문을 각각 50번씩 암송했다. 그리고 이어서 이미 암송하고 있는 말씀들을 노래처럼 암송하는 기도를 드렸는데, 날마다 새 말씀을 찾아서 암송을 더해 가는 동안 암송하는 말씀의 기도 시간이 조금씩 더 길어졌다.

저녁 기도는 아침기도보다 가볍게 드렸다. 먼저 소원하는 기도를 드린 후에, 아침기도 때처럼 사도신경과 주기도문 말씀을 50번씩 암송하고, 말씀 암송의 기도는 하지 않았다. 그래서 저녁기도시간이 아침기도보다 짧았다.

낮 시간은 산책하며 기도했다. 호수까지 가는 동안 사도신경을 암송하고, 돌아오는 길에는 주기도문을 암송했다. 그리고 호숫가의 벤치에 앉아서 개인 기도를 드리고, 목소리를 낮추어서 찬송도 부른 후에 몸을 일으켰다.

독일의 산책길은 한국과 달리 산책길에 사람이 드물었다. 어쩌다가 선이 굵은 독일 사람이 곁에 스치며, 낯선 그녀에게 '알로우!' 인사를 던지기도 했는데, 그럴 때 그녀도 같은 소리로 '알로우!' 응수를 했다.

하지만 마음속에 여전히 기도를 품어서, 스치는 사람이나 풍경에 마음을 쓰지 않았다.

산책길 기도가 3중주 같았다. 소원하는 기도가 머리에 담기고, 암송하는 말씀이 얼굴 전면에 흐르며, 스쳐지는 풍경이 눈길에 담겨서 꼭 3중주 음악 같았다.

주말에만 야영하는 몇몇 사람이 보일 뿐, 평소에는 그녀만 들르는 것 같은 호숫가의 기도는 그녀에게 새로운 체험이었다. 벤치에 앉아서 하늘을 우러러 기도하면, 자신의 기도가 하늘까지 올라서 닿는 것 같았다. 수령 200살을 능히 넘겼을 것 같은 우람한 나무들이 바람결에 높은 나뭇가지의 끝자락만 잔잔히 흔드는 모습이 하늘을 우러러서 찬양을 하는 몸짓 같았다. 그렇게 나무들의 순결한 호흡이 하늘에 닿는 듯이 느껴지는 호숫가 기도는 그녀를 절로 정결케 하는 것 같았다.

하지만 그녀는 독일에 머물기로 한 3개월을 채우지 못하고 2개월 만에 귀국을 결심했다. 딸이 두 사람이 먹을 양식을 마음 쓰는 것 같았기 때문이다.

'주님, 저는 지금까지 제 고통만을 크게 여겨서 투정이 많았습니다. 하지만 아이의 실상을 보며 깨닫는 마음이 제가 너무 철이 없었습니다. 이제 남편 곁으로 돌아가려고 합니다. 주께 간절히 비옵기는 주님이 가르치신 기도문처럼 아이에게 일용할 양식을 채워주소서. 제가 떠나기 전에 단 한 건이라도 계약이 성사되는 걸 보고 마음 편히 떠날 수 있게 하옵소서!'

떠날 날이 다가오기에 그녀는 더욱 뜨거운 마음으로 기도했다. 호숫가 벤치에서 기도드리다가 시간이 가는 줄을 몰라서 저녁 무렵에 일어나기도 했다.

서울로 떠날 날을 일주일을 앞두었던 날 아침, 딸이 전화를 받았다.

"내가 모르는 전화번호인데, 미팅을 하자고 하네. 보나마나 또 헛걸음일 게 뻔하겠지만…"

몇 번의 미팅에서 성과를 보지 못한 딸이 심드렁한 표정으로 약속한 10시를 맞춰서 외출했다. 그런데 그녀 마음이 이상하게 긴장되고 두근거렸다.

'주여, 오늘은 허탕이 아니게 해 주세요. 첫 번의 계약이 이뤄지게 해주시사, 제 기도를 들어주신 주님께 감사하며, 기쁜 마음으로 서울로 돌아가게 해주소서!'

그날은 비가 내려서 산책을 포기하고 집에서 딸을 기다렸다. 딸이 나갈 때에 기도를 시작해서 3시간 가까이 기도를 계속하고 있을 때에 딸이 들어왔다. 얼른 딸의 표정을 살폈는데, 나갈 때 보인 심드렁한 표정대로였다.

'또 허탕이구나!'

그녀는 낙심한 마음을 숨기며 딸에게 쥬스를 따라서 건네주었다.

"엄마, 왜 묻지 않아?"

딸이 주스를 받으며 물었다.

"네 표정을 보니까 또 허탕을 한 것 같아서 그러지. 네가 엄마의 빡쎈 기도를 믿는다고 했으니까 조금 더 기다려보자!"

그런데 갑자기 딸이 그녀를 부둥켜안았다.

"엄마, 드디어 첫 번 계약을 했어. 음식점을 제법 크게 운영하는 사장님인데, 몇 번을 망설이다가 이상하게 마음이 끌려서 결심 하고 만나자고 한 거래. 첫 순갈인데 제법 커. 엄마의 빡 센 기도 덕분이야!"

그 계약으로 모녀의 마음이 붕~ 떴다. 그것이 시작일 것 같았고, 계속해서 좋은 일이 생길 것 같은 흥분이 일었다.

드디어 그녀가 귀국하는 날, 오후 7시에 출발하는 비행기 시간에 맞춰서, 5시 무렵에 프랑크푸르트 공항에 도착했다. 몇 번의 여행을 했어도 그녀 혼자 비행기를 타는 것이 처음이어서, 딸이 혼자 움직이는 노인을 돕는 공항의 안내서비스를 신청했다.

"혼자서 비행기를 타는 거지만 걱정하지 마. 이쪽 공항에서도 저쪽 공항에서도 안내를 잘 해줄 거야. 그러니까 엄마가 먼저 움직이지 말고 안내할 사람이 올 때까지 기다리면 사람이 올 거야."

그렇게 안내해줄 사람을 기다리는 때에 딸의 전화가 울렸다.

"또 모르는 전화네? 누군지 계약을 하려는 것이면 좋겠다!"

딸이 기대보다는 농담을 하듯 하며 전화를 받았는데, 전화 도중에 딸의 얼굴에 희색이 돌았다.

"엄마, 정말 회계업무를 맡기고 싶다고 미팅을 하자네. 왠지 예감이 좋아!"

"엄마 예감도 그렇구나. 정말 네 일이 이제 풀리려나 보다!"

단박 혼자 비행기에 오르는 두려움이 사라지고, 딸의 일이 본격적으로 시작되는 것 같은 예감으로 가슴이 후두두 떨렸다.

걱정을 버린 편안한 마음이 인천공항에 도착하기까지 그녀는 비행기 안에서 깊이 잠이 든 채로 날아왔다. 그리고 어려움 없이 입국장에 들어서는데, 그가 먼저 그녀를 발견하고 손을 들어서 신호했다.

두 사람은 서로 덤덤한 눈길로 바라보았다. 두 달 만에 보는 그의 얼굴이 많이 야위어 있었다.

그렇게 마음을 다져서 돌아온 걸음이지만, 그녀는 자신에게 눈길 한 번을 제대로 던지지 않는 그에게 떠날 때 품었던 아픔보다도 더 큰 마음의 상처를 받았다.

'이것이 한국 땅에 태어난 여인이어서 짐 지는 천형(天刑)일까?'

그녀는 다시 불 같이 솟구치는 마음의 갈등을 절제하기가 힘들었다. 눈앞의 상황이 스스로 다짐한 일을 자꾸 흔들었다. 또다시 시작된 슬픔과 절망이 독일에 가기 전의 아픔보다 더 진하게 피를 흘린다고 느꼈다.

하지만 그녀는 스스로 채찍질하며 자신을 달랬다. 이전 같은 일을 되풀이해서는 안 될 목마름에 마음을 묶고, 그냥 가없이 신 앞에 엎드렸다. 여전히 말씀을 묵상하며 암송하고, 새벽기도로 헌신(獻身)했다.

그러던 어느 새벽 기도회에서 놀랍게 말씀을 얻었다.

> 그러므로 너희가… 위에 것을 생각하고 땅에 것을 생각지 말라. 이는 너희가 죽었고, 너희 생명이 그리스도와 함께 하나님 안에 감추었음이라. (골 3:1~3)

'아~ 이 말씀이야. 나는 이미 하나님 안에 감춰어진 사람이야. 땅에 것을 잊고, 오직 위엣 것을 생각하며 살 뿐이지!'

그 말씀이 마음을 뜨겁게 흔들었다. 40년 이상 성경을 되풀이 읽어오는데, 어찌 그제야 그 말씀이 귀에 들려지고 마음에 담아지는지… 그녀는 깜짝 놀랐다. 그녀를 위해서 신께서 깨우시듯이 느꼈다. 아니, 답도 길도 찾지 못해서 다시 주저앉으려는 그녀에게 그 말씀이 앞으로 살아갈 길의 지표(指標)로 밝혀 보이시듯 했다.

너무나 신기했다. 수 십 년 동안 살아야 할 이유조차 뚜렷이 붙잡지 못했던 그녀가 새롭게 살 힘을 얻었다. 피 흘려서 다짐해도 늘 자신이 없던 마음이 한 점 불안도 마음에 품지 않았다.

말씀 하나에 그토록 힘을 얻은 것이 그녀 평생 처음이듯 했고, 그만큼 독일에서 준비된 믿음이듯이 느꼈다.

물론 그는 여전했다. 늘 울울한 표정으로 집안 분위기를 어둡게 하지만, 이전보다는 훨씬 혈기를 다스려 참아주는 모습이었다. 짜증을 내던 횟수가 줄고, 그만큼 순해진 듯싶었다.

'감사합니다. 제가 변하니까, 저 사람도 함께 달라지네요!'

남편의 변화가 그쯤이 끝이듯 했지만, 그녀는 그런 그의 분위기와 상관없이 은혜 속에서 살았다. 날마다 말씀을 묵상하며, 암송하는 말씀의 수를 늘이며 조금씩 더 믿음으로 전진하는 자신을 느꼈다. 이제는 지난 실패를 거듭하지 않을 자신감까지 품는 것은 그 말씀이 변함없이 마음의 기둥이 되었기 때문이다.

그녀는 이제 행복하기까지 했다. 행복한 이유를 이것저것 손가락으로 꼽을 필요 없이, 숨 쉬고 있는 모든 상황의 변화를 느꼈다. 이전과 상황이 달라진 것이 아니고 그녀 스스로 느끼고 삼키는 호흡이었다.

'이런 노년이면, 내가 세상에서 제일 행복하지. 이젠 남 부러울 것 없어!'

그녀는 남편 또한 자신과 곧 믿음을 함께 하게 될 걸로 굳게 믿었다.

그랬던 지난 시간의 허상! 스스로 느낀 기쁨과 행복이 오직 그녀 혼자의 망상이었다니… 남편은 다가오는 죽음의 고통을 감추고, 진작 시체가 된 듯이 뒹굴고 있는 때에, 그녀는 혼자 아~ 행복하다! 온 가족 구원이 다가 온다~ 외쳐 살고 있었다니… 이 세상에 그녀만큼 둔하고 악한 여자가 있겠는가 싶었다. 그런데 그는 한순간에 그녀의 어둠을 깨뜨려서 처참한 몰골로 땅에 남기고 떠났다!

'가슴에 차 있던 그 감각 모두 뭐였지? 내내 그 꼴일 뿐인 어둠이 일으

킨 착각이었나? 그럴 뿐인 자신을 그는 어떤 눈길로 바라보았을까?'

의도된 착각이 아닐지라도 남편 상황을 전혀 감지 못한 채로 룰루랄라 믿음이란 환상에 빠져있던 모습… 그것은 어떤 것으로도 표현이 안 될… 악마 같은 흉측한 모습이었을 것 같았다.

그런 깨달음이 그녀를 스올 속으로 곤두박질 시켰다. 되생각하기가 두려운 자신의 헛짓거리가 저주스러워서 침을 뱉고 또 뱉었다.

'난 깊게 눈 감은 어둠 자체였어. 이미 호흡을 끊은 그의 영혼을 알아채지 못하고, 인성을 스스로 버린 잔인한 사람으로 오해했어. 그의 아내이지 못하고, 동반자도 되지 못하고, 60년 가까이 그의 곁에 머문 그리스도인의 양심조차 지키지 못했어. 지금 내겐 입 같은 거 없어. 이대로 몸을 부숴서 흔적 없이 사라져야 마땅할 사람일 뿐이야!'

혹, 깊게 눈을 감은 장님이었던 것이, 세상에 태어날 때부터일 것 같은 생각이 펏뜩 그녀 머리를 때렸다. 그랬기에 낳아주신 어머니께 그렇게 유감을 품고… 또 첫 부임지에서도 어린 처자(處子)의 순수함을 버리고 상관에게 소란으로 맞서고… 가정교사 때 겪은 뜻밖의 일로 상처 받아서 세상을 깡그리 저주해 수면제를 삼킨 일, 그리고… 그리고… 그를 만나 힘겨움을 느낀 모든 감성이, 그녀의 어둠 때문이었음이 분명한 것 같았다.

그녀는 이제야 평생 감았던 눈을 떠서 굽어져 온전치 못했던 자신을 발견했다. 그리고 그가 철벽처럼 가로 막힌 그녀의 고집스런 어둠 앞에서 무슨 할 수 있는 말이 있었으며, 함께 나눌 일 또한 있었겠는가 싶었다. 그는 그렇게 평생 그녀로 인해 고통스럽고 외로웠겠다 싶었다고 깨달았다.

평생 고장 난 시선으로 산 그녀! 그런데도 그녀를 그의 아내가 되게 하신 뜻이 따로 있었을까? 그럴지라도 그녀의 짙은 어둠이 하늘의 뜻에조차 거역했구나 싶었다. 하늘을 향해서조차 불투명한 차일을 펴서, 냄새 지독한 위선(僞善)의 옷을 입고 산 모습은 무서운 악이었다.

그의 싸늘한 눈길은 이전에 보아온 싸늘함과도 진작 달랐었다. 울컥불컥 내쏘던 분노조차 그가 버린 듯 했던 것 또한 그가 마지막 삼켜버린 포기였을 줄이야….

'아!'

그의 숨을 그렇게 조인 외로움과 고통이 되살아 그녀 가슴팍에 옮겨 앉았다. 그리고 그녀 호흡에 불을 당겨서 활활 타오르는 뜨거운 불길이 되었다!

자신을 곁에 단 한 번도 스쳐진 적 없는 타인처럼 바라보고, 그녀의 믿음을 내세운 헛된 짓거리를 천 리(千 里) 밖에 벌어지는 행위처럼 감성 없이 바라보고, 그리고 마지막에 그 스스로 분노와 혈기까지 버려서 숨 쉬기를 다 닫았던 그 시간에… 그녀는 남편을 향해서 아련히 품었던 가슴 깊은 곳의 아픔 같은 따스함까지 다 지웠었다!

그녀는 코를 박듯이 그 자리에 엎드렸다. 자신의 숨조차 갉아먹고 있었던 독기에 스스로 몸 박아서 죽어지기를 소원했다. 독에 절어 너덜너덜해진 자신의 육신이 사람들의 외면과 침 뱉음 속에 던져져 있기를 바랐다.

그녀는 자신에게서 풍기는 독기 서린 악취를 목이 마른 것처럼 삼켰다. 악취가 소금처럼 몸을 절여서, 드디어 물기를 줄줄 흘린다고 느낄 때, 그녀는 자신이 그렇게 죽어간다고 여겼다. 그래서 다가오는 죽음에 악수를 청하듯이 손을 내밀었다.

'당신은 이럴 뿐인 나를 진작 알아본 거예요. 그래서 부부가 나눌 최

소한의 정조차도 품을 수 없었겠죠. 당신이 병나기 훨씬 이전부터 이미….'

그녀는 몸에 달라붙는 천형(天刑)의 고통을 저항 없이 받아들였다. 악취가 죽음의 분자(分子)이듯이 여겨서, 폐를 활짝 열어서 악취를 마셨다. 그 자리에서 그렇게 없어지려고 서둘렀다.

그런데 딸이 무슨 말을 건네었나 보았다. 하지만 그녀는 딸의 말을 듣지 못했다.

"엄마, 계속 이럴 거야? 나보고 어쩌라고 이래?"

딸의 고함 소리를 듣고야 그녀 의식이 깨었다.

"나한테 뭐라고 했니?"

그녀가 되묻자 딸이 울먹이면서 말했다.

"엄마, 나도 정말 힘들어. 아빠를 마지막 떠내 보낸 사람이 나야. 엄마가 이러지 않아도 아빠를 그렇게 보내드린 것이 마음 아파서 나도 아빠 따라서 죽고 싶어. 하지만 그러면 안 되는 거잖아! 그러니까 오늘은 이대로 대충 씻고 수면제라도 먹고 잠을 청하자고!"

그런데 그녀 마음에 갑자기 노여움이 치솟았다.

"넌 네 생각대로 해. 씻고 자는 것까지 네 지시를 받아야 하니? 나대로 놔두라고!"

무엇 때문에 화가 나는지도 모르며, 그녀는 울컥 치민 화를 절제하지 못해서 소리를 버럭 질렀다.

……!

놀란 딸이 어이없는 표정을 지으며 제 방으로 들어간 그 밤, 그녀는 가로등이 졸고 있는 창밖에 눈길을 꽂고 밤을 새웠다. 가로등을 밝힌 창밖 풍경이 그녀를 두렵게 했다. 불빛을 둘러 서 있던 짙은 그림자가 몸체를 키워서 그녀가 머문 실내로 갑자기 밀려들었다.

'이 그림자, 당신인 것 알아요. 하지만 저를 압박한들 이제 제가 할 수 있는 뭐겠어요? 제겐 진작 악이 체질로 자리를 잡았죠. 그래도 당신께 용서를 빌어요. 당신을 위해서 저를 용서하고, 가신 그곳에서는 땅에서 누리지 못 한 것을 다 누리시길 빌어요. 전 이렇게 천형의 고통을 감내하며 당신의 평안을 빌며 살고 싶어요!'

그녀는 진작 기도를 시작했었다. 남편이 중환자실로 실려 가며, 그 때 이미 자신이 할 수 있는 일이 아무것도 없는 것에 놀라고 절망했었다. 할 수 있는 일이 오직 기도뿐이어서 날마다 공원의 숲을 마주해서 기도를 드렸다. 모든 의식을 하늘로 향하고, 하루 온종일… 그리고 밤에는 자정을 넘기기까지 마음 다해서 기도하고, 또 사도신경과 주기도문을 계속 암송했다.

그때는 이럴 만큼 마음이 아프지 않았었다. 자신의 기도가 하늘에 닿아서 그가 회복되어서 집으로 돌아오고, 그녀가 평생 소원한 그의 구원이 그렇게 다가온다고 굳게 믿었기 때문이다.

그래서일까? 그때는 밤 풍경이 신께서 내리시는 따뜻한 옷깃 같았고, 밤하늘 가득 신의 눈길이 기도하는 그녀를 내려다보듯이 고즈넉했다.

장례를 치르는 동안도 그녀는 계속 기도했다. 아직은 그의 영혼이 가족 가까이 머물러서 그녀의 기도가 그를 천국으로 안내해 줄 것 같았다. 그래서 눈앞의 상황에 눈길을 꽂아서 움직이며, 머릿속에 말씀을 담아 계속 암송했다. 빈소에 들린 손님으로 잠시 생각을 멈췄을 때도, 기도가 머릿속에서 흘렀다.

그런데 장례 날 아침, 갑자기 그녀의 기도가 사라졌다. 몸속의 온갖 감각이 머리끝으로 치올라서, 장례를 치르는 동안 내내 머릿속에서 뒤뚝대며 욱신대었다.

그리고 모든 것이 끝나고… 그가 머물렀던 빈자리로 돌아왔을 때, 갑자기 집 안 가득히 적막이 흘렀다. 그가 머물던 자리에 날 세운 성에가 그녀를 성벽처럼 둘러서고, 어디에 숨어 있었는지 공간 구석구석에서 그가 참았던 신음이 가쁜 소리를 토하고, 며칠째 사람이 앉지 않은 빈 식탁 앞에 그가 그림처럼 앉아서, 마지막으로 먹었던 소머리국밥을 꾸역꾸역 입 속에 밀어 넣고… 그녀가 비명처럼 소리쳤다.

"저 장면을 제발 지워주세요. 그가 저 국밥을 먹고 고통이 시작 되었어요. 그걸 먹으면 안 되었는데, 전 말리기커녕 바라보기만 했어요. 제가 먹다 남긴 음식을 먹지 않는 걸 알고, 그가 아깝게 여겨서 끝까지 먹어치웠어요. 그리고 그 밤에 그가 전에는 하지 않던 몸 운동을 했는데, 그것이 고통 때문이었는데, 전 그것도 눈치 채지 못했어요. 남은 국밥을 제가 먹었더라면, 그가 먹을 리 없고, 그가 그 고통에 빠지지 않았을 텐데… 모두 제 잘못이어요!"

3월 20일, 그는 전날에 먹은 것 때문에 이미 안 좋았는지, 그날따라 아침부터 안색이 나빴다. 그런데도 일상에 해 오던 일을 차질 없이 종일 해냈다. 건강 차로 이름을 붙인 물을 끓이고, 빨래를 돌려서 널고, 또 집안 구석구석의 소독까지….

그가 그렇게 일정을 다 하도록 그녀는 그의 불편을 눈치 채지 못했다. 안색이 좀 나쁜 것이 코로나 19로 뒤숭숭한 나라소식 때문일 거로 짐작만 했다.

그토록 무심했던 일들이 뒤늦게 낱낱 살아서, 그녀를 향해서 날카로운 굉음을 내며 달려들었다. 식탁 앞에서 입이 불룩하도록 퍼 넣는 소머리 국밥이 숟가락 위에 고통처럼 얹혀서 꿈틀거리며 입속으로 들어가고, 평소에 그가 세탁기에 돌려 꺼내 놓은 빨래를 그녀가 손질해서 밟아 놓으면, 그가 빨래 걸이에 왼쪽 오른쪽 안쪽 바깥쪽을 구별해서 질서 있게 널었는데, 그가 뜬금없이 빨래걸이 옆에 주저앉아서 구겨진 젖은 빨래를 한 아름 배 위에 올려놓고 핏기 잃은 얼굴로 숨을 헐떡이는데, 그의 불룩 튀어나온 배 위에서 뭉쳐 있는 빨래가 그의 가쁜 숨결을 타고 꿈틀거리고 있었다.

"그만, 그만. 제가 잘못했어요. 이대로… 날 이대로 데려가 주세요!"

그녀가 외치자, 그가 갑자기 사진 같은 얼굴로 나타나서 냉기 가득한 표정으로 그녀를 쳐다보았다. 놀란 그녀가 몸을 일으키려고 하는데, 몸을 처박은 스올이 그녀를 우악스럽게 붙잡으며 넝마처럼 몸에 엉겼다.

"그래. 이대로 나를 죽여 줘! 평생 저 사람을 바른 눈길로 보지 못한 거 사실이니까, 내 몸 찢어서 이대로 죽게 해 줘!"

한껏 외치는 그녀 목소리가 목 밑에서 걸렸다. 그녀가 소리를 끌어내려고 목을 움켜쥐는데, 그녀의 음성 대신 그의 음성이 깊숙한 곳에서 울리듯이 그녀 귀에 들렸다.

'왜 그렇게 슬퍼해?'

그녀는 그의 목소리에 슬픔이 깔렸다고 느꼈다. 그래서 깜짝 놀라 다시 외쳤다.

"당신도 슬픈가요? 하지만 제가 할 수 있는 일이 아무 것도 없어요. 백 번 천 번 죽어 마땅한 악녀지만, 그래도 절 위해서 슬퍼하지 마세요. 지금 저, 당신이 겪은 고통을 마음에 못으로 박았어요. 남은 삶을 당신 평안을 빌며 살고 싶어요!"

그녀는 어딘가에서 자신을 바라보고 있을 그를 찾듯이 허공에 눈길을 던져 휘~ 둘러보았다.

장례를 마치고 들어설 때까지도 익숙했던 집이다. 그런데 갑자기 싸늘한 밤 그림자를 공간 가득히 채워서 그녀를 사정없이 밀어내고 있었다.

그곳이어서 너무나 좋았던 집!

사시사철 색다른 풍경으로 신선한 공기를 채워서, 더 이상의 맞춤이 없을 듯했던 집이, 그가 떠난 자리에 그녀가 머물 자격이 없다 듯이 등을 떠밀었다.

어둠 저만치, 큰딸이 싸늘한 몸짓으로 서 있고, 남편을 닮아서 까탈스러운 셋째 딸의 차가운 얼굴이 어둠 속에서 숨바꼭질을 하고, 타인보다 더 타인 같은 아들이 얼굴에 비웃음을 품어서 서 있고, 공간 구석구석에서 그가 망부석 같은 모습으로 튀어나와서 시위를 하고….

'왜들 그러는데?'

그녀가 환영들을 지우려고 고개를 가로젓다가 얼굴을 무르팍에 파묻었다.

'굉~ 굉~ 우르릉~!'

전장(戰場)에서나 울릴 것 같은 굉음이 귓속에서 쾅쾅 울렸다. 그리고 몸이 갑자기 부웅 떠올라서 천정에 대롱대롱 걸리고, 그녀가 온 힘을 다해서 버둥거렸다.

'왜 나한테 이래? 다들 왜 나를 밀어내는데? 내가 그를 아프게 떠나게 했다고? 하지만 어쩌다가 내가 그 꼴이 되었는지 모르겠어. 하지만 그가 떠난 집에서 떠나라는 뜻이면 떠날게. 갈 곳이 없어도 떠날 테니까, 나를 놓아줘!'

그녀가 몸부림치자, 회오리치던 사방이 슬근슬근 멈췄다. 이빨을 내보이던 어둠이 숨어들고, 숨죽였던 창밖의 외등이 실내를 맑게 비추었다.

그녀는 땀 밴 이마를 손등으로 씻으며 생각했다.

'내가 이 집을 떠나고 싶은 가봐. 이제 누구의 간섭도 받지 않으며 살고 싶어서일까?'

문득 떠오른 생각인데, 그래야 할 이유가 머리끝에 줄줄이 매달렸다. 이미 혼자서 삶을 책임져온 그녀가 자식의 간섭에 묶여 사는 것이 싫고, 성인이 되어서도 어머니와 쌓인 갈등을 풀지 못했던 자신의 전력(前歷)이 큰딸과 엉킨 관계를 풀길 없다고 느끼며, 대한민국정부가 독거(獨居)노인을 돌보는 정책을 펴고 있어서, 그 정책을 의존하여 사는 것도 괜찮은 방법 같이 여겨지고, 남편을 많이 닮은 셋째 딸과 함께 사는 일이 결코 쉽지 않을 것이 분명하고, 무엇보다 물질에 인연이 없던 자신의 박복(薄福)이 아이들에게 짐으로 얹어질까 싶은 두려움이, 이 기회에 가족 모두가 편안해질 길을 찾는 게 지혜일 것으로 생각했다.

뜬 눈으로 보낸 밤이 환히 밝았다. 아침을 가볍게 먹어온 오랜 습성을 따라서, 셋째 딸이 빵을 굽고 과일을 깎아서 커피와 함께 상을 차려서 마주 앉았다.

"고맙다!"

그녀는 형식적인 말을 던지고, 전 날에 뿌린 모녀의 싸늘한 분위기로 마주 앉아서 말없이 아침을 먹었다. 그리고 상을 물리며 말했다.

"엄마를 마음 써서 같이 밥을 먹으려고 애 쓸 것 없다. 내가 살 방향을 곧 결정하겠지만, 그때까지는 이전에 했던 대로 각자 알아서 자기 먹을 것을 챙겨서 먹도록 하자!"

그들 내외가 일정이 다른 셋째와 식사를 따로 한 지는 꽤 오래된다. 그런데 갑자기 셋째와 마주해서 아침을 먹는 분위기가 무척 어색했었기에 던진 말이었다. 그런데 그녀의 그 말에 딸의 표정이 확연히 변했다. 그래도 엄마에게 던질 말을 참듯 한 한숨만 내쉬었다.

'저도 같이 먹는 일이 어색했을 텐데, 삐치긴….'

그녀는 딸의 분위기를 마음 쓰지 않았다. 밤새 궁리한대로 따로 나가서 살 생각에 몰두했다.

그랬어도 그가 떠난 사실 하나로 단박 미아(迷兒)로 던져진 것 같은 서글픔이 그녀의 목 밑에 찼다. 이전에는 느끼지 못했는데, 그 집이 그렇게 든든했던 것이 그가 곁에 있을 때에 누린 것임을 새삼 깨달았다. 그리고 그 깨달음이 그녀를 더욱 서글프게 해서 슬픔이 쓰나미처럼 가슴팍에 밀려들었다.

셋째가 아침상을 치우고 곧바로 자기 방으로 들어가며 방문을 소리나게 닫았다. 꽝 닫히는 소리가 빗장을 거는 딸의 마음으로 느끼며, 그녀는 미처 생각을 못한 새로운 난제(難題)를 눈앞에 둔 것을 깨달았다.

남편의 대단한 특징 또 하나가 한 번 어긋난 마음을 풀기가 상상 이상으로 어려운 점이었다. 평범히 부딪친 일도 십 년을 넘기도록 풀지 못해서 내내 힘들었던 경험도 했다.

그를 많이 닮은 셋째 딸 역시 성격이 아빠를 많이 닮았다. 남편만큼은 아니더라도, 서운했던 감정을 쉬이 풀지 못하고, 적어도 한 달 이상 6개월 쯤 걸려서야 겨우 마음을 푸는 성격이었다.

그래서 그녀는 남편을 건드리지 않듯이 셋째도 건드리지 않으려고 노력했다. 어쩌다가 잘못 건드리면, 참아서 넘긴 것보다 몇 배는 더 피곤했기 때문이다.

그런데 이미 딸의 그 마음을 건드려 놓았다. 그러니 저질러진 일을 어쩌겠는가? 그녀는 겹쳐진 답답함에 한 숨을 쉬며 창밖을 바라보았다.

아침에 보는 숲은 간밤에 느끼던 것과 달리 신선했다. 밤사이로 앙상한 나무 가지에 물기가 더 오르며, 새싹을 틔우는 연둣빛 몸 틀임을 가지마다 발라 놓았다.

오전 10시 무렵에 큰딸이 왔다.

"엄마, 잘 주무셨어요?"

그녀는 딸의 소리를 듣고도 창밖에 던진 눈길을 돌리지 않았다. 딸이 심상치 않은 분위기를 느끼고, 셋째가 닫아둔 방문을 열고 들어가서 한참 후에 혼자 나왔다.

"엄마, 무슨 일 있었어요? 재가 눈길도 주지 않고 대답도 하지 않네요. 지금 우리들 마음이 다 비슷한데, 엄마가 재를 건드렸어요?"

큰딸 또한 셋째의 성격을 잘 알아서 웬만해선 셋째를 건드리지 않는 것을 지켜온 터라서, 자칫 그녀를 질책하듯이 들릴 말을 던졌다.

"왜? 난 서운해도 무조건 참아야 하는 사람이니? 너흰 원래 인간 귀족이고, 난 천 번 만 번 짓밟혀도 할 말이 없는 천민이긴 했지. 그러니까 이젠 너희 누구도 건드리지 말고, 네 아빠 대신 너희 뜻을 받들어서 살라고 말하고 싶니?"

스스로 꼬인 말을 뱉는 것을 느끼면서도, 그녀는 그 꼬인 마음에 자신을 맡겼다. 당장의 심사가 더 심한 말로라도 꼬인 대로 퍼붓고 싶었다.

"왜 그래 엄마? 아빠가 떠나서 그래? 그런데 나도 뭘 어떻게 해야 할지를 모르겠어. 엄마가 이렇게 있을 것 같아서 서둘러서 집에 들른 건데, 엄마가 이렇게 힘들어하면 우린 어떻게 해? 이제 우리에게 엄마밖에 없잖아? 그러니까 엄마가 우릴 붙들어 주어야지!"

그녀는 큰딸의 말에 더욱 화가 치밀었다. 하지만 이제 곧 헤어지자는 말을 해야 된다는 생각으로, 냉정을 찾으려고 했다.

“이제야 너희 눈에 혼자 남은 내가 보이는 거니? 그래도 엄마는 엄마니까 무쇠 같으라고? 누가 들으면 너희 엄마가 꽤 능력 있는 사람같겠다. 그래서 아빠를 묻고 돌아선 날도, 너희는 뿔뿔이 제집으로 돌아가고, 혼자 남는 엄마는 안중에 없었지. 그래서 갈 데가 따로 없는 셋째하고 썰렁하게 빈 집에 들어섰는데, 셋째가 빨리 씻고 잠이 나 자라고 하더라. 내 존재가 뭔지… 너희의 어미이기는 한가 싶었다!”

그렇게까지 속마음을 나타낼 생각이 아니었는데도, 말이 제 먼저 총알처럼 입에서 튀어나가고, 그녀는 절제되지 않는 서러움에 북받쳐서 눈물을 철철 흘렸다.

“엄마, 우리 때문에 마음이 많이 상했나 보네. 난 나 피곤한 것만 생각했지, 엄마 마음을 미처 살피지 못했어. 그렇지만 엄마가 이렇게까지 오해하면 안 되지. 엄마가 엄마 아니면 뭔데? 지금은 우리 모두가 힘들잖아. 차라리 어제 우리한테 그렇게 가버리는 게 아니라고 말해 주지 그랬어? 그래도 우리가 실수를 한 것 같아. 엄마가 마음을 풀고 우릴 용서해주면 안 돼?”

큰딸의 음성이 차분해서 오히려 그녀를 질책하는 것처럼 귀에 들렸다.

자식들은 언제나 남편 위주였다. 아빠를 부르는 음성에 애교가 넘쳐도, 그녀에게는 평범한 말도 퉁명스럽게 했다. 그 상황을 둘째가 설명을 해주었다.

“우리 다 엄마가 고생을 한 것을 왜 몰라? 그런데 우린 어릴 때 엄마가 호랑이처럼 무서웠어. 우리에게 친절했던 기억이 없어. 물론 엄마가 늘 바빴지. 시간에 쫓기며 우리를 단속해야 했던 엄마의 표현이 그래야 했던 걸 이제는 이해하지. 그런데 아빠에 대한 기억은 달라. 아빠는 어려움이 더 많았을 텐데도, 언제나 냉장고 속에 아이스크림을 채워주고, 언제 그렇게 구워놓으시는지, 오븐에 과자를 구워서 커다란 대바구니에 하얀 종이를 깔아서 가득 채워 놓았었어. 철이 들어서 다시 돌아보니까, 그게 다 형편에 무관하셨던 아빠의 성격이었지. 그래서 엄마가 더 힘들었을 거야. 하지만 우린 어릴 때에 마음에 박힌 그 기억으로 아빠를 생각했어. 언제나 그 기억이 따뜻했어. 그리고 지금도 그런 기억이 우리 자신도 모르게 엄마와 아빠를 차이 나게 대했나 봐. 머릿속의 이해와 상관없는 무의식적 본능이었어."

그런 설명을 듣게 된 것도 최근의 일이었다. 살기 바빠서 대화 한 번을 제대로 나누지 못하며 굳어진 그네의 가족 분위기가 서로의 마음을 모르며 살아왔다. 그나마 둘째가 스스럼없이 마음을 털어놓을 수 있는 것도, 타국에서 오래 떨어져 살며, 나름으로 엄마 아빠를 소화했기에, 언니와 동생들이 아직도 털어놓지 못하는 것을 대변했을 것 같았다.

'그땐 정말 아이들을 돌아볼 여력이 없었어. 그래서 아이들의 힘겨움이나 상처를 알지 못했지. 설혹 알 수 있었더라도 그 시간 속에서 달리 해볼 길이 없다는 변명을 마음에 품었지. 우리 엄마도 그런 상황에서 사신 것처럼 나도 그 상황을 풀길 없이 살아왔고, 나도 엄마처럼 엉킨 걸 풀길이 없을 테니까, 이대로 삶을 끝내게 될 게 번연해!'

그 생각이 아이들 곁을 미련 없이 떠날 이유가 되었다. 이제 와서 아이들의 상처를 치유해줄 방법이 자신에게 없고, 자신 또한 남편을 떠나보낸 후의 아이들의 싸늘한 눈빛까지 체념해서 살고 싶지가 않았다. 이대로 어쩔 수 없는 상처는 그쯤으로 멈춰서 더 심해질 길만큼은 피하는 게 최선일 듯했다.

그녀는 큰딸에게서 어릴 때 입었던 자신의 상처를 보았다. 그 어둠을 그대로 두고 체념하는 마음이 아팠지만, 뒤늦게라도 더 이상의 오류를 저지르지 않으며 정리를 하면, 그나마 다행이라고 여겼다.

"오늘 말 할 계획이 아니었는데, 굳이 오늘을 피할 이유도 없는 것같아서, 아예 지금 말하련다. 네 아빠가 떠나고 나니까, 이제 더 이상 이 집에 내가 머물 이유가 없더라. 그래서 엄마가 이 집을 떠날 계획이다. 작은 집이지만, 이 집은 너희끼리 알아서 처분해라."

"그게 무슨 말이야? 엄마가 집을 떠나? 설마 외가 곁으로 가서 이모들과 살고 싶은 거야?"

그녀는 딸의 말에 와락 화가 났다. 밤새워 울었는지, 눈이 퉁퉁 분 셋째가 방에서 뛰어나와서 어이가 없다는 눈길로 그녀를 바라보았다.

"엄마가 철없는 아이니? 지금 왜 외가 이야기가 나오니? 아빠가 떠나니까 너희조차 이전과 다르게 느껴지는데, 외가 식구들이 나하고 무슨 상관이니? 늘 어투라고 말하는 너희의 싸늘한 어투가 네 아빠가 있을 때에 듣던 것과 내 귀에 다르게 들리더라. 이렇게 마음이 이미 병들었는데, 너희 곁에서 어미가 살 수 있겠니? 너희는 원래 엄마를 마음에 들어 하지 않았어. 엄마도 자존심이 있지, 그런 너희에게 나를 짐으로 맡기고 싶겠니? 엄마 혼자 홀가분하게 떠나서 살게 해주는 게 너희가 어미에게 베풀 마지막 효도일 것 같다."

"엄마, 그 뜻이었어? 아예 이 참에 우리들 다 죽으라고 하시지 그래? 엄마는 늘 그랬어. 언제나 엄마가 옳다고 여기고, 아빠와 우리의 생각을 안중에 두지 않았었어. 그래놓고 늘 엄마가 억울해했어. 참 이해하기가 힘들었는데, 이제야 엄마 마음이 보이네. 차라리 잘 됐어. 나도 마음이 너무 힘들었는데, 이 참에 아빠를 따라가는 게 우리들 모두가 갈 길인 것 같네. 그러니까 엄마는 우리를 상관 말고 엄마 편할 대로 가고 싶은 길을 가!"

큰딸이 그 답지 않게 목소리를 높였다. 그 때 방에서 뛰어나와 어이없는 얼굴로 지켜보던 셋째가 호주머니 속에서 무언가를 꺼내어서 언니에게 주며 말했다.

"이거, 아빠가 남겨놓은 수면제야. 난 어젯밤에 이걸 먹고 싶었어. 그래도 차마 먹지 못했는데, 언니, 이걸 먹고 우리 함께 죽어 버리자!"

밤 새워 울었을 셋째가 또다시 눈물을 펑펑 쏟았다. 그녀는 뜻하지 않게 벌어진 상황에 놀라며, 잘못된 방향을 어떻게 바꿔야 할지… 난감에 빠졌다.

"너희들, 엄마 마음을 그렇게도 모르니? 너희 말처럼 엄마는 너희가 자랄 때 제대로 보살펴주지 못했어. 그런데 이제 와서 너희의 짐이 돼야겠니? 너희가 많이 아파한 때도 엄마 나름으론 최선을 잊지 않으며 살았었어. 그랬어도 너희의 기억에 엄마 마음대로였다고 느낀 것은 그때나 이때나 엄마능력이 그뿐이었다는 이야기야. 이제는 너희 아빠도 떠나서, 엄마에게 더 이상 쳐다보고 바랄 것이 아무 것도 없어진 때야. 이런 어미가 너희를 위해서 선택할 최선이 있기나 하겠니? 그냥 아빠를 아름답게 기억하는 너희의 추억을 간직하도록 엄마가 곱게 물러나서 사는 세 남은 최선이겠지. 엄마의 이런 마음을 모르겠니?"

그런 시작이 막혔던 걸 빵 터뜨렸다. 각각 마음의 생각과 달리 이제 와서 어째볼 방법이 없는 지나간 상처들을 털어놓기 바빴다. 꽁꽁 감추었던 상처를 알몸처럼 눈앞에 벌려놓았다. 그 상처에서 악취가 새롭게 풍기고, 또 새롭게 아프다는 비명이 터졌다. 그러면서 그들 모두 입에서 뱉어지는 자신의 말들에 진저리를 쳤다. 받은 상처를 치료하고 싶은 마음들인데도 방향을 찾지 못했다.

그녀는 비난의 소낙비를 철철 맞았다. 어미가 여전히 자기위주라고 쏟아내는 비난을 가로막을 우산조차 없이 온몸으로 맞았다.

언쟁이 비틀거렸다. 어찌어찌 방향을 바로 잡다가도, 잘못 뱉어진 토씨 하나로 다시 불씨가 치솟았다. 그런데 갑자기 큰딸이 마음을 돌렸다.

"엄마, 우리 지금 뭐하고 있는 거지? 이런 소란, 너무 부끄러워. 우리가 엄마마음을 몰라서 이러겠어? 엄마가 따를 수 없는 의견을 전제하고 고집부리니까 이렇게 맞서지. 엄마 마음을 충분히 이해해도 그 말이 정답이 아닌 걸 어떻게 해? 우리가 철이 없을 때 엄마를 오해했었지. 그런데 그걸 지금 엄마의 입장으로 들으면, 우리가 무얼 어찌 할 수 있겠어? 우리 모두 자신이 힘들었던 것을 놓지 못한 때문 같아. 그런데 엄마, 지금 우리 너무 무섭지 않아? 그 모든 일들이 이젠 끝났다고 외치잖아. 이 사실이 너무 무섭고 슬퍼서 엄마에게 퍼붓게 되나봐. 하지만 이 잘못을 이대로 끌어가면 안 되잖아? 엄마가 제일 슬프고 아플 텐데, 우린 지금도 이럴 뿐이네. 엄마가 우리를 봐 줘. 우리가 아빠의 어투를 닮긴 했어. 그래서 마음과 달리 엄마를 아프게 해 왔어. 이젠 우리도 어릴 때 미처 몰랐던 엄마의 사정을 알아. 우리 곁에 이제 엄마뿐인데, 이제부터라도 엄마에게 잘하고 싶으니까 제발 엄마가 우릴 용서해 줘. 어떻게 엄마가 셋째를 혼자 남겨두고 떠 날 수 있어? 그건 말이 아니잖아!"

큰딸의 말을 듣는 순간 그녀는 망치로 뒤통수를 얻어맞은 듯 했다. 정말 결혼도 하지 않은 셋째를 혼자 놔두고 떠날 수 있는 일이었는지… 자신이 뱉은 어이없는 말에 그녀는 깜짝 놀랐다. 어미인 그녀가 슬픔에 빠져있는 자신의 아이들을 잔인할 만큼 함정 속으로 떠밀어 넣고 있었던 걸 깨달았다.

5

시간이 그녀 곁에서 느린 걸음으로 맴돌았다. 더는 질문을 던지며 아파할 것도 또 포기할 것도 없는… 그 모든 것이 이미 끝이 났다고 외치는 시간의 호령 속에서 그녀는 갈 바를 잃고 허둥대었다.

그는 내게 어떤 의미였을까?

그녀를 서럽게 하던 시간들이 한순간에 몸을 뒤집고, 그를 선(善)으로 또 그녀를 악(惡)으로 분장해 놓은 속에서, 그녀는 그가 깊게 감추고 흘린 선혈(鮮血)을 뒤늦게 보았다. 그리고 그가 견딘 고통이 부유물처럼 공간가득 떠도는 속에 그가 흘리는 신음도 맴돌고 있었다.

그래도 그녀는 아침마다 그가 발품을 팔아서 준비한 그 집의 창을 연다. 문 열기를 기다린 신선한 공기가 와락 방 안에 밀려들 때, 숲도 제 먼저 한 눈에 뛰어들며, 그가 머물고 있을 천국을 눈에 그리게 했다.

'당신은 지금 평안하시죠?'

천국에 간 그를 굳게 믿는 그녀는 하늘에서 그의 눈길을 찾으며 평안을 빈다.

그가 천국에 간 증거들이 있었다.

그 하나,

그가 아프기 7일 전쯤부터 그녀는 이유 모르게 잠을 자지 못했고, 그런 날이 몇 날 동안 계속되는 동안에도 낮에 졸리지 않았고, 피곤도 전혀 느끼지 못했다.

'이것 혹시 내가 혹 모세가 십계명(十誡命)을 받을 때 경험한 일 하나를 경험하는 것일까? 40일 동안 잠을 자지 않고도 피곤하지 않았던 일을 체험하는….'

하지만 그녀는 그런 자신의 추측이 가당치 않다고 여겼다. 그래서 생각을 바꿔 그 무렵에 무섭게 퍼지고 있는 코로나19 사태를 기도하라고 신께서 믿는 자들을 깨우신다고 여겼다. 그래서 단박 낮게 엎드려서 기도를 시작했다.

그런 중에 갑자기 그의 병증이 나타났다. 그런데 그가 병원에 가기를 강력히 거부해서 2박 3일을 집에서 버텼다. 그리고 3일을 채워가던 날 밤 9시에 드디어 구급차를 불러서 그를 병원에 보내고, 그 길로 그가 병원 응급실의 음압실에서 또 3박을 했다. 그리고 그의 코로나19검사 음성을 확인한 후에야 위·중환자실에 옮겨서 8박을 하고, 그가 갑자기 세상을 떠났다.

그제야 그녀는 그의 죽음을 자신에게 신께서 알리려 하신 것을 뒤늦게 깨달았다. 그렇게 그의 죽음에 특별히 관심을 기울이신 하나님이시기에 그를 천국에 들어가게 하셨다고 믿었다.

또 하나,

그는 응급실에 있을 때부터 몸에 꽂은 주시기를 자꾸 뽑아버리는 섬망증(譫妄症)이 심했다. 그래서 바쁜 의료진이 그를 따로 돌보기가 힘들어서 가족이 그를 지켜주기를 부탁했다. 그래서 응급실의 음압실에서도, 또 가족의 면회가 되지 않는 위·중환자실에서까지도 가족들이 그를 혼자 두지 않고 계속 지켰다.

그렇게 세상을 떠나는 순간까지 그의 곁을 가족이 지킬 수 있었던 것도 분명 하나님의 배려였다.

그리고 하나 더,

그는 떠날 때에 겪는 극심한 고통을 오래 겪지 않았다. 그럴 수 있었던 축복이, 그가 가족의 힘겨움을 생각해서 자신의 병증을 10년이나 깊이 감추고 혼자 감내한 것이 신의 눈길에 선(善)함이 된 듯이 여겨졌다.

그리고 마음에 울려지는 또 하나,

그가 떠나기 5일 전에 그녀가 이상한 꿈을 꾸었다. 그녀와 절친(切親)인 친구의 남편이 10여 명의 국악연주자들을 이끌고 나타나서 낯선 궁중악기로 천상의 곡 같은 곡을 연주해 주었다.

친구의 남편은 젊을 때 몇 번 보았을 뿐, 수십 년 동안 얼굴을 마주한 일이 없는 사람이었다. 이름난 음악가는 아니지만, 전문가 못지않은 음악적 재능을 지니고 평생 음악을 사랑하는 사람이었다.

그런 친구의 남편이 아름다운 음악을 연주해준 꿈은 너무나 뜻밖이었고, 그녀가 꿈을 깨었을 때까지도 아름다운 곡이 여운으로 귓가에 흘렀다. 너무 아름다워서 기록해 두고 싶은 충동을 느꼈다.

하지만 그녀는 다시 잠이 들었는데, 앞 서 꾼 꿈이 연장되어서 꿈이 꾸어졌다.

연주를 마친 친구 남편이 악기를 정리하면서 그녀에게 물 한 잔을 청해서 그녀가 남편이 끓인 건강차로 대접하려고 했다. 그런데 차를 담아서 내 놓을 귀한 찻잔이 눈에 띄지 않았다. 그녀는 당황해서 눈에 보이지 않는 남편을 찾았다.

그녀가 집에서 손님을 대접하는 기회가 많지 않았지만, 친구 몇 명이라도 집을 방문을 할 때면, 언제나 그가 앞서서 준비를 도왔고, 대접할 과일과 차, 또 찻잔까지도 그가 선별해서 준비해 주었었다.

그를 아쉽게 느낀 그녀가 그를 찾는데, 그가 산책을 나갔다는 그녀 집의 뒷문이 활짝 열려 있고, 뒷문 밖이 수많은 전등으로 밝혀 놓은 듯이 환했다. 그리고 금빛의 너른 잔디밭이 보이는데, 그곳이 아이들과 현장학습을 나갔을 때 둘러본 왕릉(王陵) 유적지의 분위기였다.

그녀는 연이어서 꾸어진 꿈을 꾸고도 왕릉의 분봉이 보이지 않았기에 그의 죽음을 연상하지 못했다. 다만 그가 많이 아픈 때라서, 친구 남편이 아름다운 곡을 연주해준 것이 그가 곧 회복할 의미처럼 느꼈다.

그런데 그가 떠난 후에 문득 그 꿈이 생각났다. 친구 남편이 그렇게 천국 가는 그의 길을 아름다운 곡을 연주해서 보내준 듯이 느끼며, 친구 남편에게 감사한 마음이 넘쳤다. 그리고 신께서 그렇게 그를 천국으로 인도하셨다는 확신이 되었다.

그랬던 모든 감동을 마음에 품고 그녀는 아침마다 창을 연다. 어떤 추측도 닿지 않는 천국이지만, 그녀는 마음으로 천국을 그리며, 하늘 가득한 천국의 향기를 마셨다.

'우리의 삶이 어떤 의미였는지를 제가 어찌 알겠습니까? 다만 우리에게 용서 받기 힘든 어떤 오만이 있었다고 생각합니다. 그래서 그 모난 모서리를 깎는 고통을 지녀서 살았다고 느낍니다. 하지만 그 혼자서 처절한 고통을 깊이 감춰 견뎠기에, 그 일이 그의 선(善)이 되었고, 그래서 그가 지은 죄를 다 씻어서 천국으로 받아주셨다고 믿습니다. 이제 저도 제게 있는 교만과 악을 다 버려서 그의 뒤를 따를 수 있도록 인도해주소서!'

그녀가 그들에게 있는 교만 때문에 삶이 어렵다고 느낀 것은 오래 전부터다. 그래서 아프고 힘들 때마다 그들이 세상에 태어날 때에 벌인 것 같은 장면을 아련히 머릿속에 그려 보곤 했다.

저만치… 모든 것이 태초의 영역이듯이 희미한 곳에, 아직 형체도 갖추지 못해서 공기 한 알 같은 모습의 생명들이 세상에 태어날 준비를 하고 있는데…

그녀로 태어날 생명이 자신의 바탕이 선(善)의 체질로 이루어진 듯이 느끼는 오만을 품었다. 그래서 땅에서 살 자신의 삶이 다른 생명들보다 선할 것으로 자부 했다.

또 약간의 시차(時差)를 품고 세상에 내리길 기다리는 한 생명은 아직 목청도 이루지 못 한 목소리를 애써 끄집어내며 고래고래 외치고 있었다.

'난 평범한 모습으로 살기 싫어. 그러니까 아주 특별한 사람으로 태어나서, 누구도 흉내 내지 못 할 멋진 삶을 살아 사람들의 박수를 받을 거야!'

그로 태어날 생명 씨앗의 모습일 것 같았다.

그는 정말 박수 받기를 즐기듯 했다. 박수를 받을 것 같은 기회가 보이면, 그가 지닌 가능이나 능력에 상관없이 놀랍게 힘을 발휘해서 사람들의 박수를 이끌어내는 모습이었다. 그리고 그의 실제 모습도 지닌 능력이나 상황의 수준 위로 눈길을 던져서, 하고 싶은 일을 주저 없이 감행했다.

그런데 그런 그를 박수로 응원해주는 사람들이 늘 주변에 있었다. 그런 그를 그녀가 진작 알아채고, 기쁘게 보조를 맞추고 칭찬을 할 수 있었으면 얼마나 좋았을까? 하지만 그녀는 그의 상황을 뛰어넘는 과도한 몸짓에 늘 숨이 가쁘고 고달프기만 했다.

'우리 두 사람 그런 교만이 있었어요. 그렇게 바라보는 방향까지 많이 달랐고, 그래서 서로에게 힘겨움이 된 것이 분명해요.'

그녀 혼자 추측하는 막연한 생각이었다. 하지만 그들의 출발이 그런 그림이었을 것 같은 추측을 품어서, 그녀는 삶이 힘겨울 때마다 그 생각을 머릿속에 그리며 씁쓸하게 미소를 지었다.

'우리의 잘못은 자신의 의식을 징그러울 만큼 고집해온 데에 있었어요. 연습이 없고, 되돌려서 고칠 길도 없는 인생길을 우린 그렇게 우매한 고집으로 살았어요. 난 왜 그토록 그를 향해 비판의 눈길만 품었고, 그는 또 왜 그렇게 함께 사는 여자와 타협하는 걸 외면했는지….'

언니가 말했다.

"코로나로 자유롭지 못해도 한 번 내려오면 좋겠다."

"글쎄… 셋째가 꼼짝을 않고 집에 있어서 움직이는 게 쉽지 않아!"

셋째를 핑계댔지만, 그건 그녀의 뜻이었다. 언니가 열 번쯤 전화를 했기에, 한 번쯤은 자신이 먼저 전화를 해야 된다는 생각인데도, 그녀는 좀처럼 언니에게 전화 걸 마음이 생기지 않았다. 언니뿐만 아니고, 일상의 모든 일을 수다 떨어서 나누던 친구에게도 문자하나 띄울 마음이 생기지 않았다. 그냥 그녀 혼자 세상 밖에 동그마니 떨어져 나와서 황량한 바람 모지에 서 있듯이 모든 삶의 의욕과 감흥을 잃었다.

시간이 그녀가 놓쳐버린 조각들을 눈앞에 들이밀었다. 이미 지니고 있던 의미를 다 잃어서 쓸모를 상실한 낡은 그림자였다.

'그가 어떻게 했든, 내가 그에게 얼마나 무정했든, 우린 결국 자국 하나 남길 수 없는 것들에 매달려서 몸부림을 쳤어. 어차피 달려질 노정이었을 텐데, 한 발 뒤로 물러서서 바라보지 못하고, 아프다는 비명만 지르며 진력을 소모했어. 진작 내 고집을 버릴 수 있었으면, 오늘의 이런 슬픈 결말은 아닐 수 있었을 텐데….'

지울 길이 결코 없는 부끄러운 그녀의 흔적이 절망이고, 또 도무지 용서가 되지 않는 허물이며 악(惡)이었다.

그의 유품을 정리하던 날, 아이들이 그녀에게 자리를 비켜서 아들네에 가 있으라고 했다. 하지만 그녀는 고개를 가로저어서 그 자리에 있었다.

"난 상관 안할 테니까, 너희끼리 알아서 정리해라."

그랬는데도 그가 평소에 아무도 손을 대지 못하게 하며, 혼자 비밀상자처럼 관리하던 소파 옆의 서랍장을 그녀가 정리했다.

첫 번째 서랍 속에 두툼한 봉투 여러 개가 각각 해 다른 얼굴로 누워있었다. 때마다 아이들이 건네준 돈을 1년 동안 쓰고 남겨서, 연말에 봉투 하나에 담아서 해마다 넣어둔 듯한 봉투였다.

두 번째 서랍 속에는 상비약과 뚜껑도 뜯지 않은 진통제 13갑이 쌓여 있었다. 그 진통제를 발견한 순간 그녀의 가슴팍이 와르르 무너졌다. 그가 그렇게 몰래 진통제를 먹으며 고통을 견뎌온 듯이 느껴서, 도대체 언제부터 그 고통을 겪었는지 도무지 알 수가 없는 자신의 무딤이 견딜 수 없는 통증이 되었다.

그녀는 단박에 쌓인 진통제를 들고 그가 다니던 약국으로 달려갔다. 그리고 약사에게 약을 넘겨주며, 그가 언제부터 그리 많은 진통제를 처방 받아왔는지를 물었다.

"글쎄~ 한 달에 한 갑씩의 처방으로 6개월분을 한꺼번에 받아 가신 것이 지난 금요일이 3번째였던 것 같아요. 그런데 13갑이나 남기셨으면, 처방 받으신 만큼 약을 소비하지 않으셨네요."

약사의 말이 캄캄히 무너지던 그녀 마음에 스며든 따뜻한 햇살이었다.

'처방 받은 진통제를 많이 남긴 건… 그가 위중할 때에 보인 정도의 고통을 오래 겪지 않은 뜻이 분명해!'

그가 위중(危重)했을 때는 진통제로도 수면제로도 고통을 견뎌내지 못해서, 더 이상 식구들에게 감추지 못했다. 그렇다면 의사 소견에 진통제가 필요할 거로 여겼던 것보다는 그의 고통이 더디게 온 듯싶었고, 그래서 이미 처방을 받은 진통제를 13갑이나 남길 정도로 극심한 고통을 덜 겪은 듯이 느꼈다.

'감사합니다. 너무 너무 감사합니다!'

문득 알게 된 사실 하나로 그녀의 가슴팍에 감사가 넘쳤다. 신께서 그가 혼자 견딘 고통을 의(義)로 보시고, 고통이 예상되는 상황에서도 진통제를 먹어야 할 만큼의 심한 고통을 길게 겪지 않게 하신 듯이 생각되었다.

너무나 둔해서 변명할 길도 없이 악(惡)으로 던져진 그녀지만, 생각할수록 그가 누린 은혜가 감사했다. 자신의 아픔과 부끄러움 따위는 전혀 억울하지 않고 마땅하다고 여겼다.

둘째딸은 귀국할 때마다 비행기 안에서 남편이 즐겨 피우는 황금색 포장의 담배를 사 왔다. 그리고 그녀가 팔순을 맞은 지난겨울에도 값이 좀 더 나가 보이는 검은색 포장의 담배를 사왔었다. 그때 그가 딸에게 말했다.

"이젠 담배를 사오지 마라. 네 엄마가 사다 놓은 담배도 있는데, 그것도 다 못 피울 것 같으니까…"

그렇게 말하는 그의 표정과 억양이 묘했다. 그래서 그녀와 딸이 합창으로 그를 윽박질렀다.

"당신 몸이 이전과 같지는 않겠죠. 하지만 이만큼 무사하고 편안한 것이 얼마나 감사해요? 10년 전에 이미 위험하다는 선고를 받았는데도, 당신은 놀랍도록 몸 관리를 잘 하며 탈 없이 버텨 오셨어요. 그런데 왜 갑자기 당신답지 않은 소리를 하세요?"

그때 그는 분명히 자신의 죽음이 가까이 다가와 있는 것을 느껴서 했을 말이고, 그만큼 그가 느끼는 고통이 이전과 달랐을 것이다.

그가 더 이상 자신의 고통을 감출 수 없게 된 3월 20일 저녁, 그는 자신의 죽음을 단박 알아챘을 것도 분명하다. 그런데도 병원에 가는 것을 그토록 완강히 거부한 것은 그 순간에서도 자신의 죽음을 감출만큼 감춰서 혼자 떠나기로 다짐을 한 때문 같았다. 하루 이틀에 준비한 각오가 아니고, 그렇게 10년 동안을 모질게 다짐하며 준비했을 것을 그가 떠나고서야 비로소 가족들이 알았다.

그가 남긴 마지막 말이 가족들 마음에 더욱 아프게 각인되었다.

"그저께보다 어제 나았고, 어제보다 오늘이 한결 나으니까, 내일은 틀림없이 괜찮을 거야."

죽음이 턱 밑에 이르러서 숨도 쉬기 어려운 순간에도 그는 그 말만 되풀이했다.

……!

서랍 속에 누워있는 봉투는 그의 긴 편지였다. 10년 동안 하루하루 마음을 담아서 남긴 뜨겁고도 슬픈 사연이었다.

49제를 지낸 오후에 코로나19로 귀국을 못하고 있던 둘째 딸이 예고도 없이 갑자기 귀국했다.

"아니, 어떻게 들어왔니? 2주간의 격리는 어떻게 하고?"

아빠의 49제에는 꼭 참여를 하겠다고 별렀지만, 코로나의 확산세가 좀처럼 가라앉지 않자, 딸이 기어코 귀국을 포기한다는 통화를 나눈 이틀 후였다.

"귀국하기를 포기하고, 아빠의 사망신고에 필요한 서류를 떼려고 영사관에 들렀어. 그때 귀국을 포기하게 된 사정을 말했는데, 그날 오후 늦게 갑자기 영사관에서 2주간의 격리를 면제해서 10일 간 다녀오기를 허락한다는 연락을 보냈어. 그 시각이 서울은 한밤중이어서 연락을 하지 못 한 채로 곧바로 비행기 표를 구해서 날아왔지."

그렇게 귀국한 딸의 동선을 구 보건소에서 매일 3번씩 체크를 했다.

"당신 신분이 A1입니까? A2입니까?"

짜증 섞인 구 보건소 직원의 말로 딸이 가당치 않은 특별 혜택을 받고 귀국한 것을 비로소 알았다.

'어쩌면 이럴 수가….'

비상시에도 특별대우가 허용되는 A1, A2의 신분이 있는 것을 그때 비로소 알게 되었고, 영사관에 아는 사람도 따로 없는 딸이 그 혜택을 받은 일이 신께서 이끌어주신 놀라운 일로 느꼈다.

단박 떠오르는 말씀이 있었다.

주께서 나의 슬픔을 변하여 춤이 되게 하시고, 베옷을 벗기시고 기쁨으로 띠 띠우셨도다. (시 30:11)

살아오는 동안 시간은 늘 그녀에게 잔인했다. 천(千)의 얼굴이듯이 때마다 새로운 얼굴로 등장하며 그녀에게 슬픔과 고통을 안겨주었었다.

그런데 가장 슬프고 어이가 없던 때에, 시간이 갑자기 얼굴을 바꿔서, 뜻밖의 위로를 하나씩 눈앞에 펼쳐 놓았다. 허망에 빠져서 흐느끼는 그녀의 등을 가만가만 두드려주었다.

둘째가 귀국해서 열흘 체류하는 동안 해놓은 일이 컸다. 어둡던 집안 분위기를 단박 새롭게 했다. 49제 당일에 늦게 귀국을 한 둘째는 49제에 직접 참여하지 못하고, 도착하며 먼저 언니(큰딸)네에 들러서 집안의 여러 일을 의논하고 밤늦게야 집으로 돌아왔다.

그리고 다음날, 큰 딸이 아침 일찍 집에 들렀다. 그런데 둘째가 언니를 보자마자 그녀에게 산책을 나가자고 했다.

"네 언니가 막 집에 왔는데 왜 우리가 산책을 나가니?"

그녀가 어리벙벙한 표정으로 묻자, 둘째가 의미 있는 눈짓을 했다.

"언니가 셋째하고 할 말이 있대. 우리는 자리를 피해 주자고."

그 말에 그녀가 깜짝 놀라며 만류했다.

"안 돼. 셋째는 아직 충격을 벗지 못하고 있는데, 네 언니가 살못 말하면 마음만 더 상할 거야. 네 언니는 너하고 달라서 말이 딱딱한 편이잖아!"

그녀가 말리자 둘째가 말했다.

"엄마가 언니를 정말 모르네. 언니가 엄마한테 쌀쌀했는지 모르지만,

그건 언니가 받은 상처 때문에 그랬을 것 같고, 셋째와 나에겐 언니만 큼 믿고 따를 사람이 세상에 없어. 언니가 얼마나 사려 깊고 능력 있는 사람인지, 이번 기회에 엄마가 언니를 다시 알게 될 것 같네!"

그렇게 두 사람이 뜬금없이 산책에 나섰다. 그리고 한 시간여 동안 공원을 한 바퀴 돌며 사진도 찍고 느릿느릿 집으로 돌아왔다.

집에서 첫째와 셋째가 밝은 표정이 되어서 그들을 기다리고 있었다. 그동안 슬픔을 털지 못하는 셋째를 그녀는 숨 죽여서 바라보기만 했는데, 큰딸이 어떻게 풀어주었는지, 단박 셋째의 얼굴이 활짝 펴 있었다.

딸 셋을 낳은 후에 얻은 아들은 가족 모두에게 금쪽같았다. 집에 있을 큰딸이 눈에 보이지 않는 건, 잠자고 있는 남동생의 침대 곁에서 턱을 괴고 앉아서 하염없이 바라보고 있는 것이고, 둘째는 남동생의 친구들과 쿵짝을 잘 맞춰주며, 중창(重唱)부를 만들 듯이 화음(和音) 맞춰서 노래하는 분위기로 이끌어주고, 셋째는 그녀를 대신해서 남동생을 잔소리로 단속하지만, 언제부터인지 동생 친구들을 위해서 간식을 요리 급으로 만들어서 대접했다. 그리고 동생이 김해에서 군장교로 근무하며 주말마다 귀가를 하자, 오랫동안 피땀 흘려서 모아둔 돈으로 동생에게 자동차를 사 주었다.

"내가 걔에게 마음 쏟은 일이 그 뿐만은 아니지. 얘가 친구들과 만나는 자리에 갑자기 나를 부른 적이 있었어. 저도 나도 넉넉지 못 하던 때인데도, 난 누나면 의례히 그 정도는 해줄 일로 알고서 말없이 모임의 경비를 계산해 주었어. 그런데 얘가 고맙다는 말커녕, 예쁜 누나가 보고 싶어서 불렀다는 놈들의 말에 어찌 그리 오버를 하느냐고 오히려 투정을 했어."

남매가 가끔 그렇게 신경전을 부렸다.

남편이 아들을 어떤 마음으로 보는지는 알 길이 없었다. 하지만 유교 사상을 버리지 못한 그가 아들을 특별하게 여긴 것만큼은 분명하다. 그가 그녀에게 농담처럼 한 말이 있다.

"시집 온 아녀자는 아들을 낳아야 비로소 시댁에서 자리가 굳건해지는 거야. 그리고 아녀자는 남편과 아들을 위해서 머리카락을 잘라서까지 뒷바라지를 해야 하는 삶이지. 당신도 그쯤은 알고 있겠지?"

시대에 뒤떨어진 것 같은 그의 말은 농담이 아닌, 어쩌면 그가 지닌 확고한 사상이었는지 모른다.

큰시누이의 불같은 성화로 직업을 바꾸며 고생길로 접어든 그지만, 그의 거듭된 사업 실패의 원인은 어쩌면 현실을 직시하기보다 눈길을 높이 든 그의 욕심에 있었을 것 같았다. 그리고 실패를 거듭해온 자신의 자국을 빨리 지우고 싶은 조급함도 원인이 되었을 것이다.

어쨌든 그는 거듭되는 사업 실패로 집안을 돌보지 못했다. 아이들의 학비 내는 시기를 알지 못하면서도, 그가 잊지 않고 챙기는 것은 아이들의 간식이었다.

그리고 딸들에게는 별달리 마음을 써 본 일이 없는 그가 아들의 운동화만큼은 빈번하게 사들고 집에 들어왔다. 그때 유난히 붐이 인 명품 운동화 대신 겉모양이 깔끔한 디자인으로 골라서 사왔다. 그가 무명의 농구선수로 뛸 때에 혹 운동화에 대한 아픈 기억이 있었나 의심이 들 정도였다.

하지만 아들은 그 운동화를 반기지 않았다. 강남의 이름 있는 고등학교를 다니던 아들이 마음속으로 명품운동화를 원한 때문인지 모른다.

그렇게 금쪽같던 아들이 결혼을 했다. 그런데 결혼을 하고 20년이 다 되어가도록 며느리는 식구라기보다 타인 같았다. 언제나 깍듯했지만 가족 같은 느낌이 들지 않게 항상 거리가 있었다.

그래도 남편은 아들에게 한결 같았다. 그 나름의 안목으로 손주들의 옷을 때마다 철마다 넘치도록 사다가 안겨주었다. 그리고 며느리는 그때마다 방글방글 웃는 얼굴로 받아 갔다.

어느 해 여름, 그녀가 잠시 아들 집에서 기거를 했다. 그때 이것저것 살림을 살펴주다가 남편이 사준 아이들의 옷이 해를 넘겨서 쓸모 잃은 작은 사이즈로, 라벨도 떼지 않은 채로 서랍장에 넣어 있는 것을 발견했다.

"네 시아버지가 사다 주는 옷이 네 취향과는 많이 다르지? 그래도 더러 바꿔서 입히지 그러니?"

그녀가 서운함을 감추며 며느리에게 말했다.

"제가 사 주지 말라고 여러 번 말씀을 드렸는데도 자꾸 사 주셔서, 더러는 버리지 않고 입히기도 해요. 그러니까 어머님이 아버님께 아이들 옷을 사지 마시라고 말씀 좀 드려 주세요."

그녀가 집으로 돌아와서 그 말을 남편에게 전했을 때, 남편의 얼굴이 확연히 변했다. 그리고 손주들에게 쏟던 마음을 꽝 닫았다. 자주 나누어 주던 용돈까지도 1년에 한 번 세뱃돈만 주었다.

"내가 죽으면 저 애들에게 어떤 짐도 얹어 줄 생각 마! 어차피 바란다고 들어줄 아이들이 아닌 것을 당신도 알잖아? 내가 죽거든 묘를 만들지 말고 화장을 해서 강물에 뿌려버려!"

그녀는 남편의 그런 마음을 아이들이 눈치 챌까봐 자신이 더 마음을 쓰려고 노력을 했다. 언젠가는 한 가족으로 가까워질 날이 있을 것으로 믿으며 기다렸다.

49제를 지내는 날까지도 며느리는 여전했다. 그런데 갑자기 강아지를 사서 보낸다는 연락을 했다.

"어머님이 많이 힘드실 것 같아서 강아지를 보내드리려고 미리 알아보고 있었어요. 그런데 마침 마땅한 강아지가 있어서 이번 주말에 애견센터에 들르기로 했어요. 우리가 예방 주사도 맞히고, 2주 정도 데리고 있으며 대소변 훈련도 시켜서 보내드릴게요."

생각지 않은 뜻밖의 말에 그녀는 평소에 강아지를 싫어하던 마음을 바꿔서 군말 없이 받아들였다. 모처럼 며느리가 마음을 열고 권하는 일이었기 때문이다.

강아지는 '요크셔테리어' 종이었다. 검은색 초콜릿을 닮았다고 손녀가 '다코'로 이름을 정했는데, 생후 3개월이 되어서 집에 온 강아지가 어찌나 영민하고 활발한지 젊을 때의 남편을 연상시켰다.

남편은 젊을 때 대단했다. 성격이 활달하고 행동이 민첩했으며, 무엇보다 목청이 유난히 커서, 어느 장소 어떤 일에서나 그가 주도를 잡고 앞장을 섰다.

그들이 함께 근무를 할 때는 인근의 초등학교와 친목을 도모해서 1년에 한 번씩 교직원들이 총 동원이 되어서 축제처럼 배구대회를 열어서 즐겼는데, 그가 그 행사에 앞장을 섰다.

학창 시절에 농구 선수였다는 그는 야구를 제일 좋아하는 야구광이었는데, 모든 구기(球技)종목에도 소질이 있는 것 같았다. 그는 9명 팀의 백

센터를 맡았는데, 날아오는 공을 거의 혼자 도맡아 받으며, 유난히 큰 목소리로 상대편의 기를 팍팍 죽이며 날렵하게 뛰었다. 이리저리 땅에 떨어지려는 공을 몸을 던져서 살려내는 모습은 신기에 가까웠다. 평소에 그를 많이 경계하던 그녀도 그런 그의 모습이 잊지 못할 강한 인상으로 남았다.

일찍 직장을 그만 두고 수십 년을 풀리지 않는 구겨진 삶으로 늙어가던 그가 회갑을 맞았을 때는 아이들의 주선으로 유럽여행을 최초로 하게 되었다. 그런데 모르는 사람 속에 합류된 그는 단박 스러지던 자신의 진가(眞價)를 여지없이 다시 발휘했다.

여행은 독일에서 출발한 여행팀에 닷새나 뒤늦게 합류했다. 스위스의 제네바까지 가서 합류를 했는데, 그는 하루를 다 보내지 않아서 여행팀의 주 멤버가 되었다.

독실한 천주교인이 여행을 이끄는 가이드였다. 그래서 천주교 성지순례를 시키듯이 팀을 이끌며, 틈 날 때마다 애국심을 강조하는 가이드가 팀원의 사치성 물품구매의 기회를 의도적으로 가로 막으며 알차게 이끌었다.

그는 합류된 당일 가이드의 힘든 부분을 도우며 팀을 이끄는 데 앞장섰다. 팀원 모두가 교수, 유명 서예가, 회사 대표 등의 평범하지 않은 사람들의 가족이었는데, 5일이나 함께 여행을 하는 팀원이 그때까지 눈인사나 겨우 나누는 정도로 서먹서먹해 있었다.

그는 여행 첫날에 형편이 넉넉해 보이지 않으며, 팀에서 자꾸 뒤쳐져 행동하는 젊은 부목사와, 신분을 감추고 마음에 어려움이 있는 수녀를 성지 순례를 시키듯이 이끄는 신부(神父)와 수녀보조, 그리고 가이드까지 가족처럼 품었다. 버스에는 운전기사가 상비(常備)해두고 판매하는 음료와 간식거리가 있었는데, 하루 두 끼만 주는 여행 규칙으로 한 끼 식사는 각자 때워야 했다. 그래서 팀원들이 버스에 준비된 라면이나 햄버거를 사서 때울 때가 있었는데, 그가 단골이 되어서 함께 움직이는 사람들과 나누었다. 그리고 각자 행동을 하는 시간이 있을 때도 그들과 함께 움직이며, 가이드가 권하는 특별 메뉴를 맛보기도 했다.

그는 단박 사람들의 눈길을 받았고, 로마 관광을 할 때는 그였기에 보일 수 있는 일도 해냈다.

로마 관광은 버스를 미리 로마의 외각에 세워두고, 단단히 주의를 준 일정이었다. 그리고 바티칸성전의 박물관 관람까지 마치고, 팀원이 모두 약속장소에 다시 모였을 때, 파리에서 유학 중인 딸을 방문해서 함께 관광을 하고 있던 모녀가 시간이 한 참 지나도록 나타나지 않았다. 사람들 모두 어쩔 줄을 몰라서 난감에 빠졌는데, 그가 선뜻 모녀를 찾아오겠다고 나섰다.

"아니, 이 많은 사람 속에서 어디 가서 어떻게 찾으시려고요?"

핸드폰이 없던 시대라서 가이드가 가당치 않다고 만류를 하는데, 그는 무슨 자신감인지 가이드에게서 받아 쥔 태극부채(팀 표시)를 높이 들어 보이고 인파 속으로 사라졌다. 그리고 30분쯤이 지났을 때, 그가 그들 모녀를 대동해서 나타났다.

"와~ 대단하십니다. 어떻게 찾으셨어요?"

팀원 모두가 박수를 쳤다. 하지만 그는 사람들의 환호에 싱긋이 웃는 웃음으로만 대답했다. 하지만 그녀는 그가 취했을 상황이 짐작되었다.

그는 분명 좀 높이 설 수 있는 곳을 찾아서 태극부채(팀 표시)를 높이 들고 서서, 우렁우렁 울리는 그 특유의 목청으로 모녀의 이름을 불렀을 것이다. 그리고 동행들을 잃어서 사색(死色)이 되었을 모녀가 그의 소리를 듣고서 태극부채 아래로 달려왔을 것이 눈에 보이 듯했다. 한데… 상황은 그렇지 않았다.

“그렇게 놀라셨어요? 우린 별 걱정 없이 찾아오실 걸 기다리고 있었는데…”

엄마의 말에 팀원들 모두 어이없어 했다. 그런 태평한 성격이 팀에서 뒤쳐졌다고 모두 혀를 찼다.

어쨌든 그 일로 여행 팀이 화기애애해졌다. 서로 명함을 주고받으며 뒤늦게 인사를 나누고, 늦은 밤에 간식 타임도 만들어서 서로 초대도 했다.

그가 보인 모습이 또 있다.

여행의 마지막이던 날, 버스의 상태가 불안했다. 그래서 운전기사가 자동차를 살펴보겠다며 버스를 잠시 세웠다. 그래서 여행객들이 이름 모를 곳에서 잠시 휴식하며 여전히 눈앞에 펼쳐진 대국(大國)의 풍성한 경관을 감탄으로 바라보았다.

그런데 버스를 살펴본 운전기사가 시동이 걸리지 않는다며, 민망한 표정으로 팀원들에게 버스를 밀어달라고 했다.

여엉차, 여엉차!

사람들이 함창하며 버스를 미는데, 버스는 몸만 흔들며 앞으로 잘 나가지 못하고, 시동도 걸리지 않았다.

“이 버스, 프랑크푸르트까지 갈 수 있겠어요?”

사람들이 버스 밀기를 포기하며 투덜거렸다. 그런데 그때 그가 말했다.

“까짓 거, 프랑크푸르트가 지구 밖입니까? 바로 눈앞일 거니까 프랑크푸르트까지 함께 밀고 갑시다. 이것도 아주 색다른 여행의 맛 아닙니까?"

그의 말에 팀원들이 깔깔대고, 정말 프랑크푸르트까지 밀고 갈 듯한 기세로 힘을 배가(倍加)해서 밀었다. 그러자 드디어 부르릉 시동이 걸렸다.

"어? 벌써 시동이 걸리면 실망인데…"

그가 농을 던지자, 팀원들이 또 한 번 까르르 웃었다.

'역시, 저 사람은 대단해. 저만이 보일 수 있는 모습이지!'

그녀의 가슴이 뿌듯이 벅차오르며, 문득 일요일 이른 아침에 젊은 부목사 이끄는 예배에 참석했던 때의 그의 표정이 눈앞에 떠올랐다. 눈을 맑게 뜨고 목사의 말씀에 열중해 있던 모습… 그 순간 그녀는 그가 장로가 되어야 할 사람이라고 느꼈다. 그리고 그런 그를 밀어줄 생각이 가슴팍에 불처럼 뜨겁게 당겨졌다. 그리고 여행 도중 몇 차례나 형편을 뛰어넘어서 팀원들에게 선심을 베풀었던 그의 과용까지도, 그녀로서 난생 처음 그가 아주 잘했다고 느꼈다. 그리고 그런 마음을 품는 자신에 깜짝 놀라며 떠오른 생각이… 그들이 어쩜 그 여행으로 관계를 새롭게 전환이 될 것 같은 부푼 꿈을 품었다.

눈치가 빠르고, 사람들의 단어를 생각보다 많이 알아듣는 듯이 반응하는 강아지를 보면서 그녀는 뒤늦게 그렇게 남달랐던 남편의 여러 면모를 되돌아보았다.

강아지는 기분이 좋을 때 마구 질주했다. 이 방에서 저 방으로 대청을 가로질러 쏜살같이 몇 바퀴 질주를 하고, 물을 찾아서 핥은 후에 다시 뛰는 모습은 어둡고 침침했던 집안 분위기를 단박 환하게 만들었다. 산책을 다녀와서 기분이 좋아진 강아지가 집에서 기다린 그녀에게 달려들 때는 몸을 공중에서 한 바퀴 돌려서 기쁨을 표했다. 그 무렵에 그렇게 까르륵 웃을 수 있다니… 그녀는 강아지를 보며 웃고 있는 자신을 문득 발견하며 어이없어 했다.

평소에 미신적인 생각을 피하는 그녀지만, 그래도 뿌리 깊은 옛 의식이 남은 때문인지, 재롱을 떠는 강아지가 꼭 남편의 환생처럼 느꼈다. 그리고 그를 차갑게 비판의 눈길로 보아온 생각을 바꿔서, 그가 재치 넘치는 사람이었던 것을 되짚어 생각하게 했다.

셋째 딸이 강아지에게 푹 빠졌다. 아빠를 잃은 슬픔을 쉽게 벗지 못하던 마음을 강아지에게 듬뿍 쏟았다. 시어머니를 염려한 며느리의 배려가 셋째 시누이를 마음 써 준 놀라운 효과를 발휘했다.

그래도 그녀는 여전히 그가 마지막 산 10년을 마음에서 털어내지 못했다. 그가 남은 시간이 10년이란 예상을 못한 채로 하루하루를 가슴 떨어서 10년을 견딘 것이 마음 아팠다. 그런 중에서도 그가 자신이 준비할 수 있는 마지막을 마음 쓴 것이 역시 그 다운 일처럼 느껴지며 마음도 새롭게 아팠다.

마지막 시술을 받던 날 아침, 그는 자신의 마지막을 예상하고, 셋째 딸에게 유언을 남겼다.

“내가 이 시술을 무사히 마치고 너를 다시 보게 될는지는 알 수가 없다. 그래서 네게 미리 말해두는데, 내 나름으로 열심히 돈을 모아서 소파 옆의 서랍장 속에 넣어 두었다. 그러니까 그 돈으로 병원비를 치르고, 통장에도 얼마큼의 돈이 있을 테니까, 그걸 네 통장에 옮겨서 필요할 때 쓰도록 해라!”

식구들이 그 말을 전해 들었지만, 그리 주의 깊게 듣지 않았다. 사는 동안 경제적인 여유가 없었던 사람이, 뒤늦게 자식들이 주는 용돈만으로 이 일 저 일을 배려해서 써온 그이기에, 돈을 남겼으면 얼마나 되겠는가 싶은 생각을 한 때문이었다.

그런데 그가 모아놓은 돈이 의외로 많았다. 이미 지출한 병원비를 충당하고도, 가족장으로 치르며 손님이 별로 없었던 장례비에까지 보탤 수 있었다. 그만큼 그의 준비가 10년 전 부터였을 것이 추측되었다.

어느 하루, 가족들이 모여서 그동안 소요한 경비를 계산했다. 그런데 큰일을 치른 가족이 개인별로 별도의 부담을 지지 않는 상황으로 정리를 끝냈다. 그리고 손자들을 포함한 10명의 유가족 한 사람 한 사람에게 소박한 수준으로 꽤 큰 금액의 돈을 유산처럼 고루 분배해서 나누었다.

그의 통장에도 제법 큰돈이 남아있었다. 그래서 아이들이 그 돈을 그녀에게 넘겨주었는데, 그녀는 생전 처음 남편이 주는 용돈으로 느끼며 사양 않고 받았다.

그를 떠나보낸 후, 그녀는 그를 기억하며 오후 6시를 기도하는 시간으로 정하고 지켜온다. 그에게 많이 미안한 마음을 사죄하며, 그를 천국으로 인도하신 주님께 감사드리는 시간이다.

'남은 삶을 이렇게 그를 기억하며 기도드리게 인도해 주신 주님께 감사드립니다. 아팠던 모든 일까지 오히려 감사하게 해주신 은혜까지 더욱 감사합니다. 사는 동안 이 기도를 계 속 드릴 수 있게 인도해주소서!'

죽고 싶을 만큼 슬프던 그녀 마음이 시간이 흐르며 조금씩 열어지고 있었다. 그래서 그녀는 자신의 그런 변화가 두려워서 날마다 스스로를 채근하며 그가 견딘 아픔을 마음에 되짚었다.

'그가 천국에 갈 수 있었던 것은 그가 세운 그의 의(義)였습니다. 저는 그를 위해서 작은 것 하나도 돕지 못했습니다. 우리가 질깃하도록 맞버텨 산 것이 어쩌면 주님께서 계획하신 일일 수 있지만, 주님은 분명 그 상황을 뛰어넘기를 바라셨겠죠. 그런데 우리가 그렇지 못했으니, 어찌 순종을 했다고 할 수 있겠습니까? 하지만 저, 이제야 감았던 눈을 떴습니다. 이런 제게도 그가 찾았던 구원의 길을 찾도록 도와주소서!'

그녀는 이제 이전의 잡다한 생각들을 다 버린 듯이 생각했다. 그런데도 마음에 깊이 박힌 흔적까지를 지우지 못한 탓인지, 버렸다고 생각한 잡념들이 다시 그녀 생각의 울을 뛰어넘어서 머릿속에 대롱대롱 매달렸다.

그의 마지막 10년이 길게 누워서 한 숨을 토하고 있었다. 약 먹는 시간을 정확히 지키며 늘이고 또 늘인… 그러다가 마침내 탄력의 한계에서 툭 끊어져서 낡은 고무줄처럼 버려진… 너무나 초라하고 아픈 그의 마지막 시간이었다.

'그 긴 시간 동안 그는 얼마나 아프고 외로웠을까? 하루하루… 한 달 또 한 달… 그렇게 1년 1년을 보내어서 10년을… 그는 초(秒)에 생명을 묶어서 오직 하루에 숨을 쉬었을 거야. 그리고 자신의 아픔을 사랑으로 승화시킬 생각까지 하고, 그 마음을 서랍 속에 마지막 선물처럼 차곡차곡 넣어 두었어!'

그것이 그의 가족에 대한 못 다한 사랑이고, 그렇게 긴 편지로 남겼다고 느꼈다. 그녀가 진작 작게라도 눈치를 챘더라면, 그를 위해서 할 수 있는 일 한 가지쯤이라도 마음을 써 볼 길이 있었을 텐데, 자신의 둔함이 그럴 기회조차 다 놓친 한에 그녀는 몸을 떨었다. 사는 동안은 결코 내려놓을 수 없을 그녀의 아픔이었다.

그래서 그녀는 초(秒)에 매달려서 겪었을 그의 아픔을 잊지 않으려고 몸부림쳤다. 그가 마지막 붙잡았을 마음을 짐작으로라도 찾아서, 자신의 가슴팍에 담아 그 향기를 호흡하며 살고 싶었다.

그녀는 그와 함께 했던 지난날을 때늦게 되돌아보았다. 그가 표현을 했어도 놓치고 돌아보지 못했던 기억들이 되돌아보는 그녀의 머릿속에 끈에 매인 것처럼 연이어 떠올랐다.

몇 번이나 그녀가 병으로 위중하고, 또 다쳐서 무력한 상태로 있을 때, 그는 언제나 놀랄 만큼 딴 사람처럼 변해서 그녀에게 정성을 쏟았고, 그녀의 미술적인 감각을 대단한 것으로 평가하고, 인쇄업을 뛰어들었을 때 그녀에게 도안(圖案)작업까지 부탁해서 진땀을 뺐던 기억, 또 그녀가 기뻐할 것으로 생각하고 뜻밖의 일을 이벤트를 하듯이 꾸며서 짜잔! 눈앞에 벌려놓고, 개구쟁이 소년처럼 즐거워하기도 했던 추억, 그리고 그녀의 친구들에게 유난히 마음을 써 주며, 절친한 친구의 아들 결혼식에 함께 참석해주려고 3시간 넘게 고속도로를 달려가 준 일, 비록 젊을 때에 보여준 몇 가지 일이지만, 그는 그녀에게 그렇게 마음을 써도 그녀는 그 마음을 흔연히 알아주고 기뻐해주지를 못했다.

"네 신랑, 너무 멋지지 않니? 넌 어떻게 그런 신랑을 만났니?"

친구들이 부러워하면, 그녀는 오히려 친구들이 그를 겉으로만 평가한다고 생각하며 속으로 냉소했다.

그런데 너무나 문득… 그녀가 미처 생각을 못했던… 갑자기 소름끼치도록 두려운 생각이 머릿속에 불똥처럼 뛰어들었다.

그가 생명을 더 연명할 길조차 그리 강력히 외면하며, 80%이상 죽음이 예상되는 시술을 택한 것이… 혹 그녀를 배려해서 그랬을 것 같은… 아니, 아니, 더 무서운 생각은 그가 그렇게 몸에 꽂은 주사바늘을 자꾸 뽑아낸 그 섬망증이, 참 섬망증이 아닌 그가 의도한 행동이었을 것 같은…

그는 그녀가 자신으로 인해서 아프게 살았다고 생각했을 것이고… 그녀가 자신으로 인해서 더 이상 고통을 겪지 않게 하려는 마음으로… 또 그가 그녀에게 마지막으로 줄 선물처럼 여겨서, 그리 위험한 수술을 스스로 택했을 것 같은… 그녀는 고꾸라질 것 같이 숨이 멈추는 충격에 빠졌다.

'아니, 아니, 그건 절대로 안 되죠. 어떻게 그 결단을 당신 마음대로 해요?'

그녀는 온몸을 사시나무처럼 떨었다. 그가 취한 그 행동들은 그녀가 내보일 수 있었을 작은 마음조차 내보일 수 없게 기회를 빼앗은 것이 아닌가? 그녀는 엉뚱하게도 참을 수 없이 끓어오르는 분노를 느꼈다. 너무나 분해서 눈물까지 마구 흘렀다.

그녀는 다시 그가 있을 것 같은 허공에 눈길을 던졌다.

'당신은 나빠요. 너무너무 미워요. …하지만 당신에게 너무 미안한 저를 어찌 모르겠어요? 제게는 이런 노여움까지도 품을 염치없어요. 오직 이런 모든 아픔이 흐르는 시간 속에 지워지기를 바라지만, 전 그것들이 정말 지워지기를 원하지 않아요. 그것들이 단지 내일 속에 몸을 숨길 뿐이고, 나 또한 죽어서 내일에 이르면 지금은 알 수 없는 그 답들을 알게 될 것으로 믿어요. 어쩌면 당신이 그곳에서 직접 대답을 들려줄지도 모르겠네요. 그래서 전 꿈을 꿉니다. 우리 그곳에서는 땅에서 살 때와 다르게 서로 사과도 하고, 고운 미소도 나누기를 원해요.
그래서 지금의 이 고통을 그날이 오도록 참고 기다릴 거예요!'

그녀는 자기 입에서 뱉어지는 소리에 놀랐다. 하지만 그 소리가 자신도 모르게 약속이 되고 있듯이 느꼈다.

그는 원래 말로 표현을 하는 사람이 아니었다. 자신의 마음을 상대편이 알아준다면, 그것으로 족하게 여겼을 그! 그렇게 말보다 가슴으로 품어온 그를 어찌 그리 진작 알아채지 못했는지… 그녀는 그가 죽는 순간까지도 자신보다 가족을 먼저 품었던 것을 뒤늦게 알아채었다.

어쨌든 그녀는 이제 사는 동안 숨 가빴던 일들을 참이 아니었다고 단정한다. 그래서 오늘 느끼는 죽음 같이 아픈 감성도 허상이라고 판단한다. 그리고 내일 날에 오늘 알 수 없고 찾지 못한 답을 알고 찾게 되리라고 믿는다.

그녀는 그래서 오늘이 감사했다. 아픔인 오늘의 일들을 내일에 던져서 사다리 하나 세워두고, 죽은 후에 그 사다리로 올라서 진주알 같이 고운 날이 다가올 것을 꿈꾸었다. 그 내일이 오늘 속의 그녀에게 그렇게 손짓을 하듯이 느꼈다.

그가 떠나고 9개월을 보내며 2021년 새해가 밝았다. 그리고 그녀는 2020년의 마지막 날을 보내던 밤, 마지막으로 운다고 여기며 밤새 울었다. 그를 그렇게 영영 떠나보내는 마음이, 지울 수 없는 아픔으로 고체(固體)가 된 듯 느끼지만, 2020년과 그렇게 마지막 결별을 했다.

그리고 새해!

그녀는 오후 6시에 지켜오는 기도시간의 의미를 바꿨다. 이젠 그를 아프게 떠나보낸 죄를 사죄하는 회개의 목표를 뛰어넘어서, 그와 생전에 나누지 못했던 대화를 나누길 원했다. 그가 먼저 올라간 천성(天城)으로 그렇게 다가가는 걸음을 준비한다는 다짐이었다.

그녀는 진작부터 마음에 갈등이 되는 말씀이 있었다.

> 세례요한의 때부터 지금까지 천국은 침노를 당하나니, 침노하는 자는 빼앗느니라. (마 11:12)

이 말씀은 예수님의 직접 제자인 마태가 2000여 년 전에 선포했고, 그 의미가 천국비밀이 무한하니, 찾는 일을 멈추지 말라 하듯이 느꼈다.

하지만 그 말씀은 지금까지 읽는 자들의 마음에 큰 자극을 주지 못하는 듯했다. 읽으며 잠시 고개를 갸웃거려도 그 말씀을 확연히 풀어서 인도해주시는 분이 지금껏 주변에서 만나지 못했고, 그럴 정도로 그 말씀이 성서 속에서 쉬고 있는 듯했다.

어쩌면 인간의 오만이 그 말씀을 잘못 해석하고, 범하지 말아야 할 가이드라인까지 침범해 벋어갈 가능 때문에, 차라리 금기(禁忌)의 말씀으로 두어둔 것이 아닐까 싶었다.

그녀 또한 그런 두려움이 있었기에, 이제껏 갈등을 품어도 그 이상으로 생각을 펼쳐보지를 못했다. 이미 진리로 굳게 뿌리 내린 울타리 안에 묶인 걸음이 아닌, 침노를 하듯이 계속 천국의 비밀을 찾아서 전진을 하라 듯이 느끼면서도, 그녀 스스로 그 금기에 묶였다.

하지만 이제는 그 갈등을 뛰어넘어서 전진을 하고 싶었다. 실패로 보이는 그들의 삶을 진정 새로운 시각으로 살펴보고 싶은 목마름이 있는 때문이다.

그래서 소망처럼 그 말씀을 붙잡았다. 실패한 것 같은 그들의 삶이 세상 관점의 결과일 뿐, 신께서 보시는 관점으로는 평가가 다를 수 있다고 믿고 싶은 마지막 미련이었다.

사람의 삶이 신께서 펼쳐놓으신 미개(未開)의 골짜기를 힘겹게 걷는 행로(行路)라면, 그 길을 걷는 동안 넘어지며 상처 입는 일은 필연이며, 넘어져서 상처 입는 일 또한 당연한 일일 것이다. 오히려 넘어지고 쓰러진 몸을 일으켜서 비틀거리는 걸음으로라도 목표점에 이른다면, 그것이 인간 삶의 승리가 아니겠는가 싶은 그녀의 생각이었다.

'물론 사람의 우매가 걸음을 더디게 하고, 필요 이상의 상처도 입게 하겠지. 하지만 스스로 더디다고 느끼는 감성이 속도를 높이는 자극이 된다면… 더뎠던 걸음이 축복으로 전환되고, 그렇게 배가 된 속력으로 달려서 기어이 손 벌려 기다리시는 신의 손길을 터치하면, 그것이 신께서 바라시는 인간승리가 아닐까?'

그녀는 그렇게 사람이 사는 동안 느끼는 고통이 꼭 저주가 아니길 열망했다. 비록 그가 떠난 뒤에 뒤늦게 깨닫는 마음이지만, 신의 시간이 인간의 시간과 다르다 하셨으니, 땅에서 놓쳐버린 인간의 실패가 신의 관점으로는 소망이 될 수 있다고 열망했다.

그녀는 좀처럼 풀지 못하던 삶의 답을 그렇게 결론 내리고 움켜쥐었다. 비로소 참으로 평안한 마음이 되어서 긴 숨을 내쉬었다. 그 순간 오랜 시간 가슴을 짓누르던 회색빛의 답답함이 활짝 개이듯 했고, 더 이상의 의문이 남지 않은 것 같은 고요가 가슴팍에 내렸다.

그렇게 하루, 또 하루… 며칠을 흘렀다. 그런데 그녀는 문득 자신 가슴팍의 고요가 평안이 아니고 아픔인 것을 깨달았다. 가라앉은 마음의 고요가 감성을 마취해서 무색무취(無色無臭)의 덤덤함이 되어서, 호흡까지 숨죽이고 있는 것을 깨달았다. 살아 있듯 한 감성을 일시에 간 곳 모르게 어딘가로 보내져서 지워진 듯했다.

흐드러지게 핀 장미꽃을 보아도 '지금이 5월인가 보네.'뿐이고, 평소에 많이 사랑했던 성품 고운 사람을 오랜만에 보는데도, 반가움보다 '저 사람은 여전한 모습이네.'뿐이었다. 가슴팍에서 정(情)처럼 흐르던 따스한 감성들이 몽땅 사라졌다.

'이건 또 어찌된 상황이지?'

달관(達觀)한 것과 다르게 마음속의 감성들이 세상에서 더 이상 할 일이 없다며 결별의 손을 높이 든 것 같았다.

'주님, 이제 제가 저 사람을 뒤따르려는 건가요? 아니면 비틀려 있는 제 마음을 바로잡아 주시려는 건가요?'

그녀는 사는 동안 자신의 선함을 굳게 믿었다. 갈등이 있는 자리에서 남을 아프게 하지 않는 노력을 했고, 경쟁이 첨예하게 맞서는 일도 마주한 선(線)에서 한 발 물러서는 마음을 잊지 않고 살았었다.

그런데, 그렇게 선으로 자부해온 것들이 한순간에 가슴팍의 기준점을 지우고, 한 마디 변명도 할 수 없게 그녀를 악(惡)으로 곤두박질해 놓았다. 이제는 더 이상 그녀에게 내세울 것이 없는 빈 껍질이 되어서 썩은 물 위에 둥둥 떠 있듯이 느껴졌다.

사는 동안 남모르게 품어온 자부심도 있었는데, 그것조차 자취를 감춰서, 이젠 어떤 정의(定意)도 스스로 내릴 수 없을 것 같은 절망뿐이었다. 한순간에 확고하게 느껴온 모든 것들이 무위(無違)로 몸을 돌려 앉았다.

아~ 문득 떠나버린 남편이 생각났다. 그는 남다르게 자존심이 강했었다. 그런데 더 이상 어떤 시도도 할 수 없는 삶의 끝자락에 부딪쳐서 죽음을 마주했을 때, 그는 그 절망을 어찌 견뎠을까?

이제 그녀가 그가 겪고 견딘 절망에 몸이 절로 박혀진 듯했다. 그리고 아무 것도 바른 눈길로 보지 못했던 그녀의 부끄러움이 그녀를 원망해서 저주 속으로 밀뜨려놓고 살아온 흔적을 지우는가 싶었다.

그는 평생 유교의식을 벗지 못하고, 그들 삶의 어려움이 받을 복이 없는 그녀 탓으로 믿었다. 그래도 그녀가 애 써 마련해주는 목돈을 사양 없이 들고나가서, 그 혼자 실패로 끝점을 찍고 빈손이 되었을 때도, 체질적으로 몸에 받지 않는 술을 마신 진빨강의 얼굴이 되어서 번번이 그녀 팔자를 푸념했다.

"넌 왜 그런 팔자로 내 앞에 나타났니?"

몸을 가누지 못하며 내뱉는 그의 말에 그녀는 대꾸를 하지 않았다. 속으로 많이 억울해도, 그녀 스스로도 자신에게 복이 없는 것을 자인을 한 때문이었다.

'사람에게 정말 팔자가 있는 걸까?'

기독교인으로 성장한 그녀 의식이 그 말을 수긍 못해도, 실패를 거듭해온 긴 시간 동안 귀에 못이 박혀진 이소리가 그녀 팔자에 파(破)가 낀 탓이라고 했다. 그래서 어느새 그녀 가슴팍에도 시누이의 그 말이 진실처럼 자리를 잡았다.

그와 함께 사는 동안 그녀는 그에게서 어떤 선함이나 온유한 분위기를 찾지 못했다. 과도하도록 자기주장을 내세워 살며, 그녀가 겪을 고충을 전혀 마음을 쓰지 않는 것 같은 그의 독선(獨善)은 분명 선(善)과는 거리가 먼 듯이 느껴졌었다.

그런데 그가 남긴 마지막 모습이 뜻밖이었다. 그녀 가슴팍에 진하게 자리 잡은 느낌을 단 번에 뒤엎고, 어느 누구도 흉내 내지 못 할 모습으로 세상을 떠나며, 그녀 스스로 인간이 느끼는 감성의 허무를 뜨겁게 했다.

물론 그가 보인 마지막 모습은 그만이 보일 수 있는 모습인 것을 그녀는 안다. 그리고 그의 그랬던 모습이 그녀의 굽어진 생각을 단번에 뒤엎었고, 어떻게 표현하기가 어려운 아름다움인 것을 그녀는 인정한다.

그렇기에 그녀는 더 뜨겁게 몸을 뒹군다. 그가 10년 전에 절망해서 아프게 몸을 굴려 살면서도, 마음의 방향을 전환했을 결단이, 결코 쉬울 리 없었을 것을 알기에, 그녀가 뒤늦게 그의 아픔을 자신의 가슴팍에 똬리 틀어서 품는 이유였다.

그녀와 사는 동안, 그리고 죽는 순간까지도 그녀를 바라본 그의 눈길은 결코 아름다움이 아니었겠지. 오히려 자신의 옳음을 굳게 믿는 그녀의 완곡(緩曲)에, 그는 숨 쉴 틈조차 찾지 못했을 것이고, 그녀의 철벽같은 시선에 짓눌려서 자신이 지닌 어떤 선도 내보일 수 없었을 것 또한 분명하다. 그랬기에 그가 그토록 자신을 강인하게 포장했을 것이고, 죽음의 절망과 고통까지도 끝내 혼자 견딜 계획을 세웠지 않았을까? 아니, 어떤 가능도 엿보이지 않는 그녀에게 절망해서, 그의 그리 무서운 선택을 했을 것을 느낀다. 아~ 갑자기 그녀의 가슴팍이 뻐개지는 고통을 품었다.

'미안해요. 당신이 제게 감추었기보다, 제가 보려고 하지 않은 어둠이 었어요. 그래서 제게 절망한 당신이 그 어떤 고통도 절망도 내보일 수 없었던 거죠? 그걸 이제야 깨닫는 제가 할 수 있는 일은 무엇이죠?'

깜깜했던 부끄러움이 죽음으로도 대체되지 않을 아픔이어서 그녀는 다시 눈물을 철철 흘렸다.

하지만 그녀는 눈을 부릅뜨고 주먹을 불끈 쥐었다. 끝 모르게 슬퍼하는 일이, 떠나버린 그에게는 물론 자신에게도 아무런 도움이 되지 않는 걸 느끼며 흐르는 눈물을 주먹으로 북북 문질렀다.

그리고 그녀는 이제 그만 절망의 수렁에서 몸을 일으키자고 생각했다. 남편을 기억해서 자신도 남편처럼, 절망을 벗어 땅에서 준비할 아름다움을 준비하자고 마음 다졌다.

마음이 아플 때, 붙잡을 수 있을 것 같은 지혜로운 말들이 있었다. 그것들이 줄지어서 그녀의 머릿속으로 뛰어들었지만, 이상하게도 그 말들이 힘이 되지 않았다. 머릿속에서 잠시 머물러 뒤적여지다가 스스로 역부족을 인정하듯이 머릿속에서 사라졌다.

'왜 그 말들이 힘이 되지 않을까? 너무나 멀리서 내 아픔과 상관없이 비춰지는 말이어서 그런가?'

어쩌면 그 말들이 너무 낡아버린 듯싶긴 했다. 그래서 작열하는 그녀의 아픔에 아무런 효능을 발휘하지 못하거나, 뜨거운 그녀의 상처가 기존의 그런 말로는 어루만져지지 않도록 큰 때문인지 알 길이 없었다.

결국 그녀는 힘이 되지 못하는 그 말들을 생각 밖으로 밀쳐버렸다. 그리고 다시 생각했다.

'어쩌면 치료가 될 말을 나 스스로 찾아야 될지도 몰라. 이미 사전(辭典)에 등록된 듯한 말이 아니고, 그가 겪은 아픔을 내 마음으로 뜨겁게 돌아보아서야 알게 될 말… 그가 어떤 마음으로 견뎠고, 또 어떻게 절망까지 품어 안고 마지막 할 수 있는 일을 찾았는지… 그 모든 것을 내 안에 담아서 느끼고 찾아야 찾아질 거야. 주님 도와주소서!'

그녀는 낮게 엎드렸다. 그가 떠난 이후, 끝없이 마음을 사로잡아서 계속 죽음 같은 수렁 속으로 끌어당기는 아픔을 이제는 썩둑 잘라내야 된다고 생각했다. 그리고 그가 찾은 길을 자신도 서둘러 찾아서 붙잡자고 다짐을 했다.

아~ 갑자기 그녀를 삼킬 듯이 다가서는 검은 그림자가 있었다. 몸부림을 치듯 하는 모습이 그이 듯한데, 그 그림자가 먼 데서부터 그녀를 향해서 소리를 쳤다.

'넌 내게 저주였어. 끝도 없이 나를 잡아 삼키는 악마였지. 난 언제나 그런 너에게 역부족이어서 꼼짝을 못했어. 내 삶은 시작도 못해봤는데, 그 모양 그대로가 나라고 말했지. 그래서 난 죽기 살기로 널 윽박질렀어. 하지만 내겐 애초부터 네게 대항할 작은 힘도 없었어. 넌 나를 통째로 삼키는 파도여서, 난 비명도 지르지 못했어. 너무나 억울했지만, 나란 놈, 도리 없이 내 미약함을 인정해야 했어!'

부서질 듯이 몸부림을 치며 내뱉는 그림자의 저주가 그녀의 귀에 낭떠러지로 떨어지는 폭포의 폭음처럼 울렸다.

그녀는 그 소리로 산산이 부서져 내리듯 했다. 소낙비처럼 쏟아지는 외침에 몸을 가눌 힘조차 잃어서, 그대로 단박 쓰러질 것 같았다. 하지만 그 순간 그녀는 눈을 부릅떴다.

'넌 내 남편이 아니고 사탄이지? 그는 이미 천국에 갔고, 나도 곧 그가 간 길을 뒤쫓아 갈 준비를 하고 있는데, 그런 내 걸음을 왜 또 훼방하려 하지? 넌 내 안에서 살고 있던 악(惡)이 분명해. 하지만 내가 또 네 따위에 휘말릴 것 같아? 이 바보야!'

그녀는 그림자의 외침을 자신을 수십 년 동안 가슴앓이로 점령해온 악의 마지막 몸부림으로 단정했다. 그래서 놈에게 강한 펀치라도 던질 사나움으로 입가에 차가운 미소까지 담아서 노려보았다.

그러면서 그녀는 냉정을 찾았다. 놈에게 맞서서 힘을 소모하기보다,

놈이 지치길 기다려서 단 방으로 물리칠 길을 찾자고 마음먹었다.

'이제 넌 내 안에서 사라져야 해. 난 새롭게 태어날 거고, 더 이상 너 따위에 흔들리지 않을 거거든. 그러니까 날 포기하고 너 스스로 떠나 줘!'

놈이 영(靈)이겠기에 그녀는 놈이 자신의 다짐을 알아챘을 거로 단정했다. 그래서 과시하듯이 가슴을 힘주어서 뒤로 젖혔다.

낄낄낄!

어느 틈에 놈이 그녀의 어깨 위로 올라서 조롱의 소리를 높였다.

'넌 양심도 없어? 내가 어떻게 한스럽게 죽었는지 몰라? 그런데, 뭐 어쩌구 저째?'

그림자가 태산 같은 무게로 그녀를 찍어 눌렀다.

'안 돼! 넌 내 남편이 아냐!'

그녀는 힘껏 몸부림을 쳤다. 그리고 가슴속에 뭉쳐있는 더러운 것들을 토해내듯이 우욱우욱 구역질을 했다.

이상했다. 몸을 짓누르던 그림자도… 귀를 때리던 소리도 흔적 없이 사라지고 땀에 젖은 그녀만 달랑 그 자리에 있었다. 그리고 가슴팍이 신선한 바람을 맞듯이 시원했다. 뜬금없이 눈물이 철철 흐르는 것이 남편을 향한 절절한 슬픔인지, 힘겨운 마지막 시험까지 겪은 자신에게 품는 안쓰러움인지를 알 수가 없었다. 그냥 가슴속에 가둔 울음보가 건드려진 듯이 한참을 눈물 흘렸다. 그가 금빛으로 찬란해지길 바랐기에 그녀 또한 그와 더불어서 빛날 때가 있기를 바랐다.

하지만 그가 허무하게 떠나고, 그가 어쩔 도리 없이 삼켰을 고통과 한이 그녀 가슴팍에 옮겨와, 그 한을 태우는 가슴팍 불길이 뜨거웠다.

문득 그가 발병을 했던 10년 전이 생각났다. 그는 그 때, 그녀에게 마구 펀치를 휘둘렀다. 그녀가 배반을 한 것처럼 분노에 펄펄 뛰었다.

그 불길로 그녀가 향방 없이 가출하고, 또 스스로 발길을 돌려서 집으로 돌아오고… 그는 결국 하늘의 엄위에 고개를 숙인 듯이 생기(生氣)를 버려서 창백해 갔건만, 그녀는 정말 이미 귀로 들었던 그의 건강상태를 까맣게 까먹고, 그가 인성(人性)을 잃었다고 생각했다.

핏기 잃어 창백해진 그 표정이, 죽음 전에 마지막 취할 수 있는 길을 처절히 궁리하던 얼굴이었고, 그는 그렇게 10년이나 자신의 모진 계획을 실행 또 실행하다가 드디어 떠났다.

그들은 진작 분리가 되지 않는 한 덩어리였다. 그렇게 서로 엉켜서 처절히 몸부림쳐온 것이… 오늘 새롭게 닥쳐진 것이 아니고, 이미 10년 전 그때부터 함께 짐지어온 일이었다.

그가, 모질도록 그녀의 등을 떠밀어서 집을 떠나게 하고… 그녀의 어떤 몸짓에도 반응 없이 살다가… 그녀와 마지막 만남인 밤까지 그녀의 말을 차갑게 거부해서 고함을 치고… 그랬어도, 그녀의 마지막 소원이라는 말에, 어린아이처럼 순하게 '응' 대답을 해준 그…

그녀는, 그와 사는 평생을 그의 참 모습을 보지 못했고… 마지막 만남조차 눈치를 모르며 곧 퇴원할 것으로 여겼으며… 그의 삶 마지막 밤에, 그가 다가오는 죽음의 공포로 살갗을 다 태우고 있을 시간조차 그와 고통을 함께하지 못하고 오히려 단잠까지 잔…

으으으읍!

그녀가 무너지는 가슴의 통증을 두 손으로 움켜쥐었다. 몸에 낱낱 박히는 그의 고통을 온몸으로 끌어안았다.

아~ 그 밤을 열기로 그렇게 몸부림쳤다. 그리고 아침을 맞았다. 그녀의 가슴팍에 밤 내 뜨겁게 앓은 아픔이 유일한 감각으로 남아서 여진처럼 날을 세워 있었다.

'무엇을 더 생각하겠습니까? 하지만 이제 처음으로 그의 고통에 동참을 한 듯이 느낍니다. 그 어떤 것도 내보이지도 내세우지도 않고 혼자 짐 지어서 떠난 그의 고통을 적게라도 제 몸에 옮겨서 앓게 해주신 간밤을 감사드립니다!'

그녀는 신묘한 진통제를 먹고 진정된 듯이 가슴팍의 고통을 잊었다. 끊임없이 되풀이 들끓던 영혼의 소란도 고요히 가라앉았다. 이젠 더 이상의 어떤 고뇌도 없을 것처럼 머릿속이 맑았다.

그때 문득, 머리를 깨우며 스며든 생각이 있었다. 그들의 고통은 그들이 만나기 전… 땅에 내릴 생명으로 준비될 때에 만남도 고통의 삶도 이미 주어졌다는. 그리고 그들의 큰딸은 그들의 망가짐을 막는 방패로 미리 준비해서 보내주신 신의 축복인 것을 깨달았다.

큰딸이 아니었으면 천 번도 더 부서지고 깨어졌을 그들이었는데, 큰딸은 번번이 이런 모습 저런 모습으로 위기를 건너가게 해주었었다. 어릴 때부터 고움이 특별했던 큰딸은 여섯 살이던 때에 이미 남다름이 돋보이고, 위기 때마다 작고 여린 몸에 뼈가 휘도록 그들의 아픔과 고통을 짐지고 곁에 있어주었다.

살아온 모든 시간의 희로애락(喜怒哀樂) 또한 오늘을 신께서 준비하신 일이라고 느꼈다.

'어찌 큰딸뿐이겠습니까? 우리 아이들 모두, 우리가 짐 진 아픔을 제각각 함께 짐 지어서 아파온… 그 시간 모두가 신께서 오늘을 준비하신 걸 깨닫습니다. 특별했던 그 사람을 저의 남편이 되게 하신 것까지 제게는 너무나 과분했던 주님의 은총이었습니다!'

어디에서 부어지는 느낌인지… 그녀는 뜨겁게 끓어지는 감동으로 낮게 엎드렸다. 그때 또 그의 음성이 귀에 들렸다.

…'사는 동안 내가 가족을 위해서 한 일이 아무 것도 없었어. 죽기 전 남은 시간에서 할 수 있는 일이 고작 그뿐이었지. 그런데 그것을 선하게 보아주다니… 오히려 당신이 고마워!'…

그녀는 아련히 들리는 그의 목소리를 목이 마른 것처럼 붙잡았다. 그리고 생전에 미처 느끼지 못했던 남편의 따뜻한 마음을 온몸 가득히 느꼈다.

'뜻밖의 당신 목소리가 너무 반가워요. 하지만 돌이킬 수 없는 제 허물이 다시 생각나서 슬프고 부끄러워요. 그런데 이렇게 당신과 산 온 삶이 축복이었음을 깨닫다니… 이 대화가 믿음과 먼 듯이 느끼지만, 이 대화가 힘이 되고 기뻐요. 하나님도 우리가 나누는 이 대화를 기뻐해 주실 것 같아요!'

그녀는 스스로 환청으로 느끼면서도 두려움보다 행복에 잠겼다. 그녀가 그에게 강아지 이야기를 말했다.

'며느리가 저를 생각해서 강아지를 보내주었어요. 그런데 그 강아지가 놀랍도록 당신을 닮았어요. 그래서 뒤늦게 당신을 바라본 제 시선이 많이 굽어져 있던 것을 깨달았어요. 그런 제 편협이 당신을 많이 힘들게 한 것을 이제 깨닫는데, 그랬던 저의 잘못을 이제라도 빌고 싶어요.'

…'우매했던 건 우리 두 사람이 똑같았지. 그런데 그 강아지가 나를 많이 닮긴 했어. 그래서 그놈이 나를 새롭게 돌아보게 했다니, 오히려 내게는 고마운 일이지.'…

그녀가 생각으로 말하면, 그가 대답을 하듯 하는 대화가 잠시 시간을 잊게 했다. 그러다가 그녀는 문득 그에게 묻고 싶었던 말이 생각났다.

'우리가 마지막으로 만나는 밤을 저는 전혀 눈치 채지를 못했어요. 난 오히려 당신에게 기운이 있다고 느껴서, 금방 퇴원도 하게 될 것으로 믿었어요. 그래서 기도를 해주신 교우들 앞에서 함께 특별찬송을 드리자고 말했죠. 그런데 뜻밖에도 당신이 아주 순하게 '응' 하고 대답을 해 주었어요. 당신은 떠날 것을 이미 예측하고 있었을 텐데, 어찌 그리 대답을 했는지… 내내 그 뜻이 궁금했어요. 그 대답, 무슨 의미였어요?'

…'물론 난 그 밤이 마지막 만남인 인 것을 알고 있었어. 그런데 당신이 성경 이야기를 꺼내는 순간 나도 모르게 화가 났지. 곧 죽을 놈인데, 그 말이 너무 어처구니가 없다고 느꼈지. 그런데 이상하게도 그 순간 당신 소원이 내 소원이 되었어. 하지만 너무나 안타까워서 나도 모르게 '응' 대답을 한 거야. 10년 전에 이미 죽어버린 내가 그 순간 당신이 믿는 하나님께 나를 맡기고 싶었어. 그래서 그 밤, 난 밤새 떨며 기도했고, 눈앞에 다가온 죽음을 편한 마음으로 받아들이게 되었어. '응' 대답을 하게 해준 당신이 참 고마웠지.'…

"그 '응'이 그 뜻이었어요?"

궁금했던 그 대답의 의미를 알게 된 그녀의 가슴팍에 감사가 뜨겁게 차올랐다.

…'나야말로 지금은 우리가 무엇 때문에 힘겹게 살았는지도 알아. 그리고 놀라운 일 하나는 신께서 나를 받아 주실 때, 내 마음에 품고 있는 염려를 다 풀어서 나를 정결하게 해주셨어. 아이들의 문제, 너무 염려하지 마!'…

그녀는 남편의 말을 한 치의 의심 없이 믿음으로 받았다. 이제 그녀는 굳이 남편과 대화를 청하지 않는다. 그냥 그가 있을 하늘을 우러러서 마주한다. 일상의 일을 마음에 담아서 소식처럼 띄우고, 그가 하늘에서 들으며 미소 지어서 내려다본다고 느낀다.

그런데 그녀는 그에게 묻고 싶은 일이 하나 더 있었다. 그런데도 그녀가 묻지 않는 건, 그에게 물어서 답을 찾고 싶지 않은 마음이 있는 때문이었다. 자신 마음에 품어진 따뜻한 느낌을 그대로 오래도록 혼자 간직하고픈 마음이었다.

털이 반 곱슬인 강아지 '다코'는 털 때문에 지저분해 보였다. 빗질을 해주려고 해도, 너무 질색을 해서 빗겨주기가 힘들었다. 싸우면서 애써 빗겨놓아도 빗긴 태가 없이 금방 털이 엉켜버려서 보기에 흉했다.

"개는 털이 길어야 개 같죠. 하지만 어머니 보시기에 정 미우면 애견센터에 들러서 한 번 싸악 깎아주죠."

아들이 그렇게 강아지 털을 한 번 깎아주었다. 그런데 석 달쯤을 보내니까 털이 또 자라서 이전 모습이 되고, 눈까지 털로 가려져서 불편해 보였다.

셋째가 고무줄로 이마 부분의 털을 묶어주었다. 보기에 귀엽고 눈도 환히 열리는데, 문제는 영리한 '다코'가 어떻게 푸는지 묶어 놓은 고무줄을 단박 풀어서 꿀꺽 삼켜버렸다. 두 번쯤 그런 일이 있고는, 하는 수 없이 애견센터에 들러서 얼굴부분의 털만 다듬어주었다. 그런데 털을 다듬은 얼굴이 조그맣게 보이는데, 털을 깎지 않아서 부숭부숭한 몸이 얼굴에 비해 너무 커 보여서 균형이 영~ 맞지 않았다. 그래서 그길로 발길을 돌려서 온몸의 털도 싸악 깎아주었다.

이럴 수가! 강아지가 단박 딴 모습이 되었다. 겉 털이 잘려 나가서 속에 감춰 있던 털이 드러나며, 얼굴과 다리와 엉덩이 부분은 황금빛, 머리 뒤쪽과 목덜미 그리고 배는 은빛, 또 등은 쥐색에 가까운 회색빛이 되어서 온몸이 은은히 반짝이기까지 했다.

아이들이 자랄 때 집에 늘 강아지가 있었다. 클레오파트라를 연상시키도록 예뻐서 '파트라'로 이름을 붙여준 강아지… 무슨 종(種)인지 모르지만 몸매가 미끈하고 영리하던 '깜보'… 그리고 아들을 결혼시키며 작은 집을 반분(半分)해서 지금의 집으로 줄여서 올 때까지 기르던 털북숭이 '귀염이'까지… 강아지에게 마음을 쓸 여유가 없던 그녀가 귀찮게 여겼어도, 강아지의 경험은 그만큼 많았다.

그런데 털을 깎아놓은 '다코'에게서 보이는 분위기는 신기했다. 지금껏 다른 강아지에게서 본 적이 없었다. 그리고 햇빛이나 전등 빛이 비쳐주면 유난히 털이 반짝여서 신비하게 느껴졌다.

"얘, 너무 고급 져!"

셋째가 감탄했다. 그렇게 감탄하는 셋째의 '고급 져' 표현이 그녀의 느낌과도 딱 들어맞았다.

어떻게 자신의 가정에 그런 개가 오게 되었는지, 모든 게 신의 은총이듯이 느꼈다. 그리고 떠오르는 또 다른 생각도 있었다.

털깎기 전의 강아지 모습은 그녀의 남편을 연상시켰다. 보기 드문 좋은 바탕을 지녔어도 아무 것도 뒷받침이 되지 않아서 우그러져 살던 남편은 지니고 있는 영민함까지도 그녀에게 힘겨운 부담이었다.

그런데 털을 깎고, 고급 진 분위기를 물신 풍기는 강아지는 셋째 딸을 연상시켰다.

남편을 많이 닮은 셋째 딸은 남편이 떠나기 전까지 그녀에게 남편을 연상시키는 힘겨움을 배가(倍加)시켰었다. 형편보다 써야 될 일에 망설임 없는 쓰임새가 그녀의 피해의식을 가중시켰다. 누구도 표현하기 어려울 섬세함까지도 예쁘게 보기보다 형편을 더 짓누르듯이 느껴서 좋게 보이지 않았다.

그런데 남편을 떠나보내고 셋째와 2년 가까이 집안에 묶여서 사는 동안, 셋째에 대한 그녀 의식이 완전히 바뀌었다.

셋째는 남편에게서 물려받은 남다른 섬세함을 주저 없이 발휘했다. 콩 하나도 반쪽으로 나누는 마음이 분명히 딸이 지닌 독특한 향기였다. 아름답게 느껴졌고, 이전에 간섭 같았던 세세함도 보통 사람이 갖추기 힘든 아름다움으로 새롭게 느꼈다.

셋째는 슬픔에 빠져 있는 식구들을 마음을 다해서 보살폈다. 이렇게 저렇게 살피며 배려를 해서, 삶에 짓눌려 싸늘했던 혈육의 관계를 따뜻하게 녹였다.

남에게 폐 끼치는 일을 싫어한 가족들이 처음에 셋째의 배려를 되갚기 힘든 버거움으로 느꼈다. 하지만 되받을 계산 없이 마음 다하는 표현을 1년 이상 지켜보면서, 식구들이 셋째의 향기로 느끼며 기쁘게 받아들이고 또 함께 나누었다.

그런 셋째 딸의 모습은 남편에게서 물려받은 바탕이었다. 결혼을 하지 않은 홀가분한 상태로 이것저것을 마음껏 발휘해서 살피는 모습은 털 깎은 '다코'에게서 느끼는 것과 같은 '고급 져' 보이는 인성이 분명했다.

'이렇게 남편을 또 새롭게 돌아보네요. 물론 그를 잘 받쳐주지 못했던 제 허물도 잊지 않고 돌아봅니다. 바로 셋째 같았을 그런 사람을 제 남편이 되게 하셔서 이렇게 뒤늦게 깨닫는 감사한 마음으로 돌아보게

하심까지 감사드립니다!'

그런 마음으로 바라보는 '다코'는 하는 짓 모두 사랑스럽고, 그 '다코'가 식구가 된 기쁨이 가슴속에 넘쳤다.

그런 생각도 신앙과 먼 생각으로 느끼지만, 그녀는 인간이 어찌 하나님의 관점을 알 수 있겠느냐며 비껴서 선다. 지금껏 인간이 지닌 믿음 또한 온전한 것인지 틀린 것인지를 분별할 수 없다고 자신 생각을 변호한다. 천국을 침노하듯 하는 발상을 말하지 않더라도, 마음에 따뜻이 닿아지는 느낌이면, 굳이 신앙에 비추며 마음에서 버리기보다 간직하고 싶은 만큼 마음에 지녀서 그 따뜻함을 누리고 싶었다.

물론 다짐을 한다. 현 상황에서 분명하지 못하고 아리송한 것들을 어느 순간 분명하게 분별이 될 때, 그 옳음을 쫓을 것이라는 다짐이다. 그래서 그때가 오기까지… 믿음에 상반되듯 한 일을 그에게 묻지 않는다. 굳이 물어서 답을 찾는 걸 망설이는 이유다.

딸이 자꾸 강아지와 놀아주길 그녀에게 요구한다. 그때마다 마지못해서 둔한 몸을 움직여주는데, 놈이 오히려 그녀의 둔한 움직임을 무시하고 느릿느릿 움직이다가 저 혼자 심드렁해져서 놀잇감을 외면하며 멈추어 선다. 그래서 그녀가 분위기를 띄우려고 양손으로 몸을 두드려서 소리를 키워 놈을 쫓는다. 하지만 놈이 그녀와 놀기보다 고모(셋째)와 놀기를 바라고 몸을 돌려서 셋째에게 가버린다.

"얘 봐. 엄마가 10분 놀아주는 걸 자신이 엄마와 놀아준다고 여기나 봐. 표정이 꼭 그래!"

딸의 말에 그녀가 싱긋 웃었다.

'놈이 그렇게 생각할지도 모르지. 그냥 강아지가 아니니까!'

놈이 그녀의 생각을 알아채는지, 놀기를 멈춰 선 자세로 그녀를 빤히 쳐다본다.